时光流逝，你依然在这里

追月逐花 著

远方出版社

图书在版编目（CIP）数据

时光流逝，你依然在这里 / 追月逐花著 . — 呼和浩特：远方出版社，2020.3
（紫水晶情感小说系列）
ISBN 978-7-5555-1272-1

Ⅰ.①时… Ⅱ.①追… Ⅲ.①长篇小说—中国—当代 Ⅳ.① I247.5

中国版本图书馆 CIP 数据核字（2019）第 205347 号

时光流逝，你依然在这里
SHIGUANG LIUSHI, NI YIRAN ZAI ZHELI

著　　者	追月逐花
责任编辑	云高娃　敖尔格勒玛
责任校对	云高娃　敖尔格勒玛
封面设计	鸿儒文轩
出版发行	远方出版社
社　　址	呼和浩特市乌兰察布东路 666 号　邮编 010010
电　　话	（0471）2236473 总编室　2236460 发行部
经　　销	新华书店
印　　刷	三河市华东印刷有限公司
开　　本	170mm×240mm　1/16
字　　数	280 千
印　　张	19.25
版　　次	2020 年 3 月第 1 版
印　　次	2020 年 3 月第 1 次印刷
标准书号	ISBN 978-7-5555-1272-1
定　　价	56.00 元

如发现印装质量问题，请与出版社联系调换

目录

第一章　逃婚的女孩 / 001

第二章　高门大户，亭台楼阁 / 009

第三章　巨富之家有秘密？ / 015

第四章　会见贵妇出大丑 / 023

第五章　别具一格富一代 / 031

第六章　大男人，小孩魂 / 037

第七章　英雄识英雄 / 045

第八章　他也有情爱？ / 051

第九章　高分不低能 / 057

第十章　贵妇人的厉害 / 065

第十一章　帅气老师研究她 / 077

第十二章　前女友阴魂不散 / 085

第十三章　他是装傻吗？ / 091

第十四章　豪门媳妇不好当 / 099

第十五章　舍身试探 / 103

第十六章　老总不好当 / 109

第十七章　这么多阴谋？ / 119

第十八章　谁更高明 / 127

第十九章　过去很风流？ / 131

第二十章　大买卖不好做 / 137

第二十一章　他难道有私生子？！ / 141

第二十二章　谁在装神弄鬼，
　　　　　　还监视他们？ / 147

第二十三章　他有事瞒着她 / 153

第二十四章　诽谤风暴 / 159

第二十五章　干净利落解决谣言 / 165

第二十六章　娘家又出娄子 / 169

第二十七章　黄金屋里的小社会 / 177

第二十八章　到底爱谁 / 183

第二十九章　他许诺要娶韩娜？ / 189

第三十章　秘密慢慢暴露 / 193

第三十一章　惊天大秘密！ / 199

第三十二章　必须得逃走 / 205

第三十三章　正常的他，看不透 / 211

第三十四章　亲人也会是毒蛇吗？/ 217

第三十五章　他现在像个谜 / 223

第三十六章　他说他不是风流男子 / 227

第三十七章　在地狱和天堂之间跳跃 / 235

第三十八章　天灾 / 241

第三十九章　绝望后，结合 / 247

第四十章　　绝不放手 / 253

第四十一章　她早就陷进去了 / 261

第四十二章　傲慢与偏见 / 269

第四十三章　谁也想象不到的真相 / 277

第四十四章　情路迷宫 / 285

第四十五章　不管怎样，心里只有他 / 291

第一章 逃婚的女孩

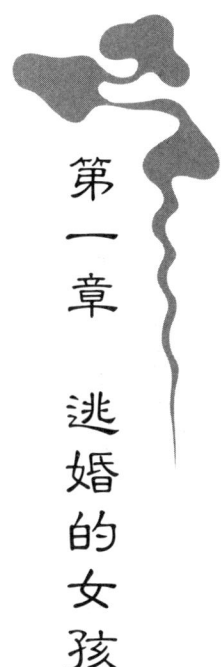

寒风瑟瑟，天色黑沉，一个小个子男人神色慌张地走过马路。他弯着腰，上衣鼓鼓囊囊，似乎里面揣了很多东西。他一边走，一边不停地东张西望，最终拐进了一条阴暗的小巷。小巷里面堆积木一般挤满了破旧的平房，门大多打开着，有些里面还有乱糟糟的垃圾——因为这里不久后就要被扒掉盖楼，所以绝大多数住户都搬走了。小个子男人走到一个关着门的屋子前，先慢慢地敲了三下，然后快速地敲了三下。

门"吱呀"一声开了，一个高个子、五官清秀的女子探出头来，急切地问："带来了吗？"

"带来了。"男子赶紧解开上衣，从里面拿出面包、火腿肠和矿泉水。女子一把把它们接过来，接着就是一顿狼吞虎咽。

"哎呀，对不起，"男子苦笑着说，"是我妈，今天不知道怎么回事，非要拉着我闲扯，我好不容易才找到个借口溜出来。"看她噎得直翻白眼，又说道："哎哟，你慢点儿吃……"

女子嘟哝了几句，因为嘴里塞满了火腿肠，男子也听不清她在说什么。

"我说你啊。"男子又看了看四周，"你住在这里真的行吗？这里又脏又乱，人差不多都搬走了……要是有坏人来了怎么办？"

"没事。"女子用力咽下一口食物，又灌了一口矿泉水，"这里还行……再说我很会隐藏，就算有坏人来了，也发现不了我。"

"话不能这么说，"男子的眉头紧锁，"如果坏人真发现你了呢？我看你还是换个地方吧……"

"不，我看就这个地方好。如果换了地方，难保不会被我家那帮坏蛋抓住……如果落到他们手里，还不如落在坏人手里呢。"

"不至于吧……"男子骇然道，"怎么说他们都是你的家人，怎么会比坏人还糟？"

"至少一样糟！"女子恨恨地说，"他们逼我去嫁给白痴……"话还未说完，她突然惊慌地从椅子上弹了起来，怀里没吃完的食物也掉了下来。男子朝她看向的方向一看，顿时叫了一声，只见一群人从巷子的入口处冲了过来,为首的是一个中年男子,后面跟着好几个中年女子,马蜂般叫叫嚷嚷。

"洛兰!别跑!"

"你怎么躲在这儿啊?不怕危险吗?"

"洛兰!你真没良心,竟然躲在这里,你知道妈妈有多担心吗?"

"洛兰!别再跑了……有事回家好好商量……"

"张浦!你这臭小子!真掺和人家的事情了啊!你小孩子知道啥?凭什么掺和别人家的事情啊?看我回家怎么教训你!"

被喊作洛兰的女子撒腿就跑。被喊作张浦的男子慢了一步,被一个中年女人一把抓住,好一顿乱捶。其他人都去追洛兰追,却因为巷子过窄而无可奈何相互挡了道。

洛兰一口气冲出了巷子。正巧路口绿灯还有几秒变红灯,她就几步冲过了马路,前脚刚踏上人行道,后脚绿灯就变成了红灯,车辆开始通行,追她的人被车流阻住,站在马路对面咬牙切齿,但也无计可施。

洛兰脱险后依然继续奔跑,直到快没力气时才停下来。她一边走一边清点身上还剩多少钱,一边数一边皱眉咬牙,忽然看到在高楼大厦的夹缝里有一个小庙,赶紧走进去,在功德箱里丢了一个硬币,紧闭眼睛,全神贯注地祝祷:"菩萨,对不起,我改变主意了,我不要男友了,我也不要结婚了,请把这一切都收回去吧……"

不错!洛兰东躲西藏、拼命奔逃就是为了逃婚。可是,这年头还有逼婚逼得女孩逃跑的事情吗?和神佛又有什么关系?

这是怎么回事?当然是天降婚姻让她混不下去了。洛兰,今年二十八岁,长相中等,学历中等,中等家庭,属于"三中"人群,目前未婚无男友,前阵子因为觉得工作没有前景,炒了单位,之后又创业失败,自己开网店东西没卖出去,只好降价处理,亏了一半的本钱。处于人生低谷之时,她忽然在同学会上听闻大学室友李江雪——一位在校期间屡次偷用别人暖水瓶内热水的极品猥琐女子,钓到了一位高富帅,马上要升级当阔太太。李江雪不仅爱占小便宜,还经常半夜藏在被窝里讲电话，搅扰全寝室睡觉。洛兰当初代表全寝室，屡次和她发生冲突。现在她落魄了，自然惨遭李江雪的嘲讽——被嘲讽的状况可谓十分惨烈。

洛兰恨天恨地，怨恨满天神佛为什么不给她这样的好运。就在这时，她爸洛青忽然告诉她，他的儿时朋友、闻名全国的大企业家华为山要跟他家结亲——让洛兰嫁给他的儿子华峰。据说这还是在洛兰小时候两家就结下的婚约，而华峰，据说学历辉煌，长得像电影明星一样帅。

自己居然会遇上这等美事？洛兰觉得可疑，反复盘问洛青，洛青无奈说出了真相。原来，华峰去年夏天不幸遭遇车祸，命虽然被救回来了，但脑子受损，智力只有八岁儿童的水平。华为山就这一个儿子，一时间都要急疯了，到处给儿子求医问药，却只是把他的身体医得倍儿壮，脑子却一点儿都没有起色。华为山绝望了，只好打算给儿子找个对象，生个孙子，以免华家后继无人。洛青听闻，主动请缨"为好友解决问题"，其实是为得到华为山丰厚的报酬。原来他做生意失败，全家人包括他、洛兰、洛兰妈，还有离婚回家住的洛兰她姐洛云和她儿子多多都得依靠这笔钱活下去。当然，洛青许诺，他会努力做生意，尽快赚钱还钱，努力在正式结婚之前把洛兰拯救回来。洛兰可不相信他老爸的本事，情急之下选择离家潜逃。

洛兰呆呆地站在朔风凛冽的街上，脑中一片混乱。其实，她也知道逃不是办法，自己更没法看着全家喝西北风。她找了家便宜旅馆住了一夜，准备第二天先去华家打探一下再说。

华为山是个红楼迷，发迹后在城郊买了一块地，依照红楼风建了一座宅院，按照古时大官家的规制，分大门和二门，就是分两重院子，大门、二门之间只种花草，布置景物。像这样的豪宅，花费肯定不菲，但据华为山自己在杂志上介绍，不过数百万。

外面那重院子的外围修筑了铁篱笆高墙，旁边有一处空地。洛兰跑到这里朝里面张望，想看又害怕看到华峰——说不定他现在已经肥如土豆，一天到晚只知道傻笑。

洛兰感到难以言喻的苦闷，漫无目的地在附近的树林中走着。忽然，一个人从树顶上跳了下来，几乎撞倒她!

"啊!"洛兰失声惊叫，同时下意识地向后退去。

"哎呀，对不起……"跳下来的那个人站直了身子，对洛兰诚恳道歉，"吓着姐姐了。"

姐姐?洛兰赶紧朝这个人仔细打量了一下，不禁哑然失笑:面前这个人是个青年男子，看起来已经接近三十岁了，绝对不会比她小，居然叫她姐姐?还用如此稚嫩的口吻，真当自己是小孩子啊?

小孩子?洛兰忽然想起了一件事，又多打量了他几眼，一时间差点要惊呼出来:这不就是那个华峰吗?跟照片上一模一样!

眼前的华峰和洛兰设想的可以说是大相径庭:他一点儿也不丑，不胖也不瘦，气质和形象都挺阳光，目光和神情都像刚出生的小动物一样纯良，怀里抱着一只小猫，这只猫看起来只有几个月大，满脸稚嫩可爱，和他的脸相得益彰。

"是这样的，姐姐。"他朝洛兰微笑了一下——洛兰竟感到自己的脸仿佛被什么柔软的东西拂到了，"毛毛太淘气了，不会爬树偏要爬，结果下不来了，我只好上去把它抱下来。对不起，我刚才跳下来的时候太急了，没看清下面有没有人，吓到姐姐了吧?"

"哦，没有……"洛兰一下子不知道该怎么回答——在这种情况下见到自己的未婚夫的确让她有点儿不知所措。她只有讪讪地胡乱应几声，手不由自主地去抚摸他怀里小猫那毛茸茸的脑袋，心里有点儿想逃，却又觉得不能逃。

"小峰?你在那里吗?"一个女人的声音忽然传了过来。

洛兰的心里先是一松:还好有人来打破这奇怪的氛围，等她看清来人是谁的时候，心却猛然揪紧了:天哪，这不是华菱吗?

华菱是华为山的长女，特别喜欢借助媒体宣传自己和旗下的企业——她现在主管一家化妆品公司。洛兰在杂志上见到过她几次，因此记得她的长相。她比华峰要大十岁，长相嘛，不俊也不丑，全身上下没有一处出挑的地方，看了让人记不住。她又不喜欢过于招摇的打扮，因此看来十分平常。今天的她穿了一身黑色的偏向休闲款的套装，脖子上戴着珍珠项链，耳朵上则戴着两粒珍珠耳钉。

看到华菱走过来，洛兰格外紧张和尴尬，一时间只希望她不认识自己。没想到，华菱眉毛一扬，开了口："你是洛兰小姐吗？"

糟！看来华菱之前有见过她的照片。对啊，洛青既然要让她去结亲，肯定会给华家人看照片！

洛兰第一个反应是三十六计走为上，无奈就是迈不动步，加上她现在逃走根本毫无意义，只好讪讪地对着华菱笑了笑。华菱走到她身边，欲言又止，对华峰说："你先去那边玩一会儿，我和这位姐姐有几句话要说。"

华峰便抱着小猫走开了，没有提出任何异议，果然是八岁小孩的作风。等到华峰走远了，华菱才开始真正地直视洛兰，尴尬地笑了笑。洛兰依旧是心乱如麻，回以同样尴尬的微笑。

"对不起……我也就不说什么了……相信你到这里来，是我爸爸和你家……正在商议的事情让你很为难吧？"

洛兰苦涩地笑笑，她依旧不知道该说什么好。

"你一定觉得我爸爸……很不好，"华菱很小心地斟酌措辞后才说出了这么一句话，"我也觉得他的做法欠妥……他只是被我弟弟的病逼得走投无路了……我爸爸是那种典型的传统中国商人，一生最怕的就是自己后继无人。我觉得他只想求个暂时的心安，心安之后再做打算……我爸爸最需要的也真是心安，心安之后他才能振作起来，也许就能正确地面对我弟弟的问题……"说到这里她停住了，小心翼翼地看着洛兰，等待洛兰的回应。

洛兰是个聪明人，完全明白她的意思："你是说你爸爸只是暂时钻了牛角尖，等他从牛角尖里出来，就会同意我和华峰解除婚约？"

华菱赶紧拼命地点头。

"可是如果他缓不过来怎么办？"洛兰撇了撇嘴，盯向华菱的眼睛。

华菱脸色一黯:"这你也可以放心……其实,我爸爸一直在积极地联系中外的名医。有个苗医据说可以治我弟弟的病,但他是那种所谓仙风道骨的医生,喜欢到处云游。他排斥现代化的东西,对手机尤其排斥。因此其他人根本联系不上他,只有算准日子,等他回到自己在云南山里的家中——他只在每年过春节的时候会回去小住一段时间。今年春节已经过了,只有等到明年春节的时候我们才有机会。"说到这里,她看向洛兰的眼睛:"我们家在联系上他之前,是绝不会让你和华峰真正结婚的。而且,就算到时候……情况不乐观,我也会努力劝服我爸爸放弃,否则不仅对你不公平,对我弟弟也不好。"

洛兰抿了抿嘴。是啊,给一个傻子配一个媳妇,用脚趾头想也能知道会发生什么家庭悲剧。

"好吧,"洛兰轻轻叹了口气,"这婚约,我就暂时答应了……"

"那太好了!"华菱喜不自胜,但突然又像泄了气,"你愿意答应婚约,真的很感谢你,只是我们还有一个不情之请……我爸爸的意思是,在你答应婚约之后,请暂时住到我家里来……"

洛兰苦笑了一下,沉重地点了一下头。这是绝对得答应的,否则人家怎知你们会不会拿了钱举家逃跑?华菱以为洛兰想要反悔,赶紧说:"你放心,我们只是叫你过来住,绝对不会对你有任何过分的要求。而且……"说到这里,她的语气突然变得凄凉起来,"我弟弟变成这个样子,你们之间也不会发生什么……"

洛兰被这句话触动了,下意识地朝华峰看了过去。华峰此时正蹲在不远处的草地上,和小猫玩得不亦乐乎。小猫侧躺在草地上,他用手指轻触小猫肚子上的毛,小猫用肉掌打他,他则用手指去拨弄小猫的手掌。这一幕看起来是那么纯洁和美好,但联系到华峰悲惨的遭遇,她忽然忍不住想靠过去保护他。

"好吧,我可以过来住。"洛兰对着华菱笑了一下,"不过我需要回家收拾一下,明天过来可以吗?"

华菱大喜,赶紧说愿意。

第二章 高门大户,亭台楼阁

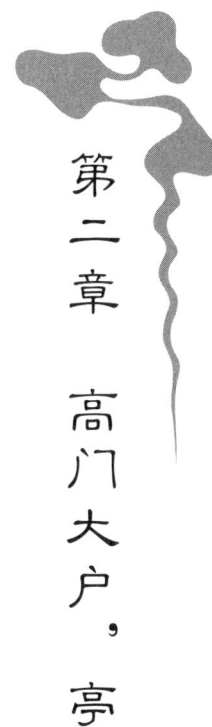

第二天，华菱亲自开车来接洛兰。那是一辆崭新的法拉利跑车，在街坊四邻里引起了不小的轰动。走时洛兰只带齐了随身的衣物和用品，她不是那种喜欢占别人便宜的人。

在车上，华菱悄悄地对洛兰说，现在家里对华峰生病的事情并没有张扬，知晓此事的亲朋好友也守口如瓶，所以洛兰不用担心自己的名声会出什么问题。洛兰本来就带着舍生取义的心情去的，听了这个后，心里不由还是轻松了些。

洛兰坐在车上，回到了华家的大宅院。坐着车从大门进去和偷偷摸摸在一旁窥视的感觉真是不一样。华家的大门和二门是仿古式，相当气派，两个门之间的距离还不短，中间有一条大道连着，路旁尽是郁郁葱葱的碧树绿草。

等真正进入华家宅院的时候，华菱叫司机停车，亲自迎接洛兰。洛兰朝四周一打量，真有种恍惚进入大观园的感觉，古风、文艺的味道很是浓郁，亭台楼阁、小桥荷塘搭配得恰到好处。老实说，之前她在杂志上看到过华家的照片，古典美之余又有高大上的感觉，但洛兰窃以为那只是拍出来的效果，现在一看，发现杂志并无半点夸大。

华菱带洛兰去见华夫人。华夫人是个貌美纤瘦的中年女子，保养得很好，绾着一个高高的万字髻，插着装点着珍珠的玳瑁发梳，身上穿着紫色偏黑的真丝旗袍，耳朵上戴着翡翠流苏耳坠，就连脚上的拖鞋都很考究，宛然一副贵妇人的样子。

也许是因为儿子的问题，华夫人有种淡淡的哀伤，只是礼貌地和洛兰寒暄了几句，说话的时候不时摸着手腕上的珠链——这串珠链是用大珍珠和雕花的红玛瑙珠串成的，看起来贵气得很。

老实说，洛兰觉得这次见面也很尴尬。她并没有对洛兰多说话，这对洛兰来说倒是自在的事情。然而，她除了对洛兰不够亲热外，对华菱也似乎有点儿疏离。洛兰意识到了这一点儿，接着注意到了一件事：华菱和华夫人长得一点儿都不像。

洛兰明白了，华夫人应该是华菱的继母。而她和华峰挺像，那她应该是华峰的生母。原来华菱和华峰是同父异母的姐弟。

等华夫人寒暄完了，华菱就带洛兰去自己的房间。华夫人看着洛兰和华菱走出去，下意识地揪紧了自己腕上的珠链。

洛兰看到自己的房间后又是惊喜又是讶异又是好笑：好吧，这简直是潇湘馆的感觉啊！屋里都是古朴的紫檀木家具，上面镶嵌着贝壳，窗户是圆形的，转着雕花窗棂，窗玻璃上也刻有花纹。而在窗户的外面，有一个砌着藏青石块的池子，绿水红莲。池塘的一侧种着一丛竹子，错落雅致，掩映着远处的景物随风而动，颇有韵味。

华菱叫洛兰先在房间里休息会儿，她有点儿生意上的事情要去处理。洛兰巴不得她赶快走，这个家处处给人一种"高贵大宅门"的感觉，她已经被压得有点儿窒息，需要一个人待着放松放松。华菱和她告别后就往外赶，忽然想起一件事，又折回来笑着跟她说，华为山最近正在外地跟人谈生意，几天后会回来。她叫洛兰不要担心，华为山很平易近人，为人也宽厚，远比华夫人好相处。

听到这话后，洛兰哭笑不得。看来，华菱和华夫人关系应该不太好。

华菱走后，为了平复自己的心情，洛兰打开电脑上网。听人说，舒缓心情最好的方法是看恐怖片，看完恐怖片，之前所有的坏情绪都会荡然无存，等于是对心情的一场野蛮大清洗。于是，她找了好几部恐怖片，不知不觉到了中午，一个保姆推开门，用乌木托盘送了四菜一汤一饭进来，"太太今天不舒服，不想在大厅开饭，您就在房里吃吧。"

洛兰巴不得这样。她和华家人还不熟，也不太想融入其中，和他们一起吃饭反倒别扭。保姆走到桌前，把饭菜一样一样地摆在桌上。洛兰偷眼瞧她，觉得她应该五十岁上下，头发梳得乌光油亮，归到脑后被一个玳瑁的发卡扣着，从侧面看来脸长得还不错，身材却是臃肿了些。保姆察觉到洛兰在看她，遂朝洛兰瞥了一眼，目光一闪。

洛兰吓了一跳，讪笑着说，"您贵姓啊？"

"我姓顾，你叫我顾妈就行。"等到正面对着她时，顾妈已经是堆了一脸恭顺的笑容。

洛兰实在不善于应付这类人,苦笑了一下后细看食物:一盘鸡丝炒干丝,一盘鸭肉烧豆腐,一盘清蒸鱼片,一盘莴苣炒肉片,一盘火腿鲜笋汤,还有一大碗白米饭,此外还附有一个小空碗。刚看到火腿鲜笋汤的时候。洛兰觉得挺眼熟,忽然想起这是《红楼梦》里宝玉被打后吃的菜,不禁在心底哭笑不得,看来华为山真是十足的红迷。

洛兰胃口不大,就用小碗拨了一碗饭。保姆就在一旁看着她吃,洛兰被她看得心慌,赶紧把饭用汤泡泡,胡乱捡了点菜肴,急匆匆地咽下。保姆把残肴收回到托盘上,然后拿出一个手机,对着残肴拍了一下。

"请问你这是干吗?"洛兰被吓了一跳,不解地问。

"哦,是这样的。"顾妈皮笑肉不笑着说,"这是咱家的规矩,剩饭剩菜也要登记。"

听完这话后,洛兰不由得暗暗咋舌:华家连剩饭剩菜都要登记清楚,家规真是严谨,看来她之后的一年不会很好过。等顾妈走后她又找了个恐怖片看,终于看烦了,便试着出来溜达。洛兰是新时代的女性,从来没有觉得富户有多了不起,但是华家竟在洛兰的心上拉出了门第的距离,让她不由得有些缩手缩脚,小心翼翼地溜了一阵后方才放松了手脚。

华家的花园修得也不错,细石围栏、花圃绿草错落有致,相映成趣。洛兰走到了一个小树林边,华家的花园其实不大,道路弯弯曲曲却又四通八达,各类景物别致紧凑。而这个小树林,其实只是由几棵树和几个假山组成,但是山石和树草的交连方式十分巧妙。

洛兰走进树林,发觉光线立即暗了下来:这些树都长得十分繁茂,树冠就像一把把大伞一样,交叠在一起遮住阳光。而这正是树林的妙处,给人一种进了幽林的感觉。洛兰慢慢地走到一处假山旁边,发觉这石头虽然是后天雕琢而成,倒也有几分惊人之处。洛兰饶有兴味地走到假山的另一侧,想试试从另一个角度看能不能有别样的感觉,结果发现这个角度的假山配上石缝中的阴影,竟有种凄厉的感觉,特像她看的恐怖片当中女鬼披发垂头垂袖站在门口的样子。

洛兰感到毛骨悚然,赶紧往外走,突然脚底被一个东西硌到了,她起先以为是石块，低头一看，发现是一个发梳，便弯腰把它拾了起来。

这个发梳像是用银子和宝石做的，银子发黑，宝石也暗淡无光，简直像从坟里刨出来一样，想到这，洛兰感到格外瘆得慌，想一把甩掉，忽然又心有所感，留下了那把诡异的发梳，然后走出了树林。

她看到一个园丁模样的人戴着草帽经过，立即走上去："您好！"

园丁应声而停，朝洛兰笑了笑。他一副老农模样，背略有点儿驼，一口牙雪白雪白。

洛兰对他说："打扰一下，我有件事想问下……"

"当然可以，当然可以。你是洛兰小姐嘛，咱家少爷的未来媳妇！"园丁笑道。

"嗯。"洛兰又是害羞又是诧异地问道，"我们好像没见过面，您怎么会认识我？"

"我在群里见过您的照片，是大小姐发的。我们有个QQ群！"

洛兰这才看到园丁的口袋里装了一个智能手机，不由得哑然失笑。

洛兰见园丁和气，忍不住和他多聊了几句。原来园丁叫吴大树，是城郊的农民，早年没了老伴，家里还有子子孙孙一大家子人。他早年是做农活的好手，现在老了，做不动了，就到华家来侍弄些花花草草。活儿比较轻，他也能赚点钱帮补家用。

洛兰想到发梳，便小心地掏了出来："刚才我在树林里捡到了这个，您以前有没有见过？"

吴大树本来是笑呵呵的，一看到发梳后竟然脸色大变："这个……我没有见过……"

"啊？"洛兰感到十分诧异，他怎么像看到炸弹一样？

吴大树表情比刚才更加惊慌，嘴上连说"没见过"，眼睛却紧盯着那个发梳。他忽然朝远方看了一下，急急忙忙地站起身："大娟喊我，我要过去了！以后再聊了洛小姐！"

洛兰也朝那个方向看去，根本没看到有人，而吴大树却已经跑远了。洛兰一头雾水，不明白他这是怎么了。

洛兰拿着这个发梳回到了自己的房间。她正看着池塘出神，顾妈又进来了，还是用托盘端了饭菜进来。

顾妈说华夫人依旧不舒服，所以还是请洛兰在房里吃饭。洛兰心想，华夫人大概身体很不好。洛兰中午看到她的时候还是好好的，晚上就害起了病。洛兰没多想，一个人胡乱吃了点。

顾妈低着头收拾碗筷，洛兰突然想起那个发梳，便拿出来，小心地问道："顾妈，你见过这个发梳吗？我在假山树林里捡到的。"

顾妈立即打了个哆嗦，然后勉强恢复如常，换上一副不知情的表情："这发梳，我从来没有见过。"

洛兰更加怀疑了，但脸上不便表现出来："谢谢顾妈。"

房间里有个雕着喜鹊登梅的黑木梳妆台，上面有一个镶着铜花钿和绿松石的桃木首饰盒，空的，给她用的。洛兰便把发梳放在这个首饰盒里。晚上，洛兰胡乱看了会儿电视，没什么意思，于是又打开电脑看恐怖片。

看了一会儿，洛兰终于看困了。不知道是鬼片看多了还是她想得太多，她总觉得梳妆盒那边有双眼睛在看着她。是因为那个发梳的缘故吗？是发梳在看她？还是发梳的……

洛兰心头一紧，不由自主地翻身朝那边一看，没想到竟真的看到一双眼睛一晃！洛兰一声惊叫憋在喉咙里，闪电般地翻身坐起，结果发现那只是她自己在镜中的影子。原来，梳妆台上有个镜子，镜面正对着床头，正好照出她的脸。

经过这一次惊吓之后，洛兰再也睡不着了。她坐在床沿，想定定神。就在这时，她看到窗外有个东西猛地跳上了竹枝，又从竹影之间荡了过去！洛兰又是一声惊叫憋在喉咙里，差点从床上掉下来。刚才怎么像个人形啊？虽然只有一瞬，但她清清楚楚地看到那个东西有手有脚有头……什么东西能够飞来飞去？难道真的是……

洛兰吓得不轻，辗转反复，一夜都没睡着。

第三章 巨富之家有秘密？

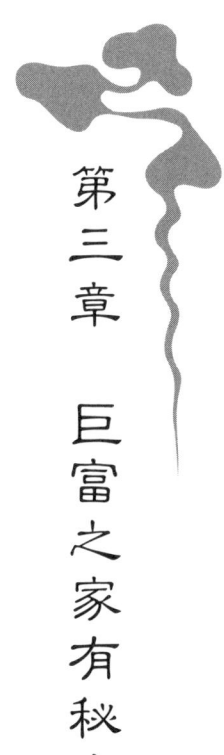

第二天早上七点半，洛兰醒来了，看到外面阳光明媚，赶紧把那个发梳拿出来。昨天夜里的经历很可能只是她疑神疑鬼，但她还是在好奇心的驱使下又回到了山洞前。

洛兰绕着山洞走了几圈，忽然听到假山的山洞里有窸窸窣窣的声音。她心头一紧，下意识想逃，又感到一股热流涌上心头，突然很想探个究竟。

她悄悄地走近山洞，往里探头看，里面黑洞洞的，什么都没有。就在这时，黑暗里忽然出现一双晶光闪亮的眼睛！洛兰倒抽了一口冷气，本能地往后退。山洞里突然有一个东西朝她扑了过来！

洛兰只觉得眼前一黑，立即晕了过去。

"姐姐，姐姐！快醒来！"

不知过了多久，洛兰听到有人在叫她，慢慢地睁开眼，眼前浮现一张熟悉的脸。

华峰？洛兰心头一紧，然后感到头下面软软的，下意识地动了动脖子，忽然明白了什么，赶紧坐了起来。

原来，华峰把她的头抱在怀里，在轻声呼唤她。洛兰躺在他的怀里，十分不自在。

"姐姐，对不起，阿花刚才吓着你了……"

阿花？洛兰这才想起刚才那对差点儿把她吓飞的小眼睛，朝华峰身边一看，差点跳起来：天哪，阿花竟然是一只猴子？！

见她惊诧，猴子反倒被她吓着了，一个纵跃跳上树，躲在浓枝密叶后面偷偷看她。

洛兰呆呆地看了猴子半响，忽然想起昨天晚上那个吓得她心惊胆战的东西，顿时都明白了："啊！昨天晚上在竹枝上跳来跳去的也是它吧……这里怎么会有猴子？它是哪来的？你养的吗？"

"不是我养的。"华峰看着猴子，满脸的怜悯和同情，"它是前阵子跑到我家来的……我在房间的窗户下面发现了它，瘦瘦的，身上还有被枪打出的枪眼——是那种装钢珠的土猎枪，估计是附近村里那些无良村民干的。我用镊子把钢珠取出来，用药膏给它敷伤，后来就自己养了。"

猴子见洛兰和华峰温和地对话，意识到她和华峰是"一帮"的，所以就没那么害怕她了，从树枝后伸出毛茸茸的小脸看着她。洛兰朝猴子看去，第一眼看到的就是它黑豆一般圆润晶亮的眼睛。现在再看它，洛兰觉得它是那么纯良和可爱，不过，她虽然觉得这个猴子挺可爱，但心理上依然觉得不大适应："你喜欢跟猴子玩儿？"

"嗯。"华峰朝着它粲然一笑，"它除了不会说话，其余跟人没什么两样。它天天跟我玩，我就不孤单了。它是我最好的朋友，"忽然，神色变得有些黯然，"也是我唯一的朋友。"

洛兰一怔，随即就明白了：他现在这样，既不能去上班，也不能去上学，出去社交也不怎么合适，只有憋在家里。而家里的仆人们因为身份的关系，肯定也和他保持距离，他的爸爸和姐姐都是工作繁忙，而他妈妈……想到这里洛兰心里微微"咯噔"了一下。老实说，她对华夫人并不了解，但是感觉她淡淡的、冷冷的，不好相处。

"对了，姐姐，你刚才在做什么？"华峰一脸天真地问她。

"啊，不是……"虽然知道他只是"孩子"，洛兰还是不由自主地把那个发梳拿了出来，"我昨天在这里捡到这把梳子，不知道是谁的。你有没有见过？"

"这个啊，我好像没见过……"华峰若有所思地说，但他在多看了几眼发梳之后，神情忽然变得紧张起来，"真奇怪……怎么又感觉见过它……好像还不只见过它……"说着，他突然露出痛苦的神情，蹲下来双手按住太阳穴。

"你怎么了？"洛兰被他突如其来的表现吓坏了。

"不知道，头痛，头好痛啊！"说到最后，华峰忍不住呻吟出声，就像头痛欲裂。洛兰一时间不知道该怎么办，本能地抱住他的头。她从没经过这种阵仗，吓得浑身发抖，完全不知道该怎么办。

过了一会儿，华峰的头没那么痛了，他抬起头对着洛兰笑了笑：

"不知怎么的,忽然头痛起来了……这个发梳姐姐先拿着吧。"

洛兰刚才被他惊得六神无主,现在才回过神来,看来这个梳子很可能跟华峰的车祸有关,得好好地保存起来。

洛兰回到了房间,想起刚才华峰的样子,这证明他不仅是智力退化,还可能有其他毛病。刚才他那样子,她真怕他会忽然躁狂起来。她现在才算是真正明了她所处的境况。

她心里又闷又痛,忍不住去看李江雪的QQ空间——当初就是她刺激她,她去许了愿,然后才发生了这连串的事情。李江雪的QQ空间里自然是"歌舞升平,莺歌燕舞",贴满了她享受生活的各类照片——美食、首饰、衣服以及她去游玩和观看演出的短视频。至于她老公的照片空间里倒没有,不过李江雪之前曾经夸张地说过她老公像电影明星一样帅。

洛兰看了一会儿,觉得心里越来越闷,越来越痛,几乎要痛死了,还非常想哭。她在房间再也待不下去,便出去走走,走着走着,便走到了园子里的一个小井旁。这口井是按照古法砌成的八角青石井,左边一花树,右边一山石,搭配在一起颇有古朴清幽的感觉。

她忍不住探头朝井里看,就在这时,她戴着的一个紫水晶圆珠耳坠忽然滑了下来,掉进了井里。哎呀!这个耳坠跟了她好久,是她很心爱的东西。洛兰对着黑洞洞的井,忽然感觉一股委屈直冲心头,忍不住对着井开始放声大哭。

"姐姐,你怎么了?"忽然有人对她说话。洛兰吓了一跳,发现华峰站在不远处,而那只猴子也半蹲半坐地在他身边,眨巴着眼睛看着她。

洛兰赶紧把眼泪擦干,对着他勉强一笑:"没什么。"

"我看你哭了。"华峰说,关怀溢于言表。

"真的没事儿。"洛兰心情不好,想要走,却又下意识地朝井里看了一眼。

"姐姐,你有东西掉进去了?你是因为这个哭的?"华峰的观察力倒挺强,"小孩子"嘛。

"没什么，不重要，就是个旧耳环，没关系的。"洛兰一边解释，一边匆忙地擦着眼泪离开。回到房间之后，她沉重地把剩下的那只耳坠放到抽屉里面收好。她非常清楚，她收起来的不仅是耳环，还有她的前半生，甚至可以说是正常的生活。之后，她就一个人待着，唯一的访客就是来送饭的顾妈。晚上，就在她看一个恐怖片看到中段、主人公在废宅里惶恐不安的时候，忽然响起了几声敲门声。

洛兰吓得一哆嗦，片刻后才意识到是自己的房门被敲，不由得更加害怕，有些气急败坏地问："是谁？！"

"是我啊，姐姐。"竟然是华峰的声音，语气十分轻快。

"啊？"洛兰犹豫了片刻才把门打开，他毕竟身体已经是个大男人了，竟发现他满身泥污，连头发上都是。

洛兰赶紧把他让进屋，同时仔细打量他。天哪，他脸上似乎还有些许擦伤。

"你这是怎么了？"

华峰嘻嘻一笑，把掌中的一个东西递给她看。

啊！洛兰呆住了，这不正是她掉了的那个耳坠吗？华峰虽然满身泥污，但是这个耳坠被擦得干干净净。

"这是……从哪里来的？"洛兰赶紧接过来，忽然心头一震，"难道……你是从井里捞上来的吗？那里那么黑，那么危险……你脸上的伤也是……"

"没关系。"华峰满不在乎地说，"那里面虽然很黑，但其实不深。"

"哎呀，你干吗要做这么危险的事情呢？"洛兰不由自主地用上了呵斥的语气。华峰呆了，低下头，怯怯又带几分委屈地说："因为我看姐姐哭得很伤心，觉得那一定是很重要的东西……我不想看姐姐哭，所以……"

洛兰觉得一股暖流涌上心田，说真的，从小到大，还没有这么一个男生关心自己。

华峰继续怯怯地说:"没想到我惹姐姐生气了……"

啊!洛兰如梦方醒,一时间简直觉得自己是天下最大的混蛋加坏蛋:"我没有生气,我怎么会生气呢……我只是很惊诧……我只是很……"

"姐姐没生气就好。"华峰换上一副开心的样子。

洛兰的心头像开满了鲜花,真诚地对他说:"谢谢你!你真好!"

华峰笑了一下,分明就是小孩子受到夸奖后不好意思、手足无措的样子。他朝门外看了一眼,"我得回去了。"一边说一边朝门外走去,忽然又折了回来,对洛兰说:"明天姐姐就来找我和阿花玩吧。有我们在,姐姐不会感到孤单的。"

"啊?"洛兰一怔。

"姐姐来了之后就不太开心,一定是因为孤单吧。姐姐不用不开心,我们会来陪你的!"

"好的!"洛兰点点头,心中暖流涌动,几乎要化成眼泪溢出来。

华峰兴高采烈地走了。洛兰目送着他离去,然后回到抽屉边,把之前那个耳坠拿出来,珍而重之地戴在耳朵上。她的人生还在,没丢!

第二天,洛兰早早地醒了。顾妈送来了她的早饭。华菱竟然也来陪她吃饭了。

"这里的饭菜吃得还习惯吗?"一落座,华菱就热情地问她。

"习惯。"洛兰赶紧说,"这里的饭菜非常好吃。"

"刚住进来,肯定有些不习惯吧。"华菱一边吃一边对她说,"我们这里地方大,环境好,就是不知道你在这里闷不闷。要是闷的话,你就出去逛逛街。我叫阿虎开车送你出去。"

"啊,还好还好。"洛兰赶紧说,"我挺喜欢这里的。"

"这就好。"华菱说着给洛兰夹了一个炒鳝段,"我跟你说,今天中午我妈要在大厅摆席,给你接风洗尘。她说前两天她身体不好,对你有些冷落,非常不好意思,所以要好好地招待你。"然后,她靠近洛兰,悄悄地说:"我跟你说啊,我妈这个人其实挺好的,就是心细了一点儿，比较在意细节，比较在意礼节。到时候你注意点就行了。"

"呃，好……"听到这里，洛兰颇有点儿惴惴不安。

饭吃完了。洛兰忽然记起那个发梳，赶紧拿出来给华菱看。

华菱一看这个发梳，竟然也是大惊失色，诧异地问道："你这是从哪里来的？"

洛兰谨慎地回答："我是从树林里的假山旁边捡来的，你有见过吗？"

华菱眼睛直直地看着那梳子，过了很久才叹了一口气道："这梳子……这件事情……我也不该瞒你。这是华峰之前的女朋友舒华的。"

"舒华？"

"她是华峰的大学同学，喜欢绾古典的发髻，喜欢戴古典的发梳。华峰出车祸的时候，就是和她一起的。结果华峰身受重伤，她没有挺过来……"

"啊？"洛兰顿时感到一阵恶心，忍不住看了一眼发梳，心里毛毛的。她之前误以为这是闹鬼的物件，还笑自己胡乱猜想，现在发现这竟然是车祸身亡者的遗物，顿时说话也结巴了："它怎么出现在这里？"

华菱看到洛兰惊慌的样子，赶紧改口："啊，不好意思，我刚才其实是想说这个很像她的发梳，我并没有确定就是她的……她的发梳在车祸那天就不知所踪了，不知道被撞飞到哪里去了，之后再也没有找回来。"

"哦。"洛兰这才松了一口气，但瞥了一眼发梳后，依旧觉得不舒服。

"那……这个发梳该放到哪去呢？"洛兰觉得心里毛毛的，很想把它送走。

"这个啊，你就先拿着吧。"华菱盯着这个发梳，表情不可名状。

"啊？"洛兰一怔。

"这个发梳是你拾到的，所以还是放在你这边比较合适。"华菱低低地说，表情更加不可名状。

第四章 会见贵妇出大丑

洛兰把发梳放到了一个抽屉里,然后就为会见华夫人而打扮,最后按照平时的风格,挑了一身朴素清爽的装束。

等到中午开席的时候,华菱亲自来接她。华夫人穿了盛装,脖子上一条硕大的珍珠项链,在灯光下流光溢彩,手腕上碧绿通透的手镯尤其惹眼,耳边是一对用碎钻镶边的梨形红宝石耳环。

菜肴也十分丰盛,据说还有专门从欧洲的著名酒庄订来的威士忌。这酒是华夫人最喜欢的,但是今天她身体不好,只能喝葡萄汁。保姆便给洛兰和华菱各斟了一杯。洛兰为了表示对华夫人的尊重,将杯中酒一饮而尽,却不知酒劲儿超级大,洛兰一喝下去就感到自己大脑失控了。

"华夫人,没想到您病恹恹的,喜欢的酒却这么烈啊!"这句话洛兰本来只在心里想想,却不知不觉地说了出来。

大家全都呆了。看到大家目瞪口呆的样子,洛兰这才意识到自己的失态,赶紧扶了扶额头,说:"啊,不好意思,我只是想说,身体不好还喝这么烈的酒的话,对身体没有好处……"

这句话显然更糟。

华夫人瞪大眼睛看着她。

洛兰意识到自己又说错话了,一时间急得不知所措,忽然想起在酒桌上道歉就应该敬酒,于是双手捧着酒杯站到华夫人的面前:"对不起,伯母,我不会说话,我就是……算了,我就不解释了,越解释越乱,我只是请求您原谅我。"

华夫人皱着眉头说:"没关系,你坐回去吧。"

"哦,好……"洛兰说着就往后退,没想到脚后跟不小心撞到了桌子的一条腿。她本来就有点儿站立不稳,这下一个趔趄,酒杯里的酒荡出来洒到华夫人的身上,扶住桌子的时候还把一碟凉拌海白菜撞了下来。那碟海白菜便端端正正、连汤带料地扣到了华夫人的衣服上。

华夫人顿时脸都绿了。

华菱赶紧把已经醉得厉害的洛兰送回房间。

到了下午,洛兰才清醒。华菱给她端来醒酒茶,关切地问她情况。

洛兰简直想找个地方钻进去，她平常酒量还行啊，这次怎么如此失态啊？

洛兰本来以为华夫人会生她的气，然而没有。华夫人托华菱给她送来了见面礼，是一套用宝石和珍珠精心镶嵌成的首饰，珍珠雪白，宝石灼灼。

洛兰看了很喜欢。

"你喜欢就好。"华菱看出了她眼中的光彩，微笑着说。

洛兰把盒子放到桌子上，笑着说："如此看来，华夫人其实还不错。"

华菱话中有话地笑了一下："也许吧。"

"也许？"洛兰一怔，这话听起来很有玄机。

"是啊。"华菱眼珠一转，接着微微垂了垂眼帘，"老实说，她从刚来这个家开始，就是一副深不可测的样子，基本上喜怒不形于色。所以，我在她面前都规规矩矩，不敢有丝毫松懈……不过这也正是当富贵人家太太的资质啊……啊，对了，我忘了告诉你，我妈，我现在的妈不是我的生母，我的生母之前得病死了。她是我爸后来娶的。华峰是她生的。"看到洛兰并没有惊诧的样子，华菱不由目光一闪，"你早就知道吗？"

"嗯。"洛兰赶紧回答，"我只是觉得他们更像。"

如此看来，华菱和华夫人之间的关系也很复杂啊。因为中午醉酒，洛兰没吃饭，还好那个斟酒的保姆小韩很善解人意，给她端了盘小蛋糕。

洛兰把小蛋糕一扫而空，满足地吁了口气，之后觉得无聊，便想再到园子里逛逛。刚出门的时候，忽然意识到自己也许该去找那个大孩子玩玩。那个大孩子华峰真够可怜的，只能跟猴子玩儿。

说来也巧，华峰正在离她不远的假山后玩儿，猴子不在。她转到他身后，发现他坐在石桌前，正在抛骰子，再仔细一看，发现他只是在玩游戏棋。洛兰仔细看他的脸，发现他脸上的擦伤已经快看不见了，心里这才舒顺了。他为了给她找耳坠而受伤，她心里一直过意不去。

华峰耳朵挺灵，已经发现她来了，回过头给了她一个超级灿烂的微笑。洛兰立即感到心头一热，他这笑容让她有种自己超受欢迎的感觉，不由笑得特别甜："你在玩什么呢？"

"大富翁游戏棋啊。我爸说玩这个能增进智力。"

哈？洛兰听说过这种棋。这是一种多人策略图版游戏。参赛者分得游戏金钱，凭运气（掷骰子）及交易策略，买地、建楼以赚取金钱。最后只有一个胜利者，其余均破产收场。虽然是有关赚钱的游戏，但因为操作简单，所以儿童也可以玩。看来华为山果然是个企业家，连让玩游戏都让他玩这个。

"好玩吗？"洛兰问华峰。

"不好玩，就我一个人哪里好玩啊。"华峰嘴一撇，然后又笑了，"姐姐陪我玩好不好？"

洛兰欣然应允。她本以为自己只是"陪小孩子玩"，唯一需要动脑子的就是如何不露痕迹地让着华峰，最后竟发现这个游戏并不简单，要想赢，需要真正的资源整合能力、布局能力以及对金钱的"触感"。她不仅玩得毫不轻松，还很快输给了华峰。

洛兰来劲儿了，这回她是全力以赴，然而还是输了，之后的几局都是输。洛兰陷入巨大的恐慌里。说真的，她之前创业失败，已经给她的信心造成极大的打击，她自己宽慰自己，说胜败乃兵家常事，才不至于让自己的信心丧失殆尽。而现在她连小孩子玩的游戏都赢不了，难不成她真的是没有赚钱的细胞？那她岂不是一点儿前途都没了？

"姐姐，你不开心吗？"华峰看出了她焦灼的心情。

"这个，没有……"洛兰苦笑，又担心让华峰以为是他赢了她而导致她不开心，干脆直说了，"其实，我是觉得自己笨。"

"没事的，姐姐。这个游戏你玩不好，换个游戏玩不就可以了吗？"

"不是这个问题……"洛兰哭笑不得，忽然心头一热，很想把一切都坦诚相告,"其实也不只是这个游戏的事情……我之前做生意,赔了。"

"做生意?"华峰似懂非懂地朝游戏棋纸一指,"跟这个一样吗?"

"啊,不是……"洛兰苦笑,"是真实存在的生意……但和这个游戏也有些联系。反正我是赔了,赔得很彻底。"

华峰依然不太懂,眨眨眼睛说:"现实生活中的什么游戏输了吗?那也应该没有关系吧……看来姐姐很不想输?"

洛兰只有苦笑。

"其实我可以告诉姐姐你为什么输了这么多。"

啊?洛兰一激灵。

"姐姐是太急了。"华峰看着她的眼睛说,"你输了第一盘之后就开始着急,之后越来越急。姐姐估计是太想赢了吧……玩游戏不能急,也不能太想赢,否则很容易输的。"

洛兰一怔,脑中迅速闪过这些年自己做生意的片段。是的,她在开始做生意的时候,的确想过这么小的生意一定得成,之后生意失败了,她又想连这么小的生意都输了,她还能做其他生意吗,给自己增添了很多无谓的烦恼。

洛兰感到心头一松,接着无比清爽,虽然不能说是满血复活,但感觉全身的力量都回来了。

她看着华峰,没想到华峰竟然给她上了这么重要的一课。这一注目,她竟发现华峰的眼睛清澈得如同湖面,睫毛又黑又长,花蕊般翘着。华峰忽然微微地撇了撇嘴,洛兰如梦方醒,居然不由自主地红了脸。

"怎么了?"她竟有种做贼心虚的感觉。

"我不想再玩游戏了。"华锋说,"玩点别的吧。"

"啊,好。"洛兰莫名松口气,"玩什么?"

华峰朝四周的树看了一圈:"我们来比赛爬树吧。"

"啊？"洛兰苦笑，"我不会爬树啊。"

"啊？姐姐竟然不会爬树？"华峰一副会爬树是天经地义的样子。

洛兰感到很难堪，不知道从何时开始，她开始在意华峰的看法了。

"那我教姐姐爬树好不好？"

洛兰赶紧答应。

然而，仓促间学会爬树谈何容易。洛兰在华峰做出示范后，试着往树上爬，但爬了一半实在爬不上去。

她不愿承认自己爬不上去，便故意跟华峰东拉西扯，希望在转移华峰的注意力后，再不动声色地下来："你看，那边好像有红果子啊。"

"哪儿？"华峰果然很感兴趣。

"在那儿，在叶子中间……"洛兰信口胡诌，忽然感到脚背上一凉，她低头一看，差点没晕过去，竟然有条蛇爬到了她的脚背上！洛兰很想喊救命，却被吓得失了声。

"姐姐你怎么不说话了？"华峰反应倒快，"啊，有条蛇啊？"

"你……你快去叫人，救……救命……"洛兰终于能发声了。

"没事儿。"华峰却是一副不慌不忙的样子，"这蛇没有毒，大壮叔跟我说过的。"说着竟然低头跟蛇打起了招呼，"你好啊。"

"好个鬼啊……"洛兰满眼金星，就快要晕过去，"赶紧把它给我弄下去……"

"哦。"华峰抓起蛇头，直接把它甩了出去。

"啊！"洛兰又意外又惊慌，"你怎么直接用手抓，不怕受伤吗？"

"没事啊。"华峰笑嘻嘻的，不以为然。

"没事？你竟然说没事？"洛兰正不知该说什么好，忽然膝盖一软，竟从树上掉了下来。就算她爬得不算高，这一摔也相当够呛。

"哎呀！"华峰赶紧伸开双臂，把她稳稳地接到了怀里，竟然是典型的公主抱。洛兰浑身火热，赶紧说："放我下来！"

"哦。"华峰听话地把手一松，洛兰直直地摔到了地上。

很痛！但她现在半点都顾不上叫痛。刚才华峰"骑士救公主"，还有那个公主抱……洛兰简直不敢往下想，心头无比激荡却又羞赧难言。

情急之下，她只好赶紧找话，分散自己的注意力："天哪，这里竟然也会有蛇，肯定是花园维护得不好，我回去就跟你姐姐说说……"

"哎呀，这可不行！"华峰着急拒绝，"你要是去说了，大壮叔就要被扣钱了。"

大壮叔？洛兰一愣：哦，大概是维护花园的园丁吧。

"大壮叔一直很用心地在干活，但是这里园子大，离山又近，有蛇溜进来也是没办法的事情。"华峰用乞求的目光看着洛兰，"姐姐别告他状，好吗？"

他的目光让洛兰产生了极大的负罪感，洛兰有一瞬间觉得自己相当不地道，简直像故事书里的坏雇主，于是赶紧说："我不告状……我只是随便说说。"

华峰粲然一笑："谢谢姐姐。"

洛兰尴尬地回笑了一下，赶紧离开，回到自己的房间后开始上网，意外地看到了一条电视台组织活动的资讯——简而言之，就是电视台组织一些人，看看他们能不能用五元钱过一天。洛兰一开始只觉得好玩，后来却发现，这个其实是在考人的资源整合能力，说通俗点儿就是过日子，而过日子其实也是经营，过日子的能力和经营能力有关……看了一会儿网之后，有些无聊，洛兰又出来逛，这次她选择了园子的另一边。

第五章　別具一格富一代

华家的花园构造精巧而且复杂。洛兰走了一圈儿,竟然没遇到华峰。说起来,那小子的猴子还没得到"正式入住权"呢,估计他要和它玩,也只能藏在僻静的地方。既然如此,洛兰便不再找他们了,自己走到一个小小的池塘边,看里面的金鱼游水,小金鱼一看到洛兰的影儿就全都躲了起来。洛兰低声笑骂了一句,朝四周看,结果看到不远处有个戴着草帽的花匠正在修剪花圃。

洛兰走到他身边,看他干活,看着看着,不经意地说道:"其实这些花不需要丢弃,说不定还能变卖出钱来呢。"

"哦,是吗?"花匠说道,他并没有抬头,大半张脸被草帽遮住,"已经败了的花,还能换钱?"

"是啊。"洛兰说,"可以晒干了做干花啊。干花可以做花瓣枕头,可以做香囊,还有其他一些用处,反正是有销路的。"

"哦,那也赚不了多少钱。"花匠笑着说。

"话不能这么说,"洛兰说,"一分钱也是钱,再多的巨款也都是由小钱堆积起来的……"

"哈哈哈哈!"花匠大笑起来,同时摘下了帽子,"好,很好,不愧是洛青的女儿。"洛兰这才看到花匠的样貌,相貌堂堂,五十多岁,似乎见过,但一时想不起来。想到他那气度和说话的语气,洛兰忽然想起一个人来,接着赶紧从脑海中搜出一张照片,心顿时"扑通扑通"地狂跳起来。

这不正是她所谓的"公公"——华为山吗?

"啊,您就是伯父吧?不好意思,之前我没认出来……"洛兰尴尬地打着招呼。

华为山却满脸欣喜地看着她,说道:"今天跟你一谈,发觉你很有经济头脑。"

"啊?"洛兰十分意外,赶紧讪笑着说,"我哪有,我只是大学毕业……也没什么经验。"

"千万别这么说。"华为山哈哈一笑,"只有学历高的人才懂赚钱,其实是一些根本没赚过钱的人胡诌出来的。当然了,高等教育会有一定的帮助,但是决定一个人能不能赚到钱的是一个人的本质。"

"本质?"

"是的。决定一个人是否可以赚到钱,关键在于他怎么看待赚钱这件事。人要发财,就要把赚钱当作本能,无时无刻都想着赚钱。还有,要懂得如何赚钱。你说的要发财就不能放过小钱是非常正确的,因为所有的大钱都是由小钱积累来的,大钱往往就藏在小钱背后。你有赚钱的资质,很好,很好啊!"

洛兰还是第一次在赚钱方面被人如此肯定。老实说,她之前贩卖小饰品亏了的时候,身边所有的人都第一时间否定了她。她虽然内心强大,但也知道所有的失败都有理由,需要吃一堑长一智。自己的的确确是败了,内心深处也曾怀疑过自己是不是没有赚钱的资质,现在被华为山如此肯定,大喜过望的同时也有点儿忐忑不安。

这就是洛兰和华为山的第一次见面。她内心隐隐觉得,华为山对她大加赞赏,也许并不是白赞的。武侠小说或是玄幻小说里,大宗师在对有潜力的年轻人盛赞之后,往往要对他进行一番试练。

第二天刚刚吃过早饭,华为山就叫洛兰去书房。华为山坐在桌边戴着眼镜看书,一看到洛兰就微笑着站了起来:"你觉得我这书房怎么样?"

"很棒。"洛兰一边回答一边打量那些书。她这话是发自心底的,华为山的书都很有品位,除了一些经管和财经方面的书外,还有大量中外名著。洛兰看到《老子》《庄子》,不禁赞赏:"没想到伯父还真会修身养性啊。"

华为山微笑着说:"嗯,性乃人之根本。"然后顿了顿,"听说昨天玉霞已经替你接风洗尘了。不好意思,因为昨天有工作要谈,我到下午才到家,所以错过了。她招待得还好吗?"

洛兰立即意识到他口中的玉霞应该就是华夫人,立即想起了自己当时的窘相,只是勉强地笑了一下道:"很好,很好!"

"既然招待得不错,那你是不是也该做顿饭,招待一下我们啊?"华为山说这话的时候满脸笑意,神情中也带着调皮的意味,但是仔细一看又是意味深长。

洛兰颇为意外,赶紧说:"当然,当然!"

"不过我可是有要求的。第一,不许带我们下馆子;第二,你要自己买菜,自己做饭,有荤有素,四菜一汤就可以了;第三嘛……"华为山说着从钱包里拿出了八块钱,"菜金就是这些,不可以超过哦。"

"啊?"洛兰接到钱的时候都愣了。要知道在物价高昂的今天,八块钱做一顿饭,还要有荤有素、四菜一汤,简直是天方夜谭啊!

华为山不动声色地审视着她,说:"菜场离这里有些远,我叫阿虎送你去。我马上就叫他去二门口等你,你也赶紧准备出发吧。"他以为洛兰会茫然无措地站着不走或者是推脱,然而洛兰只是怔怔地做思考状,然后捧着钱出去了。华为山看着她的背影,微微地点点头,然后眯起眼睛笑了。

洛兰走后不久,华菱过来找华为山谈事情,华为山便笑着把这件事跟她说了。华菱讶然失笑:"爸爸,你这是干吗啊?这是无论如何都做不到的事情啊,你这简直是胡闹。"

"我怎么是胡闹啊?"华为山笑眯眯地看着她,"这件事未必是做不到的。"

华菱仔细想了想,摇了摇头说:"我还是认为这不可能,就算她能勉强弄出一顿饭来,也不知道是什么样子。反正我不认为她能光靠八块钱就做出一顿像样的饭来。"

华为山呵呵一笑,说:"那我们就等着看吧。"

华菱撇了撇嘴,没有说话。

华为山表面一副胸有成竹的样子,但是对洛兰是否真能做出一顿像样的饭来也没太大把握。也许她真会像华菱所说的那样,胡乱弄点东西,或者干脆像童话寓言里那些耍小聪明的人剪纸为炊,再靠口才糊弄过去。不过现在多想这些东西没有用,到底是什么情况,到中午就知道了。

中午十一点的时候，保姆过来说洛兰已经准备好饭菜了，请华为山去用餐。她心里也明白，这顿饭只是华为山对她的试炼，所以只过来请了他，没有请其他人。

华为山乐呵呵地去了，老实说，他心里也有些诧异。在他的预想里，洛兰就算不找借口来推脱，也会因为为难而拖些时间，没想到竟然如约完成了。这会是怎样的一顿饭啊？华菱也非常好奇洛兰会做出什么东西来，便也跟了过来。

到了饭厅一看，饭桌上赫然放着四菜一汤，看起来也似模似样：按照他的要求，是两荤两素。汤则是鱼汤清汤。素的是一盘炒青菜，一盘炒白菜，荤的是一盘油炸小鱼，另外则是一盘油炸肉片般的东西，炸得油亮油亮，仔细一看却又不是肉片。

"这是什么啊？"华为山夹起一块问洛兰。

"这个啊，"洛兰粲然一笑，笑容中微微含些忐忑，"这是《红楼梦》梦里的名菜，孜然焦骨头！"

"哦？"华为山有些惊诧，他一时之间没想出《红楼梦》里还有这道菜，"典出哪里？"

"就是有关夏金桂的那一节啊。夏金桂最喜欢啃骨头，为了消遣，每日必杀鸡杀鸭，把肉赏人吃，单把骨头用油炸焦了下酒，这就是那味油炸焦骨头。夏金桂是桂花夏家的大小姐，对吃东西颇为讲究。这味焦骨头上的肉膜又香又酥又入味，而骨头也是香辣的，吃起来特别爽口。"

"哦？"华为山夹着那块孜然焦骨头细看，发现这是切碎的鸡架，上面的肉膜目测炸得很不错，放到嘴里一品，果然像洛兰说得那样，肉膜又香又辣又酥，骨头也有好味道。华为山微笑着点了点头，又去品尝那盘小鱼。小鱼被油炸得酥透，可以连肉带骨一起嚼碎咽下去。小鱼用面裹过，面里似乎还加了鸡蛋和酱料，鲜香可口。华为山吃了几口蔬菜，又喝了口汤。鱼汤非常清淡，但是十分清醒爽口。

"不赖，不赖，"华为山笑着放下筷子和勺子，"这三样荤的，不管哪一样，在外面吃，应该都不止八块钱。这蔬菜也不错。你真的是只用了八块钱买菜吗？"

洛兰略微不好意思地笑了笑："是的。"

"你是怎么做到的？"

洛兰更加不好意思了，但还是全部坦白，把华为山逗得哈哈大笑。原来，她今天去菜场，用两块钱买了一斤鸡架。菜场里有人专门给烤鸡架的小贩供货，鸡架都是按批发价卖。然后去卖鱼的那里，用两块钱买了一斤多小猫鱼。这些所谓的猫鱼并不是专门给猫吃的鱼，只是鱼贩子捕鱼时打上来的小杂鱼，卖得也便宜。再然后，她用一块钱买了一斤青菜，用八毛钱买了一斤白菜，再用二块二毛钱买了四个鸡蛋。回来之后，她把鸡架切碎，做成了孜然焦骨头，怕不好吃，她用油使劲炸，然后加了重料。至于鱼汤和鸡蛋炸鱼，她是先用小猫鱼熬汤，熬出清汤后就把小猫鱼捞出来，再用油炸。猫鱼被熬过后肯定鱼味变淡，于是她把鸡蛋和酱和在面里，用面糊裹住小鱼。最后把青菜和白菜用油清炒了一下。

说完后，洛兰调皮地吐了吐舌头，略有些心有余悸的样子："说起来不仅考验厨艺，还挺考验脑子……幸亏这里的调料可以随便用，否则真不知道该怎么办。"

看着她的样子，华为山彻底被逗乐了，哈哈大笑。华菱很少见华为山这么高兴，颇有些诧异，忍不住夹了几块菜尝了尝，味道确实不错，但也仅此而已，还是想不通华为山为什么这么乐呵。

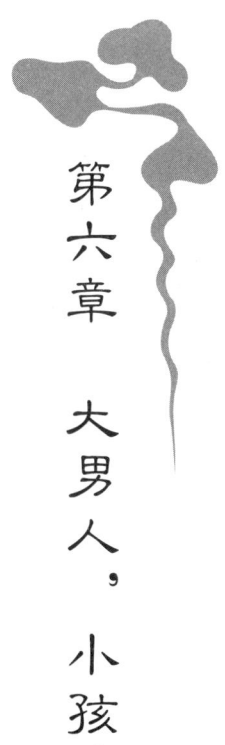

第六章 大男人,小孩魂

厨下另外准备了饭，但华为山只就着洛兰准备的汤和菜吃了饭，之后对华菱说："洛兰真是个人才。"

"爸爸，一顿饭就能看出她是个人才吗？"华菱有些不懂。

"是啊。"华为山意味深长地看了她一眼，"这不仅仅是一顿饭的问题，也不仅仅是这八块钱怎么花的问题。首先，用有限的资金买到最多的物资，并将这些物资物尽其用，这考验的是资金利用和资源整合的能力；其次，考验的是她办事的态度和办事的能力，这个任务对一个在城市里生活的年轻人来说，乍一看简直是无法完成的任务，而她接到任务后，没有找借口推脱，也没有讨价还价，而是认真地思考该如何完成这个任务，证明她是个可以干实事的人；她用小钱从小商小贩手里买东西，一定需要看脸色，一般人恐怕都拉不下脸来，然而她顺顺利利就把东西买来了，情商和忍耐力都很高；最后，你没想到她这么会包装吧，把这个炸鸡架和《红楼梦》里的菜联系起来，我都没想到……哈哈，她的确是个人才！如果阿峰能被治好，她也绝对配得上阿峰，很好，很好啊！"

华菱看着华为山，眉头微微抽动了几下，似乎想要说什么，却什么都没说出来。

虽然只是一顿饭，洛兰却感到身心俱疲，吃完饭后倒头就睡。迷迷糊糊之中，她听到华峰在外面敲门。她赶紧起来，打开门，只见他穿着一身白色的西装，不禁大为惊诧——华峰一直是穿运动装，怎么忽然换上西装了，还是纯白色的。"你怎么换上这身衣服了？"她问，没来由地有些结巴。华峰没有说话，只是像变魔术一样拿出一朵娇艳欲滴的红色玫瑰花来。

洛兰呆住了，脸上的温度迅速上升，心也跳得像打鼓。

"你这是干吗？"她的舌头都要打结了。

华峰没有说话，只是微笑地看着她，眼中依然满是纯良，但已经完全没有那种幼稚感，亮得就像两颗星，里面有着难以言喻的令人脸红心跳的内容。他捧起洛兰的手，吻了一下。洛兰感到他的嘴唇像丝绸一样柔滑，还带着微妙的温度，让她一下痒到心里去。

这种感觉掠过之后，洛兰便有了喝醉酒般的感觉，脑子里晕晕的，但心里十分愉悦。华峰亲吻了她的手背后，又轻轻抬起她的下巴。洛兰此时已经完全任他摆布。华峰盯着她的眼睛，目光就像磁石一样，吸住她的眼光，让她的眼睛无法看向别处。他慢慢地朝她凑过来，竟是要吻她。洛兰的脑中一片空白，只觉得身上脸上热得似乎要烧起来。

"丁零丁零！"一阵刺耳的铃声响起，华峰突然不见了，洛兰大惊，猛地从床上坐了起来。她居然发现自己正睡在房间的床上，门关得好好的，除了她别无一人。手机仍在"丁零丁零"，她猛然明白了刚才是怎么回事，即便房中无人，她都恨不得钻到地底下去。

她分明是对华峰动了心，希望他能懂事，然后爱她……天哪，真是吓死人了，也羞死人了！

手机还在响着，洛兰赶紧把手机抓过来，发现是张浦的电话。

老实说，乍一看到是张浦电话的时候，她还真不知道该如何反应。人家当初可是全心全意地帮她"抗婚"，结果她后来自愿住到华家来，也都没给他一个交代。虽然很尴尬，她还是接了电话："喂——"

"喂！"听到她的声音后张浦十分激动，颤着声音说，"你现在说话方便吗？"

他这话让洛兰瞬间有了演谍战片的感觉，感觉十分怪异，苦笑着说："方便……"

"那就好。"那边的张浦松了口气，但语气依然很激动，"你怎么到华家去了？我昨天才知道，我还一直以为你在外面逃着。我还联系了你那些同学朋友，问你是不是在他们那里躲着……我想，你为了迷惑敌人，一定会去不常去的朋友和同学那里……"

洛兰越听越愧疚，低声说："对不起……"

张浦没听出她这个"对不起"的含义，继续说："你怎么会到华家去的？你是被胁迫了？他们是怎么胁迫你的？我想法子救你出来？"

"他们没有胁迫我……"洛兰越说越觉得舌头沉重，只好深深地叹了口气，"一言难尽啊……我们上QQ聊吧。"

现代人在某些话无法出口的时候，就喜欢用键盘表达。当然了，洛兰这事做得不算什么见不得人，但为了钱放弃自己的坚持，她自己还是觉得挺羞耻的。

洛兰挂掉电话，打开电脑上QQ。

洛兰不知道，此时正有个人通过摄像头观察着她的一举一动。这个房间里还安装了监听装置，但是洛兰现在上QQ，身体正好挡住了键盘和聊天窗口，监视的人无法得知她在说什么。

张浦听了事情经过后，半晌没有回应。

"事情就是这样。"洛兰叹着气打着字，"我知道我很差劲，但是我没有办法……我家里的经济真的是崩溃了，我不能这么自私。"

"哦。"这次张浦有了回应，"你这也是没办法。"

洛兰松了口气，继续打字："那你先帮我保守秘密。华为山还不知道这个一年期限，如果消息传到他耳朵里，他大概又会……起疑心，事情会变得不好办。"

"好吧……华家到时候不会不认账吧？"

"应该不会，感觉华家人应该是明事理的人。他们知道如果在华峰有病的情况下强行促成这个婚事，对他们家也不好。"

"那好吧……华峰那小子会不会对你不利啊？"

"华峰？他挺好的，就像个乖小孩。"

"不是啊，我在想，这家伙不管怎么说，已经是个大男人了，会不会……"

洛兰这才意识到张浦说的是有关"性"的问题，一开始觉得很滑稽，回想一下华峰的样子，脸上竟莫名其妙有些发烧，停了停后才给张浦回复："这个应该没关系吧……通过我和他的接触，感觉他就是个小孩子，应该没什么事情。"

张浦却依然不放心："你确定？"

"你放心好啦！"洛兰有些不快。

张浦察觉到她的不快，不好再说下去。

洛兰在屋子里待着无事,又想去看看华峰在干什么,不知从何时开始,她觉得这小子开始变得像她的责任了。

这次华峰比较好找,她在假山树林里的老地方找到了他,他正蹲在假山后面,看着猴子阿花梳头。猴子阿花不知道从哪里找来一个桃木梳子,装模作样地梳着头上的毛,看起来十分滑稽。

华峰发现洛兰来了,对着她灿烂一笑:"姐姐早啊!"

洛兰苦笑了一下,说真的,她已经越来越能适应他称呼她为"姐姐"的事情,而且这小子在喊她"姐姐"的时候纯良得毫无杂质,令洛兰有种保护者的感觉。她笑着蹲到他身边说:"这猴子还挺滑稽的。"

"是啊。"华峰笑着应和道,"昨天它梳头的时候更好玩。"

嗯?洛兰乍一下没想太多,之后意识到华峰每天就是日复一日地看猴子耍宝,不仅感到一丝凄凉,觉得自己有必要丰富一下他的生活。一句"我带你到园子里去玩玩"已经到了嘴边,却又吞了下去。老实说,华峰的家就在这里,估计自己家的园子早就玩腻了,要想带他解闷,还是得带他出去。

"我带你去街上玩玩好不好?"洛兰小心地问他。

"这样可以吗?"华峰露出怀疑的神情。

"怎么,你怕上街吗?"洛兰心头微微一紧:莫非他也有那种怕见人的创伤后遗症?

"不是的。"

华峰眼中闪闪发光,显然对上街这件事很有兴趣:"可我姐姐叫我不要上街,说上街可能会有一些麻烦事。"

麻烦?洛兰微微有些犹豫,又觉得他闷在家里实在太可怜,还是决定带他出去。

洛兰把华峰带到了玉盘湖公园。这就是一个天然湖造的公园,湖边有沙滩,沙滩上到处都是鹅卵石。几个小孩子坐在沙滩上,正用沙子和鹅卵石建着城堡。他们的妈妈则坐在一旁的躺椅上笑着看着他们。没有孩子不喜欢自然,也没有孩子不喜欢和其他孩子一起玩。华峰立即跳到孩子们中间,和他们一起建城堡。

　　妈妈们对华峰的行为略觉惊诧,但也只觉得他是个喜欢孩子、有童心的成年人罢了。孩子们则觉得没什么,小孩子们对玩伴总是一视同仁,这就是孩子们的天性。

　　华峰建城堡时颇为专注,城堡也建得有模有样。洛兰从她的角度只能看见他的侧脸,但依然看得见他脸上的欢喜和愉悦。洛兰静静地看着他,竟不知不觉入了神:人们在童年的时候,要么是渴望快点长大,要么是对童年毫无概念。等到童年结束的时候,才发觉童年是多么的宝贵,想要挽留,想要重回,却怎么也做不到。华峰现在的样子让洛兰忆起了自己的童年,有种想要重回童年的感觉,而且隐隐觉得重回童年也许是可以做到的事情。

　　小孩子们的游戏往往伴随着竞争。一个孩子看华峰的城堡建得比他高、比他好,鼓起了小嘴,一把把城堡推倒了。华峰怒了,顺势推倒了他。孩子愣了一下,大概是以为大人不会动手教训他,接着表演般张开嘴卖劲地哭了起来。

　　"哎呀,你干什么?"孩子的妈妈——一个戴着大金耳环的女人赶紧跑了过来,"你怎么能动手打人啊?"

　　"是他先推倒我的城堡!"华峰愤怒地解释,"再说我也没有打他!只是推了他一下而已!推得还不重!"

　　金耳环女白眼一翻,耍起了无赖:"谁说你的城堡是我儿子推倒的?我看它是自己倒的!"

　　就在这时,另一个孩子大声说:"我看到了,就是他把这位大哥哥的城堡推倒的!"

　　华峰得意地看向她。金耳环女人当众被呛,但没有就此罢休,又换了一套说辞:"就算是我儿子推倒的又怎么样?你多大?他多大?你这么大一个人,不知道让着孩子吗?"

　　"这跟大小有什么关系?"华峰根本不吃她一套,"今天就是他不对!不对就应该被教训!"

金耳环女人没想到他对"大小论"也不感冒,气急败坏之下使出了撒手锏:"我看你是不是不懂做人的道理啊?简直跟白痴一样!"

华峰的脸瞬间涨得发紫,虽然他不知道自己的具体情况,但他对"白痴"这个词特别敏感。洛兰知道自己必须干预了,一阵风般地跑到金耳环女人和华峰之间。她比金耳环女人高出半个头,一副居高临下之势:"你凭什么骂人啊?你说谁是白痴?人家说得没错!不管人大人小,犯错了就要被教训!"

"你是谁啊?"金耳环女人吃惊地看了看洛兰,"这事跟你有什么关系?"

"先别问我是谁!"洛兰提高嗓门,"不公平的事情谁都能管!你家儿子今天就是不对,当妈的不好好教育孩子,还公开护起短来了,想干什么?"

"什么?护短?"金耳环女人气急败坏,"我今天真是开了眼了,真是活久了什么都能遇到……你是不是傻子啊?别的不说,就说他这么大一个人,我孩子是这么小一孩子,就算我孩子犯了错,他也该让着他。他跟孩子较劲,他就是不道德!你是真傻还是假傻啊?"

洛兰只觉得义愤填膺,"傻"这个词非常有侮辱性。她从来不是懦弱之人,一旦跟人吵架就会火力全开:"我看你才是傻!谁说孩子小就可以是非不分了?从小不诚实、欺骗别人,长大了会变本加厉。人不会一长大就自动变得通情达理的,你不在他小的时候好好管教他,他就会越变越坏!"

听到洛兰这么说他,那孩子又咧开嘴卖劲哭,在洛兰听来更是火上浇油:"哭什么?哭不代表你有理!别想拿哭来讹我!"

那孩子一惊,立刻住了嘴。金耳环女人急了:"你这个疯子,你怎么能随便吓唬孩子……"

"孩子怎么了?"洛兰朝她一瞪,"拿孩子就可以讹人?哈哈,看来我之前是说错了,你这个妈就三观不正,你自己都没被管教好吧,怪不得管不好小孩子了!"

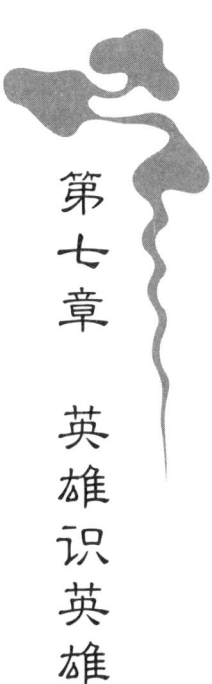

第七章 英雄识英雄

双方正在不相上下的时候，华峰过来拉了拉她的衣角，皱着眉头小声说："姐姐，我们还是走吧。"洛兰看了看周围越聚越多的人，甚至还有不明就里的人们对她指指点点，不想再和金耳环女人纠缠，赶紧带着华峰快步离开，心情糟透了！

回家的路上，洛兰越走心里越不是滋味，忍不住问华峰："可能我这句是废话……我今天是不是有点儿丢人啊？"

"丢人？为什么？"华峰讶异地看向她。

"我今天好像有点儿发作过度了，还有人把我当成了坏人……"

"我没觉得啊。"华峰鼓了鼓嘴说，"那个阿姨实在是太过分了。在你教训她的时候，我只是觉得解气而已。他们不觉得那个阿姨过分，那是因为他们没有被她欺负啊，怎么会知道我们的感受。"

这话说得很直白，也没有语言艺术，但是十分管用。洛兰顿时觉得内心好受了点儿，拍了拍华峰的肩膀："哈哈，你说得好，说得对！"

华峰笑着朝洛兰看了一眼，目光就像是崇拜主人的小猫："我觉得姐姐你酷毙了！"

"哈哈，酷毙了，是吗？"洛兰听了后不禁有些飘飘然。被他肯定，她很开心，但是今天的事情也让她有些失望，他的表现说明他彻彻底底是个"小孩"，看样子要恢复很难很难。

说着说着，他们就到了华家旁边的那个树林边。华峰忽然停下脚步，侧耳细听。

"怎么了？"洛兰赶紧问他。

"我听到树林里有声音，也许有只小兔子。"华峰一脸关切。

"兔子啊……"洛兰没有想太多，"天已经晚了，就别玩兔子了。"

"不是玩兔子！"华峰说，"我是怕有受伤的小兔子跑来……这附近有坏村民，用自制的猎枪乱打猎，之前我就在树林里救过一只受伤的小鸟。"

洛兰明白了，赶紧说："那你进去看看吧。"她怕华峰自己进去有危险，跟着他一起进了树林。树林里很静谧，看起来没什么危险。洛兰便放松了警惕，加之因为今天走了不少路，脚踝酸痛，便站在一棵树下发呆。

华峰低着头在草丛中翻找，越找越远。洛兰深深地吸了口气，正准备闭上眼睛休息，忽然背后伸过来一只手，一把按在了她的肩膀上。

"呃？！"洛兰一惊，回头一看，跟着又是一惊：这不是张浦吗？

"嘘！"张浦把食指竖在唇边，"别出声，别让华家那些家伙发现了。"

"干吗？"看他这样子，洛兰不由自主地惊慌起来。

"我是来救你的！"张浦的声音压得更低，"我琢磨过这事儿，越想越觉得不对劲，这其中说不定有什么阴谋……快跟我走吧，不管怎么说，先逃走再说！"说着拉起洛兰就走。

"可是……能逃到哪里去呢？"洛兰茫然地说。对现在的她来说，与其说是不知道该逃往哪里，倒不如说是根本不想逃。

"我已经联系了在乡下开农场的朋友，她可以让你在那边暂住一阵。"张浦用力地拉洛兰的手，却发现洛兰站定不动，不由得又惊又疑，"你这是做什么？怎么不走啊？"

"我不能走啊。"洛兰双脚仿佛有千斤重，"我已经答应了他们，不能毁约。再说，我要是跑了，我家人该怎么办？我家里人现在需要钱啊！"

"我的天……"张浦又惊又急又怒，"你这是拿自己当工具做交易吗？就算想跟人交易，起码也得确认交易公平无欺吧？"

"啊？"洛兰呆住了。

华峰忽然冒了出来，一把将张浦推倒在地。

"你想对姐姐做什么？！"华峰大声质问。

张浦愣了。

"你想对姐姐做什么？！"华峰又重复了一遍。

张浦听他语气稚嫩，忽然明白他是谁了，顿时仇人相见分外眼红：

"啊！你就是那个傻小子！"

"你才是傻小子呢！"华峰不甘示弱。

张浦呆了一呆，忽然大怒："你应该不傻……你是装傻！"

"张浦！"洛兰赶紧过来干预，"他不是装傻，也不是傻……"说到这里，她也不知道该怎么说下去了，伸手把张浦拉起，低声对他说："我知道他看起来精精神神，不像是有病的，但是他的确是……很不幸……"

张浦惊疑地看着华峰，忽然从他神情里捕捉到了一个细节，更惊更怒："这小子绝对是装傻……你看他一脸得意，分明是那种争风吃醋争赢了的样子！"

洛兰赶紧回头，华峰又变回那纯良的样子，但洛兰还是察觉到了些什么。洛兰看着他，心头的怀疑慢慢滋生。就在这时，华家那边有人往这边走。

"你快点走吧。"洛兰赶紧推张浦，"这其中的事情……一时说不明白，有空我再跟你说！"

张浦不想就这么无功而返，但见洛兰实在没有跟他走的意思，只好悻悻离去。

"这个哥哥好奇怪！"华峰看着张浦离去的背影，依旧十分愤慨。

洛兰暗暗庆幸：看来他没有听懂他们在说什么。果然还是"小孩子"，不过心中的那团疑云仍未消散。

她不知道，不远处有一个人正慢慢地把手机放进口袋。刚才的那一幕，这个人在旁边拍下了所有画面。

转眼间，华家的人也走了过来，原来是那位退休农民吴大树。吴大树一看到他们就热情地招呼："哎呀，少爷、洛兰小姐，你们在这里玩呢？"

"是的。"洛兰赶紧笑着说，巴不得他赶紧走。

吴大树却发现了华峰的不高兴："少爷，你看起来不开心啊，怎么了？"

"没什么。"华峰气鼓鼓地说,"刚才遇到了一个坏人!"

"哦,坏人?"吴大树吓了一跳。

"啊,不是……"洛兰赶紧遮掩,"是遇到了一个喝醉酒的,胡扯了几句就走了。"一边说一边偷眼瞟华峰,生怕华峰会拆穿她。

幸好华峰并没有拆穿她,还微微点了点头。

吴大树信以为真,朝四周看了看,也跟着抱怨了几句:"唉,喝醉了还到处乱跑,不是生事吗……洛兰小姐,您和少爷今天一直在这边玩儿吗?"

"哦,不是。"洛兰随口答道,"我带他去市里面玩了一圈。"

"你带他出去了?"吴大树满脸写着"不妥"。

"不行吗?"洛兰一惊。

"这个啊……"吴大树看了看洛兰,说道,"华菱小姐一般不让华峰少爷到街上去玩……您刚来,可能不知道,下次最好不要带出去了。"

"哦。"洛兰低声应道。

晚饭时间,华为山又问起洛兰的生平经历,尤其是与经商有关的。

洛兰脸上一红,说之前做过一次生意,不过赔得挺惨。

华菱惋惜地叹了口气:"现在听起来还真可惜呢。不过你也不要太在意,要把理论融入现实,本来就是件非常困难的事情。有很多商业理论家,说起商业理论来都是一套一套的,但要是叫他经商,却是非常困难的呢。"她表面上是在宽慰洛兰,其实是想告诉华为山:洛兰未必真有赚钱的本事,说不定只是嘴上说得好。

华为山听后,没说别的,只是对洛兰说:"这样吧,吃完饭后,你到我的书房来一下,我们来好好聊聊这事儿。"洛兰心中有些惶恐,又有几分期待。其实她一直很想找个行家看看自己到底失误在哪里。

晚饭后,洛兰来到华为山的办公室,华菱也跟了过来。

华为山问洛兰:"你当初进的是什么样的家居饰品,可以给我看看吗?"

洛兰赶紧拿出手机,翻找照片。

华为山看了看她货品的照片，沉思了一会儿说："老实说，这些东西不仅不贵，而且外形别致，应该销售量很好啊，是宣传不力而导致卖不出去的吗？你还有当时的宣传方案吗？"

洛兰找给华为山看。

看了之后，华为山露出笑容："不错，这文章写得不错，把你想卖的东西巧妙地嵌在一个爱情故事里，但是宣传力度不大。"

洛兰不好意思地笑了笑，华为山说得一点儿都没错。

华为山接着说："虽然这个宣传力度并不算多大，但是对于一个网站来说足够了。既然如此，为什么东西卖不出去呢？你有想过这个问题吗？"

洛兰沉思了一会儿道："供过于求，我进货的时候过度依赖流行因素。大家一看到某个元素流行，就会一窝蜂地进同样的货，造成供过于求。卖得多了，就只有那些开店历史较长、拥有丰厚客户资源的大店卖得好了，像我这种小店完全没有优势。"

华为山点了点头，说："分析得不错，有商业头脑。不过你不用急于清仓，还有回暖的机会。"

"这么说，我是性子过急了？"

华为山微笑着说："你的店属于新店，一般来说，人们接受新店都有一个过程，对于网店更是如此。一般说来，新店开张，得做好亏三年再盈利的准备，虽然夸张了一些，但是新店刚开张的时候，往往的确难以盈利。所以你的商品暂时卖不出去，是非常正常的。市场是难以预料的，即便你的东西有销售的价值。鉴于你的资金和店铺规模，你尽早把这些东西卖掉，是可取的。"

说着，华为山朝华菱看了一眼，意思是洛兰眼光能力还不错，只不过时机不好。

第八章 他也有情爱？

谈话结束后，洛兰回到自己的房间上网。她之前有跟张浦说以后再谈，估计张浦会在QQ上给她留言。令她意外的是，张浦并没有给她留言。她颇有些哭笑不得，难不成张浦理解了她的苦心，不再纠结了？这也难说。

既然张浦没找她，她打算找些生意经的文章来看，看得累了，找个恐怖程度中级的鬼片去睡觉。

鬼片对洛兰来说就是个微妙的存在，属于越害怕越想看的那种。洛兰打开一个泰国的鬼片，看着看着，忽然听到有人在敲窗户，她朝那边一看，顿时倒抽了一口凉气：窗户那边竟然有张人脸！如果她没记错的话，窗户外面应该是池塘啊！就在她要尖声大叫的同时，她发现窗外那个人居然是华峰！

洛兰怀疑自己是否在做梦，赶紧说："天哪，你怎么在那里啊？外面不是水塘吗？你站在哪里的？"

"水塘边有石台啊，我就站在上面。"

"那也好危险啊！"洛兰着急地说，"你快点下来……你站到这里做什么啊？"

"我想给姐姐一个惊喜。"华峰笑得既调皮又神秘。

"你这根本不是惊喜，而是惊吓。"洛兰又害怕又生气。

"哈哈哈！"华峰笑了，"姐姐害怕了吗？快点出来吧！"

洛兰赶紧出来，华峰笑着牵起她的手，牵手的瞬间，洛兰感觉略微有些异样，但又不好挣脱，只好由着华峰带着自己走进一个树林。

路上，洛兰脑中忽然想起张浦白天的话："华峰是装傻！他分明是一副争风吃醋争赢了的表情！"不由得胡思乱想：他是装傻吗？他对她有……那方面的想法？

转眼间，华峰已经带她来到树丛里的茂密之处，回头对着她笑道："姐姐，现在请你闭上眼睛。"

闭上眼睛？他要做什么呢？洛兰忐忑地闭上眼睛，心怦怦乱跳。

"好了，姐姐，你可以把眼睛睁开了。"

洛兰睁开双眼，眼前一片荧光闪闪的小亮点儿，树叶间、草丛里，到处都是。

"天哪，这好美……"洛兰失声赞叹，"这些是萤火虫吗？"

"不是，"华峰卖起了关子，"姐姐，你猜？"

洛兰走近一个亮点，发现那是一个小小的圆珠，用黑线吊在树枝上。

"这珠子是什么？"

"夜光项链。"华峰得意地说，"把它拆开来挂在这里，做成有很多萤火虫的样子。"

"哦。"洛兰看着这一个个像萤火虫一样的亮点，心头涌上一股热流，就在这时，张浦的话也同时响在耳边。华峰会不会对自己有那种感觉？洛兰决定试探一下。

"那，华峰啊，你把这么小的珠子全用线系在这么细小的树枝和草梗上，一定非常麻烦吧。你为什么要为姐姐这么做？"

"因为我喜欢姐姐啊。"华峰不假思索地说。

洛兰脸一红，心也不住扑腾起来："有多喜欢呢？"

"就是说不出的喜欢啊。"华峰笑着说。

呃？

"姐姐很棒，很酷，对我也非常好，无论何时都愿意帮我说话。我很喜欢姐姐。"

"哦。"洛兰听了后有些失望，这的确应该是"小孩子"说的话，心里一沉，连欣赏这些小亮点的心情也没了，对华峰说，"天已经晚了，你早点回去休息吧。"

"哦。"华峰有些不情愿。

"对了，这项链谁的？"洛兰问道。

"同娜娜姐换的，我用家里的一条黑珍珠项链换的。"华峰说道。

洛兰这是第二次从华峰的嘴里听到"娜娜"的名字，不由得开始琢磨她是谁。华峰现在这个样子，已经和外面不联络了……难道是华家的保姆？

想到这里，洛兰有点儿想知道这个韩娜到底是谁。

夜里，洛兰坐在床上，久久地回味着刚才的场景。想着想着，她忍不住又走去那个树丛，发现那些夜光珠都在原处，华峰竟然也在。他对着她粲然一笑，阴暗的光线给他的轮廓补上了很多温柔的线条，月光隐隐地从枝叶缝隙里透进来，使他的脸又像笼上了一层柔光。

她坐在他身边，这时，头顶的夜空陡然变得明亮起来，满天的星光倾泻下来。她仰头看着天空，那一颗颗星星就像钻石一样闪闪发亮，而那些夜光珠竟然不输那些星星。于是，他们就被这样被无数颗星星围绕着，肩并肩地坐着。虽然没有交谈，洛兰却感到一股柔柔的暖意在自己的心头流转。就在这时，华峰拿出一串珍珠项链，戴在她的脖子上，珍珠又大又圆，像星星一样闪起光来……嗯？

洛兰立即省悟，她又在做春梦——这次她没醒时就意识到了。她睁开眼睛，果然发现自己好好地躺在床上，屋里一片漆黑。她抱着被子坐起来，回想刚才梦中的景象，脸红得像火烧云一样，恨不得钻进被子里去。好吧，她现在得承认并且总结了。之前她是对华峰有了情感，但之后见他是百分百"小孩"，那感觉又熄了。在他做了一件让她感觉挺浪漫的事，那情感竟然又来了，这可怎么办啊？

胡思乱想之际，"娜娜"这个名字又跳到了她的脑海里。她感到心头像被什么东西戳了一下：不管怎样，先搞清楚这个娜娜是谁再说！

说干就干，洛兰第二天就当起了福尔摩斯。她进入华家的"家政管理QQ群"，里面的人应该都是实名，从前翻到后，都没有找到名字里有"娜"的保姆。洛兰有些泄气，正在花径上走着，忽然看到一个小保姆正靠在小亭子边上玩手机。洛兰发现她脖子上戴着一条黑珍珠项链，顿时又惊又喜：真是踏破铁鞋无觅处，得来全不费工夫啊！

"韩娜！韩娜！"顾妈忽然跑了过来。

洛兰赶紧藏入僻静处。顾妈叫这个女孩韩娜，触发了她一个细节性的记忆：这个女孩就是在她醉酒后给她送小蛋糕的。

"顾阿姨,出了什么事吗?"韩娜赶紧迎上去。

"哎哟,"顾妈唉声叹气道,"厨房丢东西了,就是太太那瓶限量版的欧洲酒庄自酿酒!今天早上老孙刚从酒窖里拿出来一瓶,放在厨房的桌子上。之后大家都没注意,后来老孙再去看的时候,竟然不见了。卢管家要召集所有人,一个一个地查问呢!"

"真讨厌!"韩娜听了后整张脸都皱了起来,"那个姓卢的老家伙肯定又要借题发挥了!"

"可不是嘛,唉……"

两个人边埋怨边走开了。洛兰待了半晌,之后还是决定去找华峰。华峰的房间就在盖着青琉璃瓦房顶的二层小楼里,之前为了避嫌,洛兰还没有去过。

第九章 高分不低能

华峰的房门虚掩，洛兰径直走了进去。华峰的房间布置得简单利落，她走到里间，发现华峰正坐在桌边，朝窗外看。听到洛兰的脚步声，他赶紧回头，朝洛兰做了个嘘声的手势。洛兰一脸诧异，赶紧走到他身边，低声问："怎么了？"

华峰朝窗外指了指，用压得更低的声音说："别惊到它了。"

洛兰顺着他手指的方向看过去，发现阿花正坐在窗外的树杈上。

"我想叫它学孙大圣耍金箍棒，它不愿耍，我准备逗他耍。"

洛兰这才发现在离阿花不远的小树杈上横着一根小细棍儿，两端贴了金纸，颇有点儿金箍棒的样子。

阿花正盯着它，仔细观察了一会儿，还挠了挠头，然后便一下蹿过去，拿起金箍棒耍了起来。大概是因为猴子的心性都是相通的，动作也差不多，阿花耍金箍棒的样子颇有几分孙大圣的感觉。它把金箍棒从左手换到右手，又从右手换到左手，耍出各种花样，还在树枝上上下腾挪，十分滑稽精彩。

洛兰看得出了神，忍不住笑出了声。阿花发现洛兰在笑，露出生气的神情，折下一个枯干的树枝朝洛兰扔了过来。洛兰猝不及防，一下被砸了个正着。洛兰很生气，阿花拍着手大笑。洛兰更加生气，顺手拿起那根树枝，又扔了回去。

然而她远远没有猴子扔得准，树枝从猴子身旁飞了出去。猴子鼓起腮帮，朝洛兰做了一个鬼脸。洛兰更加生气，也对着它做了一个鬼脸。猴子干脆把身子背过来，把它那红彤彤的屁股对着洛兰，拍着屁股向她挑衅。洛兰一时间气得抓狂，四处乱看，寻找可以当武器的东西，忽然瞥见华峰正笑吟吟地看着她，这才发觉自己有些失态，便挠了挠头，不好意思地笑了。却不知，她这个动作，和猴子又有异曲同工之妙，华峰笑得更厉害了。

看来洛兰的面子是无法挽回了。她索性便不再挽回，跟着华峰笑了起来。猴子在外面看他们大笑，自己倒觉得奇怪，抓耳挠腮地做不解状。

"看来它真的很喜欢你呢。"笑完之后,华峰对洛兰说。

"喜欢我?"洛兰有点儿诧异。

"是啊。"华峰说,"如果它不喜欢你,早就逃跑了。它看到你之后不仅没有跑,还愿意跟你玩。你知道吗,一开始的时候,即便是我救了它,它也不轻易跟我玩耍呢。"

"哦。"洛兰半信半疑,不由自主地朝猴子看去,这家伙真的喜欢她吗?

猴子似乎听到了什么声音,"嗖"一下没了。

接着,洛兰和华峰便听到身后传来鞋跟敲击地板的声音,回头一看,韩娜正款款地走了进来。

"洛小姐,"韩娜看了看洛兰,然后甜蜜地对华峰说,"华老先生请你过去。"虽然被很多人伺候着,但华为山很反感别人叫他老爷,吩咐别人叫他"华老先生"。

"好的,马上过去。"洛兰心想不是又有什么考验,心里苦笑着去了华为山的书房。

华为山依然在看书,看到洛兰过来,笑眯眯地放下书:"这几天你一直待在家里,一定很闷吧?!"

"不,一点儿都不闷。"洛兰赶紧说道。

"哈哈!"华为山拉开一个抽屉,从里面拿出一摞培训材料,"我给你找了个培训班,学习学习经济管理,怎么样?"

"哦,好啊。"洛兰答道,双手把材料接过来,发现那是一个高级经管培训班的材料。洛兰听说过这个培训班,非常棒。洛兰开心过后,忽然想到了华峰,心里突然难受起来。

华为山看出了她的犹豫,微笑着问:"怎么了?"

"这个啊,"洛兰为难地说,"我只是觉得,我应该多陪陪华峰,对他应该很有利。"

华为山眼里露出欣慰和喜悦的光:"你尽管放心,这个培训班每天只有上午两个课时,你还有很多时间陪华峰。"

"那太好了!"洛兰开心地答应了。

华夫人身体好转后,午饭和晚饭都是和全家人一起吃。洛兰还记得自己的醉酒乌龙,因此看到华夫人还有些不好意思,更何况华夫人喜怒不形于色,洛兰有些怵她。

"老华,家里这些人已经越来越不像话了。"华夫人忽然开口。

"怎么了?"华为山皱着眉头看着她。

"偷东西啊。"华夫人的脸上陡然罩上了一层寒霜,"我喜欢喝的那酒,你也知道的,前阵子竟然被人偷了一瓶。"

"哦?"华为山的眉头先是松开,然后又皱紧,"找到偷东西的人了吗?"

"还没有找到。"华夫人冷笑道,"老卢查问了半天,没有一个人承认的,都是一推六二五。我看,恐怕得报警才行。"

"报警?我看还是先不要报警,暗地里先调查。"华为山劝说道,"一报警就影响大了,传出去也不好听。"

华夫人显然对这种处理方式不满,但是没有再说什么,她也得顾及华家的面子。

为了成为像华为山那样优秀的管理者,洛兰满怀期望地去上培训班。

洛兰今天穿的是华菱精心给她挑选的套装,按照华菱的说法,她上课也是在代表华家。华为山给她指派了车,还有专门的司机。这位司机姓范,叫范大伟,看起来只有二十岁出头,留着一个板寸头,长相有几分帅气,态度很好,但就是目光冷冷的。对这一点儿洛兰倒没有怎么在意,90后的孩子很多感情淡漠。

跟她一起上培训班的基本上都是四五十岁的男女,大都穿着华贵,但是打扮俗气。这是这一代白手起家的企业家的通病,大多没什么文凭,变有钱之后品位没跟上。坐在洛兰旁边的就是个典型——他五十岁上下,长相不是那种精神的五十岁,而是那种衰颓的五十岁,梳了一个油光可鉴的大背头,双手食指和无名指上各戴一个戒指。右手食指上戴着个大大的盘龙金戒，无名指上戴着个黄金镶猫眼石的戒指；左手食指上戴着一个大大的金蟾戒指，无名指上戴着的是黄金镶蓝宝石，小指还留着长长的指甲。洛兰下意识地挪远了一点儿。

学生就位后，老师进来了。这位老师看起来应该只有三十出头，穿着随意，但是整洁干净。说来也奇怪，洛兰一眼就看出他应该是留洋回国的，他的目光似乎包含着很多想法。

看到老师如此年轻，学员们间发生了小小的骚动。简而言之，就是年龄等于资历，年龄等于能力。年老的未必是大师，但是嘴上没毛的必定办事不牢。洛兰也知道这一点儿，于是略带点儿幸灾乐祸地看着那位老师，心里想：看看，留洋留得自己国家的世俗规则都忘了吧！自己本来就因为年轻难以压服这些中年企业家，还穿得这么随意。

老师似乎对这个骚动毫无感觉，他走到讲台上，对学员们一笑："同学们好，从今天开始，就由我来给大家上课。希望我们能够相处愉快，能够非常好地把课业完成。"说到这里他顿了顿，"我想起我之前在国外上学的时候，每个老师在上第一课的时候，往往不急着讲课，而是专门空出点时间，让老师和学生互相了解。只有真正互相了解了，才能合作愉快。所以，同学们如果对我有什么问题，对课程有什么问题，都可以提出来。只要不是我的私人问题，我都可以解答。"

洛兰听到身边的男人发出一声冷笑，这冷笑声简直像狐狸从喉咙里出气，洛兰知道他肯定要狠狠地对老师发难。

果然，他阴阳怪气地说："我是有个问题想请教老师，是关于这个课程的。"

"请说。"老师一脸诚挚地看着他。

"你说我们都是从商业实践中摸爬滚打出来的，这事儿不假。正因为如此，我们知道实践的重要性，知道只有实践才能指导实践。您准备教给我们的这些商业知识，可以指导实践吗？"

"这是当然的。"老师一点儿都不慌张，"我教给你们的这些商业知识，都是前人从商业实践里总结出来的。"

"这可不一定。"那个男人冷笑着说,"知识是死的,不管是不是从实践中总结出来,都是死的,只有人是活的。请问老师你有自己经营企业、获得成功的经验吗?"

老师抿了抿嘴,然后回答说:"没有。"

"既然你没有实践经验,那你该如何指导我们的商业实践呢?如果你教给我们的知识都只是纸上谈兵,那我们上这课又有什么用呢?"到这个时候,这个男人一副胜券在握的模样。学员们面面相觑,然后交头接耳地议论起来。

面对这种情况,老师却镇定自若,说:"这个问题我可以回答。不过,我在回答这个问题之前,可以先请教您一个问题吗?"

那个男人往椅背上靠了靠,抬起下巴骄矜地说:"当然可以。"

"好的。"老师的一双眼睛闪闪发亮,笑着说,"刘备称呼诸葛亮为军师,那表示他在治国和用兵的时候,是以他为师的,对吗?"

"是的。"

"诸葛亮'未出茅庐,就知三分天下',从'未出茅庐'上看,他应该也没有实践,那他也指导刘备获得了成功啊。"

此话一出,洛兰一惊,其他学员也停止了骚动。这个反击挺漂亮啊!不过他们并没有因此而认可老师,只是觉得他反击得漂亮,想看他下一步会如何。

男人从鼻子里哼了一声:"那你是把自己和诸葛亮相比喽?老师,恕我说句不礼貌的话,诸葛亮是天纵奇才,您把自己和他相比,怎么着都会差点儿吧?"

"我当然不能和诸葛亮相比,"老师不卑不亢地笑着,"我只是想证明,即便没有实践,有知识的话,也是可以帮助别人进行实践的。古今中外,每个国王、每个霸主都有谋士,这些谋士都没有自己的国土,也没有自己的军队,但是都帮助国王们获得了成功。"

"哦。"那个男人知道自己已经输了,但还是忍不住追加一句,"这么说,你绝对可以帮我获得成功了?"

"当然了。"老师调皮地笑了笑,"只要您是位霸主,我绝对会是个称职的军师。"

学员们发出一阵笑声。到目前为止,学员们已经算是认同老师了。不过,这位老师刚才显示的只是耍嘴皮子功夫而已,和他的经商指导的能力可以说是完全没关系,然而有些人则觉得能说会道就是功夫,就是能力。

老师微笑着扫视了学员们一圈,又问:"请问还有同学有问题的吗?"

学员一阵安静,只是微笑地看着他。老师知道自己已经得到了学生的信任,笑了:"我忽然想起来,我还没进行自我介绍呢。"说着转身在黑板上写下三个大字:"我姓郁,名叫茹严,郁茹严。"

接下来郁茹严便开始讲课,讲得还不错,至少洛兰是这么觉得的。

课程很快就结束了。学员们都开始收拾东西准备离开,洛兰却捧着笔记本冲到了讲台边,她还有些问题要问呢。郁茹严非常欢迎,认真地跟她讲解,讲完最后一个问题后,忽然仔细地朝她看了一眼,说:"和其他学员相比,你格外年轻呢。"

"呃……"洛兰一时间不知道该怎么回答。

"你是接班儿媳吗?"郁茹严的眼里冒出一个笑泡儿,又追问了一个问题。

"接班儿媳?"洛兰对这个陌生的词汇感到茫然。

"哈哈!"郁茹严盯着她看,瞳仁里有种说不出的光彩,"现在有很多新闻报道,说现在有这么一种趋势,有些老总觉得自己的儿子资质不足以继承家业,便挑选一个有能力的儿媳,日后让儿媳接他的班。现在的富二代,质量嘛,大家都知道,所以现在接班儿媳是越来越多了。你也是其中一个吗?"

洛兰一怔,不知道该怎么回答。华峰不是资质不好能力不行,而是横遭意外。自己也没打算真正当华家的儿媳。而更要命的是,她现在才明白到华为山对她的期望有多大,不由得倍感压力。这些乱七八糟的东西搅在一起,让她的脸色变得更是复杂难看。

郁茹严察觉这其中应该很有文章,便不再多问了,只是递给她一张名片:"这是我的名片,上面有我所有的联系方式。以后只要你在学习中遇到问题,可以随时问我。"

洛兰伸手接过名片,鼻端先闻到一股香味,一股薄荷香草的味道。

回去的路上,洛兰有些心事重重,郁茹严最后那句话让她的压力陡然大了起来。因为这些压力,她又想起想要帮她逃离华家的张浦。直到现在,张浦都没有和她再联络,以她的处境和立场,似乎也不方便主动和他联络。然而,现在的她却有点儿按捺不住,拿出手机拨了张浦的手机号码。

张浦的手机打不通,洛兰往张浦家打电话,因为张浦妈妈一直不太喜欢她,因此她用了化名,还变了音。果然是张浦妈接的电话,她告诉洛兰,张浦现在去他朋友那里,到乡下学习开农场去了。

啊?洛兰失笑。这个时候去乡下学习开农场?为什么?该不会是因为对她太失望了,到乡下去避世疗伤去了吧?

第十章　贵妇人的厉害

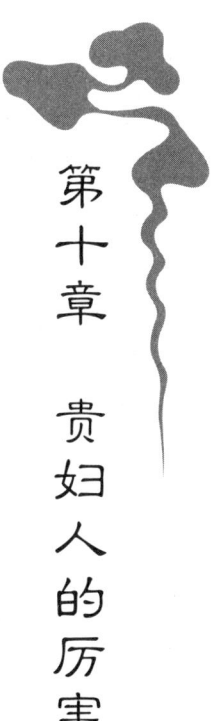

华家到了，洛兰下了车，拿着培训资料往自己房间走。

范大伟一声不吭地看着她走远，然后拿出手机，给一个人发微信："在吗？我之前在车上听到她往一个叫张浦的人家里打电话，用了化名，还变了音……"

洛兰到自己的房间看书，看书前，习惯性地拿起杯子喝了一口。就在这时，她忽然想起自己离开的时候应该已经把水喝完了，可是嘴唇却分明触到了一种液体。

哦？洛兰呆了，竟然是酒！而且味道似曾相识。是谁把酒放到她的杯子里的？她赶紧朝四周看，结果看到窗外有一撮毛茸茸的东西一晃。她立即明白了，冲到窗边一看，果然看到阿花隐藏在那丛竹子之间，看到她发现它后龇着牙"唧唧"地笑了起来，那神情倒不像是捉弄得逗，而是它弄到了好东西，特意给她尝尝。在它的不远处，倚靠着一个酒瓶子，形状特异，洛兰一眼就认出那是华夫人爱喝的欧洲酒。

洛兰顿时哭笑不得。她该怎么办？如果不把这瓶酒拿出去，那华家就会没完没了地被"丢酒事件"搅扰，如果她拿着酒出去，别人都会以为是她偷了酒。

她反反复复地想了很久，忽然想起一件更恐怖的事情：这感觉不对啊。刚才这一口不算小，她喝了之后只是微醺，而她上次的酒杯也不算大，喝了之后就立即醉得不像样子了。难道这瓶酒和那瓶酒的度数相差巨大？也不对啊。欧洲的酒庄是出了名的工作严谨，不可能让同一批次的酒的度数相差那么多。难道是猴子在酒里兑了水？猴子会知道往酒里兑水吗？

她朝杯子里仔细看，发现酒的颜色和自己当初记忆里的一样，应该没被稀释过……啊！洛兰想到了一个可怕的事情：单单是她这杯酒有问题，有人在她的酒里做了手脚！

洛兰忽然记起一个情节：一个坏人想把主人公迷倒，他在给主人公喝的酒里下了高纯度的酒精——真正高纯度的酒精是没有异味的，非常容易入口。主人公喝了之后便烂醉如泥，而她的情况应该和这个主人公相似……谁会对她做这种事呢?她的脑海里慢慢地浮现出一个人……

韩娜正坐在一棵大树后面小心翼翼地补着妆。她精心地修补了妆容后,拿着镜子从各个角度照自己的脸,照着照着,忽然脸色大变,因为她从镜子里看到洛兰过来了。

韩娜只是稍微紧张了片刻,很快便平静下来,转过脸来对着洛兰说道:"洛小姐早,请问你找我有什么事吗?"

洛兰冷笑了一声:"真是贵人多忘事,自己做的事倒不记得了。"

韩娜一下僵住了,脸色突然紧张得发白。

洛兰盯着她说:"那天,你在倒酒的时候,在我的杯子里加了高纯度的酒精,对吗?"

韩娜抿着嘴,似乎不愿意承认。

洛兰继续盯着她,眼中喷出愤怒的火苗:"我找人问过了,华夫人平生最反感乱耍酒疯的人,你分明是在陷害我!"

韩娜的脸色白到了极点:"你有证据吗?你无凭无据凭什么诬陷我?"

"诬陷?亏你说得出。"洛兰轻蔑地哼了一声。

韩娜的眼神突然变得怨毒起来,"你凭什么瞧不起我……你来这里,不就是为了华家的钱吗?!"

"不,我不是!"洛兰心头一紧。

"不是?"韩娜冷笑道,"我早就打探清楚了!你是因为家里欠了债,被逼无奈才来给他做未婚妻的!你凭良心说,如果他不是有钱人家的儿子,你会给他做未婚妻吗?为了钱愿意给傻子做妻子的女人,能做出什么好事来?用脚趾头想也会知道!"

洛兰感到一股热血岩浆般冲到头顶,她的确是因为家里经济困难才来给华峰当未婚妻的,但不纯粹为了钱,她是真心想要帮助他、保护他,而且她对华峰还有种说不出的感觉。韩娜直接说华峰是傻子,更加让她血冲脑门。

"哼哼。"洛兰冷笑着说,"你是说你是真心喜欢华峰、真心关心他吗？那好，我也叫你凭良心说句话，如果华峰只是个平常人家的孩子，你还会对他这样？你说他是傻子，证明你内心还是歧视他的。如果他不是有钱人家的少爷，相信你也早就弃他而去了吧！既然如此，你有什么资格说别人！你其实只是以你自己的心态来揣度别人的心态，暴露的也只是你自己丑陋的内心！"

韩娜的脸涨得像个紫茄子，半晌之后才说："我是全心全意、清清白白地喜欢他的……"

"是吗？"洛兰冷笑着看了她一眼，"反正我是不会歧视我全心全意、清清白白喜欢的人的。你对他到底是什么样的感情，我看你自己需要好好地想清楚。"

韩娜呆住了。

洛兰鄙夷愤恨地看了她一眼，转身便走了。

洛兰回到自己房间后，发现猴子和酒瓶都没影了。糟了！她刚才只顾找韩娜算账，忘了管它了。目前不管是猴子和酒瓶，都不能让人看见。洛兰赶紧去找华峰，他和猴子是朋友，也许会知道猴子藏在哪里。

洛兰急匆匆地赶到华峰的房间，跟他说起猴子的事情。华峰笑了，先对她做了个"低声"的手势，然后蹑手蹑脚地走到里间，掀开床单，叫她往床下看。

洛兰往下一看，发现猴子正枕着华峰的一个毛绒拖鞋，像个乖孩子一样睡着了。

"刚才它东倒西歪地进来，径直钻到床底下就睡着了。我还奇怪它怎么会这么困，原来是喝了酒，怪不得，哈哈。"

洛兰见猴子好好地睡着，这才放下心来，不过心只放了一半，猴子在这里，酒瓶上哪里去了？

第二天清晨，洛兰猛然从睡梦中醒来，醒来后愣了一阵，才意识到吵醒自己的是一个女人的喊声："不是我干的！不是我干的！"声音离得挺远，听起来歇斯底里的。洛兰不知道发生了什么事，等顾妈来送饭的时候赶紧问她，结果听到一个令自己瞠目结舌的事情。

原来，昨天夜里，酒瓶子在韩娜屋外花盆的后面被发现了，还是卢管家发现的。卢管家立即把她看住了，今天早上等华夫人起床，把她带到华夫人面前，由华夫人问话。韩娜坚决不认。

洛兰赶紧过去看个究竟，看到出来透气的厨子和顾妈在窃窃私语。她慢慢地从他们身边走过，听到他们这样说："卢管家在夜里发现酒瓶子在韩娜门口，这个听起来很蹊跷，之前还听说卢管家对韩娜有那个意思。"

洛兰听了后，暗自琢磨：难道卢管家对韩娜不怀好意，夜里到她的房间里欲行不轨，未遂后怀恨在心，然后将偷酒之事嫁祸给韩娜？

洛兰赶去的时候，那边已经闹成一团。韩娜嚷着一定有人栽赃陷害，见洛兰来了，恨恨地看了洛兰一眼，那目光简直能把她杀了。

就在这时，华峰进来了。他进来后左瞅瞅右瞅瞅，然后问华夫人："妈，你这里怎么了，怎么这么吵啊？"

"少爷，"顾妈赶紧凑过去——这类事她总是跑在第一个，"是前阵子偷太太酒的小偷，被卢管家逮着了。这小偷就是韩娜，太太正问着她呢。"

"不是我偷的！"韩娜急得大叫。

华峰平静地看了她一眼，然后朝华夫人微微一笑："的确不是她偷的，因为这酒是我拿的。"

"啊？"大家一惊，全都齐刷刷地看向华峰。韩娜先是无比震惊，接着无比欣喜，她已经看出华峰是准备背锅，并一厢情愿地认为他只是为了救她。

华峰在大家的注视下泰然自若，不紧不慢地说："我做手办的时候，材料需要用含酒精的东西洗。我发现这种酒的酒精含量正好，所以便拿了一瓶，结果忘记说了。酒用完后，我就随便找个地方把酒瓶丢了。可能是因为天黑，我也没在意，就把酒瓶丢到娜娜姐姐那里去了吧。"

华夫人审视着他，发现他一脸诚挚不像在说谎，便皱起眉头训斥了他几句："你这孩子，竟然拿酒去洗玩具……我看你那玩具也没什么好玩的，换个东西玩吧。还有，之前你干吗不说？等家里都鸡飞狗跳了，你才说出来！"

华峰吐了吐舌头，不好意思地挠了挠头："我之前是怕您骂我……"

"唉！"华夫人重重地叹了口气，"你这孩子，真是越过越……"又重重地叹了口气，"我倒是没什么，你害卢管家白忙活了这么久，去向他道歉吧！"

华峰立即转到卢管家面前，认认真真道了个歉。卢管家虽然觉得此事可疑，但既然华峰已经出面背锅，他就不好再说什么。

洛兰瞅了个当，三步并作两步走到华锋身边，低声说："没想到你还真机灵啊！"

"那是！"华峰得意地说，"我早就打定主意了，不管阿花把这个栽给谁，我都出来说是我干的！"

"你真是太机灵了！"洛兰忍不住又夸了他一句，忽然感到有道目光很刺人，转头一看，发现华夫人站得远远的，面无表情地看着她，让洛兰忍不住打了个冷战。

被华夫人这么一盯之后，洛兰心里一直不舒坦。这天上完课，她又去找华峰，想向他打听一些华夫人的事情，然而话到嘴边又觉得不宜说，便在那里暗暗纠结着。正在这时，一个园丁模样的人忽然出现了，一见到华峰就说："少爷，我惹祸了，求求你帮帮我！"

"大壮叔？怎么了？"华峰有些诧异。这人的声音充满恐慌，宛如大难临头。

洛兰立即留神打量起这个大壮叔来，只见他身材瘦高，皮肤黝黑，五十岁上下，应该是从附近雇来干活的农民。

"少爷啊，你可一定要帮我啊。我今天、我今天不小心，把夫人的三色茶花的小红花给碰断了！"

"啊？"华峰也紧张起来，"妈妈很宝贝那枝花的！"

"是啊！"大壮显得更加可怜巴巴，"如果上面知道了这事儿，卢管家一定会叫夫人把我开了……我家里困难，就靠在这里工作，让家里宽裕点，要是再被开了，我……"

"那行。"华峰几乎想都没想就说，"我就对妈妈说，是我把花枝碰断的。"

"哎哟，不行！"洛兰急了，"你之前已经背过一次锅了，再去背锅的话，你妈肯定会怀疑的！"

"背锅？是什么？我把锅子背背上啊？"华峰竟然不懂背锅的意思。

"哎呀，就是说，你帮人承认错误……你现在再去帮大壮叔承认错误的话，你妈妈肯定不会相信的！"洛兰哭笑不得。

"为什么？"华峰歪着头眨了眨眼睛，"我坚决说是我干的就是了。"

这……洛兰急得要命，一不小心说漏了嘴："你也要替我想想啊。我觉得你妈妈已经怀疑是我教唆你，说你是偷酒的人了，没隔几天你又帮人顶罪，你妈妈更会怀疑我！"

华峰和大壮叔都不说话了。

过了一会儿，华峰又说话了，语调有些抑扬顿挫："我不是很懂，我去说花枝是我碰断的，会让姐姐遇到麻烦吗？那我坚决说是我干的，不让妈妈怀疑姐姐就是了。我不能不帮大壮叔，大壮叔很可怜啊。"

洛兰感到非常羞愧，她想起了一句老话："各人只扫门前雪，谁管他人瓦上霜。"她本来很反感那种人，现在却发现自己就是那种人。

"那……还是想点别的什么办法吧？毕竟你碰断花枝的时候，应该没人看到吧，嗯？"

"没用的。"大壮叔的脸现在就像一个大苦瓜，"卢管家和我关系不好，不管怎样，总会让我负责。唉，算啦，我还是回去打包行李吧。"

"你别急，大壮叔，我去说是我就行了啊！"华峰赶紧说，同时偷偷瞥了洛兰一眼。

洛兰心头一烫,她看出华峰的眼神里似乎有责怪的意味,忽然感觉自己应该行侠仗义一把:"不,你不用去了。我去!"

"啊?"华峰很是意外。

"是的,我去。"现在的情况是得有人去背锅,如果华峰去背了锅,华夫人肯定还会怀疑到洛兰身上,不如一开始就她自己去。她去背锅,华夫人也许反而不会多想,以为就是她干的。

华夫人见洛兰主动来认错,一脸的诧异,不过这诧异一闪即逝。她拿起一杯茶,一边细啜慢饮,一边慢吞吞地说:"你能主动来说,真是不容易。那株风尘三侠,是我花了好几万从朋友那里买来的,用的还是友情价。你能直接来认错,还真是诚实啊。"

啊?洛兰以为顶多是几百元的那种茶花呢,没想到是几万……糟了,欠华家的钱又大幅增长了。

"不过,"华夫人话锋一转,"据我所知,你一般不去那块儿活动啊。"

"呃……"

"不会是在做好事吧?"华夫人话里有话,"不过也不奇怪,人到一个地方,总想找一个可靠的帮手。"

完了。洛兰冷汗流了下来,华夫人竟然怀疑她是帮人顶罪收买人心。天,怎么搞得像宫斗一样……她真是太天真了!

"妈!"危急时刻,华峰忽然进来了。

洛兰和华夫人都是一呆。

"妈,"华峰走到华夫人面前,"其实,这枝花是大壮叔碰断的。"

"什么?"华夫人用锋利的目光在洛兰脸上扫了一道,"那她为什么说是她碰断的?"

"因为大壮叔很害怕,怕你把他赶走。"华锋一副坦荡荡的样子,"我打算过来说是我碰断的,洛兰姐姐不让我来。她说我要是来了,你会怀疑是她让我来的，所以她就自己来了。"

洛兰呆呆地站在那里，不知道接下来会怎样。

华夫人的脸色很阴，但慢慢地阴转晴，最后哈哈一笑："这还真是有趣。"

"妈，"华峰盯着华夫人的眼睛说，"大壮叔很可怜，又不是故意的，你就原谅他吧。洛兰姐姐也只是想帮助大壮叔而已，请你也不要怪她。"

洛兰偷看着华夫人，她现在脑中已经一片空白。华夫人看看华峰，又看看洛兰，说："既然我儿子说话了，那就算了吧！你们都去玩儿吧！"

这一关总算过了，但是洛兰心中丝毫不轻松。华夫人深不可测，不知道现在怎么看她，也不知道以后会不会加倍关注她、提防她。她心里乱糟糟的，脚步也不轻松。华峰偶然一回头，发现了洛兰状态糟糕，诧异地问道："姐姐，你不开心吗？"

"没有……"洛兰闷闷地说，看着他那天真烂漫的样子，忽然忍不住想把复杂的现实告诉他，"其实，你妈妈虽然没有处罚我，但是不知道她怎么看我。"

"啊？"华峰一脸懵懂，"你是说妈妈还会怪姐姐吗？"

"也不是……"洛兰知道他肯定听不懂，还是忍不住说出来，"我只是不知道，你妈妈会怎样看我。也不知道其他人会怎么看我……不知道会不会以为我是个有心机、有野心、急着想要夺权的人。"

华峰歪着头呆住了，半响才说："我听不懂……姐姐是想说，我们这样做，还是会带来坏处是吗？"

"简而言之是这么回事吧。"

"那也没关系啊。"华峰盯着她的眼睛，"我们做的是对的，不就可以了吗？管他们怎么看，怎么想呢。"

洛兰如醍醐灌顶，是啊，确保自己没做错就可以了。反正做了就做了，再纠结也没用。她的心顿时舒开了，接着对华峰感佩不已，没想到他又给自己上了一课。她微笑地看着他，老实说，以前觉得他是个完完全全的小孩子，她感觉挺遗憾，现在却觉得他现在这样也很好。

大壮叔非常感激华峰，给华峰送来了谢礼，是一个用草编的活灵活现的蝈蝈。华峰非常开心，把蝈蝈给洛兰看。洛兰却笑不出来，想了想后沉着嗓子对大壮叔说："你过来一下，我有话跟你说。"

大壮叔乐呵呵地跟洛兰走到了大树后，洛兰的脸色陡然变得严肃："请你以后不要这样做了。"

大壮叔脸上的笑容顿时凝固了。

"你来找华峰，不仅是因为他人好，还因为他现在像个小孩，比较容易说动吧。"洛兰现在的神情只能用冷峻来形容，"虽然你是无意把花枝碰断的，但是我不希望你因为他像小孩就看轻他、利用他，明白了吗？"

大壮叔一句话都说不出，满脸羞惭。他们谁也不知道，树后面，华峰正静静地听着，嘴唇抿得很紧。

洛兰再度坐车去上课，依旧是范大伟送她去。路上，洛兰又想起张浦来，忍不住又登手机QQ查看他的近况，现在她只能通过QQ了解他的近况，什么变化都没有。她感到挺失望，幽幽地叹了口气，忽然瞥见范大伟正在看她，不由得一惊，赶紧退出了手机QQ。

"你今年多大了啊？"因为觉得他的目光可疑，洛兰便主动和范大伟攀谈起来。

"我今年二十一。"范大伟干脆利落地回答。

洛兰又问："你是从哪个学校毕业的？"

"我是B大学毕业的。"范大伟的回答依旧干净利落。

哦？洛兰猛地吃了一惊。B大学是个本科，而且还挺不错，比洛兰的大学还要好些。他竟然是本科毕业？才二十一岁？

"那你上学应该比较早了？"洛兰试探着问道。

"是的，我五岁时上的一年级。"

洛兰不由得暗暗吐舌。一般来说，能提早一年上学的人，都是智商挺高的孩子。智商高，又是大学毕业，怎么到华家来当司机了？

洛兰对此很好奇，但并没有问。俗话说得好，英雄不问出处，落魄莫问根由。再说，她对范大伟其实并不是很感兴趣。

第十一章 帅气老师研究她

到A大学时已经快到上课时间了，洛兰一下车就往教室赶。范大伟坐在车里，看着洛兰走远，然后又发了条信息："她问我是哪个大学毕业的……"

今天郁茹严的课上得依旧不错，课后，郁茹严对洛兰道："今天可以请你留下来，帮我一个忙吗？"

"什么忙？"洛兰心里有点儿紧张。

"学术研究方面的。"郁茹严看着她，"需要你帮忙提供一些意见……"顿了顿后说，"我现在正在进行'商业因素作用下的人性'研究，准备写一系列的论文，需要采访一下你。"

哦，原来是把她当成研究对象啊，这倒也没什么，虽然"研究对象"这个词挺让人反感的，但洛兰更加好奇他所谓的研究。

"那就开始第一个问题吧。你和华为山先生是怎么相识的？"

"这个……"洛兰很尴尬。这样的问法，倒像是她和华为山有什么一样，"为什么问我和他是怎么相识的啊？"

"对不起，"郁茹严笑了起来，"我这不是要开什么恶意的玩笑……事情是这样的，我最近想发表一篇有关接班儿媳的论文，探讨这个社会现象后的经济原因、社会原因、传统思想变化以及传统思想和现代思想的碰撞。接班儿媳一般都是由企业家公公自己物色的，我只是想问你，你是因为什么吸引了华为山的注意，被他选为接班儿媳的呢？"

原来他是这个意思，但洛兰依然觉得怪怪的，而且，她觉得郁茹严以"接班儿媳"为课题来研究，好像有些太胡闹了，忍不住问："这种论文在高校评级里也能用得上吗？"

郁茹严倒也不以为意，只是笑了笑："这个不是用来评级的，是要发在网上的……不过你放心，我会像个粉碎机一样，把采集来的资料彻底粉碎后再提出精华，看文章的人绝对看不出提供资料的人是谁，你一点儿都不用担心隐私泄露。"

"放到网上？"洛兰大惊，"都是大学教授了，还需要在网上贴文吗？"

"当然需要啊。"郁茹严微笑着说,"现在每个人都要宣传自己。现在已经进入网络时代,通过网络你可以最大程度地让公众知晓你的知识、你的理论,做学问的人又何乐而不为呢?"

洛兰听了后,皱着眉头抿了抿嘴。

"怎么,你有不同的意见吗?"郁茹严笑着问,似乎对她的想法十分期待。

"好吧,"洛兰说,"这个主题是不错,但是从目前的网络环境来看,如果不是必须要在网上开平台宣传的话,最好还是不要在网上说太多。现在很多网民心态都比较焦躁,说话啊办事啊都比较极端,往往越是偏激的人越喜欢评论,如果你的说法让他们不认同,他们肯定会破口大骂,说不定还会到网上到处发帖黑你,甚至人肉你,反而会给你惹麻烦。如果出现了那样的情况,还不如安安静静地在象牙塔里做研究呢。"

郁茹严对洛兰的说法不以为然,但是没有表现出来,只是不动声色地转了话题:"那我们就来进行学术研究吧。你先回答我第一个问题,你当初是怎么和华为山相识的?"

"这个啊,"洛兰依然觉得"相识"这个说法挺怪,"其实,我爸爸和华为山是朋友。"

"哦,"郁茹严眼睛一亮,"这么说华为山是看着你长大的,知道你有经商的才能?"

"也不是看着我长大的……"说的时候,洛兰脸上有点儿发烧。在订下婚约之后,华为山才发现她有经商的才能,之前只是知道有她这个人罢了。

"那就是华为山听说过你的才能。"郁茹严在电脑上敲下这么一行字,然后接着问,"那在你和华为山的公子,不好意思,我还不知道他叫什么,订下婚约后,他对你有没有什么要求或者培养?比如深造或者礼仪方面的?"

"深造方面啊,"洛兰的笑容越来越不自然,"唯一的就是叫我到这里来学习吧。"忽然想起华为山对她进行的饭菜考试，便把那件事也说了出来。

"哦，这还真了不起，通过叫你使用有限的资金准备饭食，来看你的资源整合能力，不仅可以以小见大，还可以一览无余，即便你想要把才能藏而不露，也未必能够。不错，果然是大企业家。"

"的确。"洛兰听别人夸华为山，竟也有些飘飘然，忽然想起他只是要写论文用，赶紧问，"你会用你脑子那粉碎机，把这彻底粉碎再重组吧？不会让别人看出这是华为山吧？"

"这是当然的。"郁茹严在电脑上飞快地敲了几行字，又问，"我看你的座驾很帅，是你自己家的还是华家的？"

"是华家的。"

"华家每天派司机来接你吗？"

"不是。我现在住在他家里，订了婚约后就住在他家里了。"

"哦。"郁茹严眼中闪过一丝笑意，"这么说，他是请你住在家里，对你进行各种训练吗？"

"嗯。"洛兰这才反应过来，自己被他套了话。

"他请你住在家里，是方便对你进行各种训练吗？"郁茹严又问了一遍。

"能有什么训练啊？"洛兰冷笑着问。发现他在套她的话后，她对他微微有些不快。

"很多啊，比如礼仪、文艺修养什么的，好让你适应豪门生活的那种。"

"哦？"洛兰笑了出来，"你以为豪门生活是什么样的啊？"

"我对豪门生活很好奇呢。"郁茹严注视着她，连眼底都在发光。

"其实也只是房子大一点儿，吃穿好一点儿，钱多一点儿而已。一样的柴米油盐，一样的鸡毛蒜皮。"

"哦。"郁茹严眼睛更亮，"那还真是出乎我的意料，和我在英国留学的时候看到的完全不一样。"

"这是当然的。"洛兰撇了撇嘴,"人人都说三代才能养出一个绅士,你看到的那些英国豪门估计都养了十好几代了,我们这边的豪门顶多一代而已。"

"说得很对。"郁茹严把她的这句话也记了下来,似乎对她的话颇为赞同,然后又问,"那应该会和一般人的生活有些不一样吧,能说说吗?"

"好……"洛兰刚一动脑子,忽然想起韩娜的事情,胡乱敷衍几句就告辞了。

刚回到华家,洛兰就看到员工在窃窃私语,原来是韩娜已经被弄走了,是华夫人下的命令。华夫人在城内有处空房,是华夫人娘家的财产,以前是邻居老头帮着照看。前段时间,老头得病死了,就没人看了。华夫人说,房子没人看始终不安稳,就把韩娜送去看着。这下好了,等于把韩娜送进了冷宫。洛兰在感叹华夫人干得漂亮的同时,忽然想起了一件事,让她心生寒意。

看来,即便华峰出来背了锅,华夫人还是有所怀疑的。抑或,她看出了自己和韩娜之间有龃龉,为了不让韩娜影响到她这个重要人物,才把韩娜弄走。然而,华夫人也知道,如果直接把韩娜辞退,等于说她偷了酒,对韩娜过于不公平,也会让别人怀疑她的傻儿子和韩娜有什么事情。这一切虽然不算做得滴水不漏,也算不动声色。华菱说得没错,她真是个超级厉害的角色!

想到华夫人的所为后,洛兰咬了咬嘴唇,心头颇为沉重。刚才,她还说过,豪门里也只是鸡毛蒜皮呢,现在却发现根本不是。她有些憋闷,吃过饭便去找华峰。

华峰这次把门关上了,虽然是她之前叫他把门关上,但现在见他把门关上,又不禁疑心他有什么秘密,便绕到他后窗户那里,往里面张望。不看不要紧,一看她差点儿笑出声来,猴子阿花正戴着一个带花边的帽子,煞有介事地抱着一只小猫摇摇晃晃。小猫毫不客气地躺在它怀里,眼睛半睁半闭,很是享受的样子。啊,对了!这不就是那天华峰从树上救下来的小猫吗?她进门后没见过它,就把它给忘了。

看到猴子和猫其乐融融,洛兰生怕自己出声搅和了,便在窗户外比画,希望华峰能看到她。华峰很快便发现了洛兰,乐呵呵地把前门打开,把洛兰请了进来,然后低声说:"你看!它们终于交上朋友了!"

"终于交上朋友?"洛兰笑着问,"这么说它们之前不是朋友?"

"是啊。"华峰扁了扁嘴,"之前可是冤家,一见面就打。今天不知怎么的,终于看对眼了。"

"哦。"洛兰盯着猴子和猫看,越发觉得搞笑和温馨,"这只猫也是你养的吗?"

"不是,"华锋说,"是厨房养来看守仓库的。它乖,不乱抓也不乱撒屎尿。"说着自己也盯着猴子和猫看了一会儿,由衷地感叹,"真好啊。它们简直像是一对母女或是一对姐妹,虽然它们一个是猴子,一个是猫。要是人也能这样,和其他人融洽相处就好了。"

"哦……"一听这话,洛兰就猜到他今天一定是经历了什么,便问,"你今天看到什么令你不开心的事情了吗?"

"是啊,"华峰叹了口气,"娜娜姐姐的事情。娜娜姐姐不愿意去看房子,哭得很厉害。但是这是妈妈下的命令,说那边的房子必须有人看着,这也是没办法的事情啊……只是卢管家阴阳怪气地对娜娜姐姐说了很多不好听的话,什么'就你这块料,能派你去守空房子已经不错了''是麻雀,就别想往上飞,只能守着破烂窝,天下的女人都死光了也轮不到你'。姐姐,你知道这是什么意思吗?"

"呃……"洛兰苦笑起来。卢管家肯定也看出韩娜喜欢华峰,故意对她冷嘲热讽呢,便嗫嚅着说,"我也……不知道这是什么意思。"

"嗯。"华峰点了点头,"应该都是些不好听的话吧,娜娜姐姐听了后哭得更厉害了。对了,姐姐,今天下午我们去看看娜娜姐姐吧。"

"嗯?"洛兰心里"咯噔"一下,"为什么?"

"因为娜娜姐姐可怜啊。一个人去看一个空房子肯定害怕,而且……"说到这里华峰朝洛兰凑了凑,脸上现出害怕的神情,"而且听人说,那所房子闹鬼!"

"什么?"洛兰心里一紧,"谁跟你说的?"

"是厨房的孙阿姨。"华峰的声音压得更低了,"说是晚上有白衣女鬼晃啊晃。"

"啊……"洛兰很是气愤,"这些老婆子,天天就喜欢编故事吓唬小孩子!这世上没鬼的,她们骗你玩儿的。"

"是吗?"华峰讶异地看着洛兰。不过讶异归讶异,他的目光让洛兰读出,只要洛兰确定说没鬼,他就会相信洛兰。

"是的,绝对没有鬼。你想啊,如果有鬼,你妈妈也不会派她去看房子。"

华峰果然被说服了,但还是坚持去探望韩娜:"那我们下午还是去看看她吧。不管怎么说,她一个人去守空房子,会很寂寞呢。"

"这个啊……"洛兰赶紧从脑子里搜刮理由,"娜娜姐姐刚过去,肯定有很多东西要收拾,你知道的,老房子嘛,肯定要打扫整理,很忙的,我们去只会给她添麻烦。等过几天,她把东西都整理好了,我们再去好不好?"

"嗯。"华锋点了点头。

洛兰松了一口气,老实说,因为韩娜的事情,连华锋这儿都让她觉得有些压抑了,只好借口学习,回到自己屋。她闷闷地睡了一觉,之后想要学习,却怎么都学不到脑子里去,便打开了QQ。张浦依然没有给她留言,QQ签名啊、资料啊什么的也都没变化。

洛兰叹了口气,突发奇想,张浦会不会在她的微博下留言或是给她私信呢?可是,她的微博自从创业失败后就不怎么上了,张浦通过微博联系她无疑是异想天开。但她现在就想把所有能找的地方都找一遍。微博里果然没有新的评论和新的"@"。她打开私信箱,居然发现有一封私信。这封私信挺奇怪,是一张蓝蓝的图片。她放大了看,竟发现一个发梳,洛兰觉得挺眼熟,正在盯着它看的时候,忽然发梳里溢出血来,整个画面都被染成了血色。

第十二章 前女友阴魂不散

洛兰本能地关上了窗口，心被吓得怦怦直跳。她想起那个发梳为什么眼熟了，不就是自己之前拾到的疑似华峰前女友遗物的那个发梳吗？洛兰把那个发梳拿出来，然后仔细地对着那个图看。看久了后发现，图里的发梳和她手里的发梳还是有些许的不一样。她手里的发梳上绿松石掉了一个，而图里的发梳镶嵌的东西都是齐备的。另外，图里的发梳左边的花朵边的叶子角度不对，另一边的花朵小了些。可以判定，图里的发梳只是她手里的发梳的同款，或者是这款梳子的仿制品。而这张动图，其实就是三张图的组合，第一张是P上水波纹的蓝色图，第二张图是发梳的图，第三张图是把画片调成了红色。被合成动图后，因为演变的速度不变，才会出现水里现发梳，发梳冒血血染水面的错觉。

这是什么人干的啊？恶作剧吗？但是又不像是普通的恶作剧。仔细想想，这应该是和华峰前女友有关的人发来的，也许是不忿华峰又有了未婚妻。可是她是怎么知道这就是她的微博呢？想到这里，洛兰有种自己的一切都被查清，而且时刻被窥视的紧张感。然而她在看了自己的昵称后，却笑自己实在是紧张过度了，她微博的昵称写的就是"自由创业者洛兰"，还加了V。当初她创业的时候满腔热血，觉得网络可以让她大展拳脚，便在微博上加了V。只要知道她的名字，很容易搜到她的微博。

一个念头就像丝袜的裂纹，一下爬上了她的心头，还在蜿蜒地往上爬，一边爬一边扩大。不对，她还是被盯上了。如果她之前捡到那个发梳只是个怪异巧合的话，那现在有人给她发这种图片，那就绝对不是普通的巧合。如果这是华峰的前女友的朋友发过来的，那证明他们对她有着极大的怨气。既然有着极大的怨气，那华峰和前女友是不是有什么不为外人道的纠葛呢？想到这里，洛兰就不由自主地往黑暗的方向想，忽然又想起那个所谓的闹鬼传说来，不知不觉打了一个冷战。

洛兰回忆了半天，想起华峰的前女友叫舒华，她便在网上搜索舒华的信息。按理说，华峰的前女友应该颇有身份，应该属于名媛一类，在网上应该有些许信息，结果还真让她找到了。

舒华，著名画家舒平之之女，年轻编剧，曾写过一些文艺电影剧本，有些文艺电影上映后便吸引了数千粉丝。

她找到了舒华的微博，也是加V的，只是在去年夏天便停止了更新——估计就是那时候不幸身亡了。见她停止更新后，她的粉丝竟然没怎么怀疑，只是留言问她怎么不更了，大概是因为每天网上都有人弃号，舒华又不算什么大名人。这个社会的现状是名人泛滥，幕后的名人更是没啥存在感。

微博上有她的照片，化过妆，照片修过但不离谱，可以看出她是个真正的美人。看到这里，洛兰对自己说舒华果然不简单，少年得志的美女加才女。然而就像光明之下的阴影，在光明正大的赞叹之下，还有一溜酸意在悄悄蔓延。再仔细看，在她的相册里发现了一个发梳的照片。也许是为了艺术感，发梳摆放的角度很独特，又用P图软件加了光晕和亮点等特效，因此细节方面看不清楚，洛兰只能确定这个发梳和她手里的发梳是一样的，而无法确定是不是同一个。洛兰把微博浏览了一遍，没有发现什么信息。舒华是个炫食爱好者，微博上基本上都是菜的照片，其次就是自拍以及一些文艺评论什么的，有关她自己的信息则不太多。

洛兰继续在网上搜索，希望能找到其他有关她的信息，结果搜到一个令她大惊失色的事情：在另一个社交网站，竟然还有一个舒华的微博，里面的个人说明也是舒华，也是认证的，里面竟然还在更新？！不仅有文字，甚至还有舒华的近照！

洛兰赶紧打电话给华菱，现在打电话给华菱似乎是最正确的选择。这件事太过诡异，洛兰又受惊过度，只在电话里叫华菱赶紧过来。华菱不知道发生了什么事，急匆匆地赶了回来，眉心稍稍积聚了些怒意。她正在谈生意，如果洛兰不是真有什么大事的话，她恐怕就要对洛兰发火了。见她来了，洛兰二话没说，直接点开微博，然后说："我今天搜了一下舒华的事情，结果发现……"

她话还没说完，华菱竟然向后一倒。洛兰赶紧扶住她，发现她牙关紧咬，脸色发青，居然晕了过去。洛兰赶紧在她的嘴唇上方下死劲掐了下去，掐第一下时华菱没反应，掐了第二下华菱才幽幽醒转。

"怎么？"洛兰看着她，心怦怦直跳。

"没事……"华菱揉了揉太阳穴，勉强朝她笑了笑，"我今天比较累，才晕倒了，不是……纯被这个东西吓的。"这个解释分明是此地无银三百两。

"那……这会是什么人干的呢？"洛兰当机立断地排除了鬼更新的可能性。华菱本来恍惚着，听到洛兰这样说后目光才坚定起来："我猜是……舒华的亲戚朋友吧……也许他们以这种方式，找寻舒华还活着的感觉……"说着又朝电脑屏幕看了一眼，眼忽然又直了。

洛兰也朝电脑看了一眼，立即明白她到底是因为什么再次受到惊吓，她把一张舒华的照片点开了看，里面有个电子钟，日期赫然显示是最近。

"我想这应该是PS出来的吧。"洛兰说。说来也奇怪，当她看到这张图片的时候，也觉得惊恐和不解。当她宽慰别人的时候，自己倒找到了确定的答案。

"是的，应该是这样……"多亏洛兰的话，华菱重新敛正心神。

"可是我觉得，搞这个微博的人应该不只是缅怀舒华这么简单。"洛兰盯着华菱的脸，小心翼翼地说，"这个人PS舒华的照片，故意搞成近照，有种吓唬人的意图，而且，现在想来，我那次捡到发梳应该也不是偶然……对了！我之前还收到了一张古怪的图片，这才想起来搜索舒华的事情的！"说着，洛兰把那张图片打开来给华菱看。之前因为受惊过度，她没有仔细看图片的发送时间，现在趁势又瞄了一眼，发现这个图片是三天前的上午九点发送来的。

华菱注视着这个图片，眉头几乎要拧出血来。洛兰在一旁看着，暗自思忖。说真的，恶作剧吓人，后面一般都是恨意在驱动。这个人不仅是在惊吓和骚扰她，也有惊吓和骚扰华家全家的意味。如此说来，这个人的恨意可真不小。如此类推，舒华的死，恐怕有些不简单。

"菱姐，也许我不该这么问……"洛兰目不转睛地看着华菱，"当初舒华死的时候，两家是不是闹得有些不愉快啊？"

华菱何等精明，知道自己不能再隐瞒了："这个……是有点儿不愉快……我之前没有告诉你，是因为觉得过去的就该过去，不应该牵扯不清，也怕你听了心里不痛快……是的，当初舒华和华峰谈恋爱的时候，我爸爸是反对的。原因很简单，他对搞艺术的人不够信任，觉得这些人总是喜欢构建空中楼阁，对过日子全无概念，全家都是搞艺术的就更糟糕了。而舒华偏偏又是那种敢爱敢恨的烈性子，就是要和华峰好，结果跟我爸爸经常闹得不愉快。出事那天，她和华峰开车出发前，又和我爸爸吵了一架，结果大家就怀疑，是不是她心里有气，所以才撞车死了……"

"哦。"洛兰点点头。如果舒华的家人心里狭隘一点儿，极有可能对华家怀恨在心。看华菱受惊的样子，莫不是因为心里对舒华感到愧疚？想到这里，她忍不住宽慰华菱："不过菱姐，你也没必要感到愧疚。说真的，虽然她撞车死了是很可怜，但不管怎么说，是她自己开的车，她自己也是肇事者，而且还害得华峰现在这个样子，她也负有一定的责任。"

华菱的脸色稍微好了一点儿，不知道是不是因为洛兰的宽慰。她朝洛兰勉强一笑："总而言之，这些就是些迟迟想不开的家伙在胡闹，你只要无视它们就可以了。"

"呃……"洛兰觉得这个应对方式很不妥，接着又想起那件非常不妥的事情来，"可是我觉得我在树林里捡到那个发梳，这件事很不简单……可能是舒华家的人混了进来，把发梳放在那个地方的……"说着嗓子往下沉了一沉，"看来舒华家的人很聪明……"

"这个啊，我早就开始查了……"话出口后，华菱才意识到自己说漏了嘴，脸上涌起两片红意，"其实，在你这边看到发梳后，我就开始查了，没告诉你，是怕你心里不开心……"

"没事！"洛兰苦笑，说真的，她也认为华菱没有必要把所有的事情都告诉她，但心里就是隐隐有点儿不舒服，"那有查到什么吗？"

"查到了。"华菱在开口之前犹豫了一下，"我调了监控记录和访客记录,发现梅若春在你捡到发梳的前两天来过这里。梅若春是我们和舒华共同的朋友,当初就是她向舒华推荐了这种发梳……老实说,舒华在世的时候,没看到她有什么明显的偏向,舒华去世后,她也没有什么明显的怨言,我没想到她会干这种事情……"

"那,确认是她吗?"洛兰轻轻地问。

"老实说,除了她以外,我想不出还有谁能干这种事情。"华菱抿了抿嘴,"那天只有她来,只有她和舒华有关系,她也知道那发梳在哪里买……我已经告诉大家,以后她要来,不管是要见谁,都告诉她不在,不让她再进来。"

洛兰点了点头,但仍然心存疑点。不只是对梅若春这件事,她觉得好多事都有疑点,这些疑点让她在内心深处觉得不寒而栗,觉得有必要自己查一查。

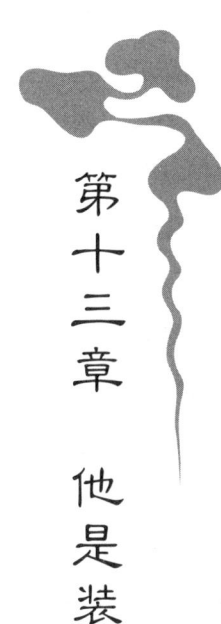

第十三章 他是装傻吗?

第二天下午，洛兰借口要回洛家去看看，其实她是要去看华夫人娘家的房子，看看所谓的"闹鬼"是咋回事。华夫人娘家的房子就在一个普通的小区里，而且是在二楼，看来华夫人的娘家并不富裕。韩娜正在阳台上，一边给盆栽浇水一边骂骂咧咧。

洛兰悄悄地撇了撇嘴。她有精神说难听话，应该没遇到什么鬼吧。

洛兰先在附近转了一圈，想问问左邻右舍知不知道那房子闹鬼的事情。不知是她没遇上知情人，还是华家把信息封闭了，竟然没人知道华家闹鬼的事情。对此洛兰只有哭笑，然后去下一站——舒华买发梳的店。

在她看来，这个发梳是手工打制的，在店里应该属于比较稀有的东西，也许店主会记得那人的长相，她就可以问店主那个人是不是梅若春。梅若春的长相她也已经打听清楚了。梅若春是搞摄影的，喜欢所谓的行为艺术，一头酒红色的头发是她永恒的标志，因此很容易认。

洛兰如此盘算着进了小店，结果刚一进店门就像被人泼了一头凉水：这个店里有一面墙挂的都是一模一样的发梳。老板看她盯着发梳，笑嘻嘻地走过来，说是一个手工作坊做的，非常好卖，她就大量买进了。

洛兰哭笑不得地出了门，一时间竟不知道该往哪里去。不知道是不是她眼晕，她似乎看到有个顶着红头发的人走过去。机不可失，她赶紧跟了过去。几个转弯之后，洛兰站在一个陋巷里发呆，她什么都没找到，连那个红头发的人是否存在过都搞不清楚。她叹了口气，打算往回走，忽然发现自己迷路了。进来的时候，她只顾着跟人，完全不记得路。这片巷子区虽然隔不久就有一个门，但都是关着的，颜色破败得像变色的假牙，里面静悄悄的，有种隐隐的恐惧感。

走着走着，洛兰的恐惧感越来越强烈，忍不住加快了脚步。不知道是不是因为紧张也会导致惊慌，她感到似乎有人在跟着她。她憋足劲儿一阵疾走，终于感觉不再被跟踪，却更加找不到方向。她犹疑着走向一个巷子口，一个黑影忽然从旁边冒了出来！

洛兰本能地向后一跃，差点儿栽倒在地。

"姐姐别怕！"那个黑影说，"是我！"

"啊？"洛兰听出这是华峰的声音，不由得又好气又好笑，却也有点儿心虚，"你怎么在这里啊？"

"我跟着姐姐来的啊。"

"跟着？"洛兰的心猛地揪了起来，"为什么？"

"是这样的。"华峰笑了笑，干净的脸上看不出任何阴谋和隐瞒，"我听说姐姐要回家去，我也想去见见姐姐的家人，所以就偷偷跟过来了，结果没想到姐姐没有回家……"说到最后，华峰神情和语气中的疑惑和好奇都十分明显，看向洛兰的目光中也满是询问之意。

洛兰意识到他肯定看到她去华夫人娘家的房子晃悠了，不由得红了脸，干咳了一声后说："我走到半路忽然想起……忽然想起他们今天不在家，都出去玩了，前几天他们在QQ上告诉过我，我给忘了……所以我就改到其他地方……走走了。"

"哦。"华峰点了点头，又问，"那姐姐之后是去探望韩娜姐姐了吧，为什么没有上去坐呢？"

"哦，这个啊……"洛兰的脸更红了，"其实，我对那个闹鬼的传说也有些介意，想去问问到底是怎么回事……结果邻居们都说没听说过什么闹鬼的事情，恐怕只是一些无聊的人编出来的吧……"

还好华峰没有注意到这一点儿，只顾感叹洛兰的热心肠："这么说姐姐还是担心韩娜姐姐的啊，姐姐真是好人。"

洛兰苦笑了一下，下意识朝后看了看，她认为那是饰品店的方向，到底是不是，她现在已经不清楚了。还好华峰不知道或是没有想起那是舒华买发梳的地方。如果华峰问她为什么要去那里，她还真不知道该怎么回答。

华峰该问的已经问了，洛兰该回答的答了，剩下的就只有挪地方了。然而，洛兰因为记不清路，只能尴尬地站着。华峰觉得奇怪，便问："姐姐怎么不走啊？"

洛兰更加尴尬了，一时间不知道该怎么说。就在这时华峰看出了究竟，坏笑着说："姐姐该不是迷路了吧？"

洛兰的尴尬终于藏不住了，脸"唰"一下红了。一边的华峰丝毫不让她省心，哈哈大笑起来。

"你！"洛兰一边害羞一边恼怒。

"没事，我只是觉得，大人竟然也会迷路，挺奇怪的。"华峰笑着说。

洛兰也觉得好笑，恼怒和尴尬也一并消失："是啊，我竟然迷路了，我自己也觉得很奇怪呢。"说着朝四周看了看，"要不我们找个……人家问问？"

"不用。"华锋说，"我记得路。"说着便带洛兰走了出去。洛兰不禁感叹智商归智商，认路归认路。

"姐姐，"华峰一边走一边说，"我们需不需要再去看看韩娜姐姐？"

"不了吧。我得赶紧把你送回去，要是让他们发现你不见了，肯定要急死了。"现在如果不是万不得已，洛兰可不想跟韩娜打照面。

走着走着，他们正好遇上两个小孩子，看起来只有七八岁的样子，都是男孩子，一个戴眼镜，一个理平头，一边走一边说话。等他们靠近了，洛兰才听清楚他们的对话。

"那个女的太讨厌了，老是想要接近我爸爸，一定是想嫁给他。"戴眼镜的小男孩对理平头的小男孩说。

"是的，太讨厌了。你准备怎么办？"理平头的小男孩回问。

"当然不能让她得逞。我妈妈还可能跟我爸爸复婚呢，怎么可以让她钻空子。"戴眼镜的小男孩说，"再说这女的一看就是个荡妇！"

荡妇……洛兰在心中苦笑。看这小男孩的神情，应该不是随便学人骂人，而是知道荡妇的意思。现在的小孩可真是早熟啊，想当初自己八岁的时候……

洛兰忽然觉得有件事非常不对劲，下意识地斜瞥了华峰一眼。人家是八岁，这个华峰也是"八岁"，可是华峰明显比真正的八岁小孩幼稚太多。不对，他只是有时幼稚……上次她带他上街，他完全是一副即便有人带着也会出状况的样子，今天却悄无声息地跟着她走到这里，一点儿状况也没出。而且，上次主动帮人背锅，如果不是误打误撞做了正确的事，那他的智商肯定不止八岁……洛兰忍不住又斜了华峰一眼，心中一股迷惑火烧云般地涌了上来：这小子，不会是在装傻吧？

想到这里，洛兰一阵心慌，表面却硬装成若无其事，用最平常的语气问他说："你这次倒是挺好的，一路顺利啊。"

"一路顺利，什么？"华峰一副没听懂的样子。

"你这次路上没遇上麻烦啊？"洛兰看着他。

"这个啊，"华峰浑然不觉，"我吸取了上次的教训，上街之后不再乱说乱动，只要悄悄地跟在姐姐身后就好。"说着凑近洛兰，"说真的，我还真害怕遇上坏人。不过还好姐姐就在不远处，如果遇到什么事情，直接喊姐姐就是了。"

洛兰哭笑不得。看来她只有先带他回家，以后再找机会试探他了。因为这件事，她整个晚上都心事重重，第二天上课的时候也是如此。她想了这么久，竟然没有想出一个试探华峰的好办法。

如果不试探，她觉得自己心里总是别扭。如果华峰是在装傻，那所有的事情就……一想到这里，她就感到脖子后面汗毛凛凛，竟然不敢细想下去。

下课后，她愁眉苦脸地往外走，颇有些心神游离。就在这时，有人走过来，对她说："论文的事情你还真说对了呢。"

洛兰吓了一跳，发现此人是郁茹严，一时间竟然想不起来她跟他说过什么，苦笑着问："不好意思，我不知道你指的是什么。"

"啊？"郁茹严奇怪地皱了皱眉头，"你还很年轻啊，记性怎么会差成这样啊？就是上次有关接班儿媳的论文啊！"

"呃？"洛兰心头一紧，"怎么了？"

郁茹严露出了愤愤不平的神色，"我在我的认证博客里发了那篇论文,有些人出言不逊。当然了,在网上发表东西肯定会引人评论,当然会有好的也有差的,这一点儿我早就做好了思想准备,但是这些人完全不是在评论,而像是在说胡话,完完全全像是些流氓和白痴。"

"哦……"因为这篇文章和她相关,洛兰心也被提了起来,"那他们说了些什么?"

"完完全全是胡说八道,"郁茹严更愤怒了,"这些白痴非说这些企业家找接班儿媳是给自己找情妇,我就回复说,如果他们只是想找情妇,完全没有必要让她们参与企业管理,更没必要把她派给自己的儿子。结果那些流氓白痴就冲上来骂我,说我把富人想得太高尚,是个崇拜金钱的……算了,那些话我都不想再重复。我气不过,就回敬了几句,然后就引发了……一场骂战。"

"呃?"洛兰一惊,"那我和华家没有被捎带到吧?"这句话有点儿不合时宜,显得她只顾自己,但是她一紧张这句话就脱口而出,想要收回也没有办法。

"没有。"还好郁茹严沉浸在自己的愤懑里,并没有在意这个,"我说过我会用我的大脑粉碎机把所有资料粉碎重组的,这些白痴根本不知道我在说谁……真的,这些人脑子都是怎么长的?我到现在都不明白,好好的一篇文章,他们怎么会联想到那么龌龊的事情呢?"

"很正常,"听到自己和华家没被提到,洛兰就放松了,开始对这件事进行辣评,"这些人不管看到什么东西都会联想到龌龊的事情。说他们看不懂文章,一点儿都不奇怪,这些键盘侠的智商一贯都是低于零的,或者说他们根本就不带智商上网。他们对自己的日常生活充满愤怒,上网只是想找茬泄愤而已。让我猜猜,是不是你骂了一个键盘党,然后就出现一大批键盘党出来骂你?骂过了,还说要人肉你?"

"是的。"郁茹严更加愤懑,"现在网上怎么成这样了?以后我还能发文章吗?"

"这个不奇怪,"洛兰轻蔑地一笑,"这些人和任何反驳他们泄愤之言的人都不共戴天。这些人其实不代表网络舆论。还有很多的人,都只是看看不说话，你文章的点击和评论数差很多很多。在他们的心中，你的文章还是可以得到公正的评价的。"

"是啊，我也这么认为。"郁茹严的眼睛微微发红，因为愤懑，"但是我们主任不这么认为。他有时会看我的博客，那天碰巧去看了，看到我的博客下面有一大群笨蛋骂我，竟然打电话批评我，说我这样做会影响学校形象，叫我把博客删除。我不明白，他怎么这么不辨是非呢？"说完这句后，他意识到自己还在教学楼的走廊上，赶紧朝四周看看，还好没有同事在。那些学生们也没注意到他和洛兰的对话，更不会告密。在发现主任是非观有问题后，郁茹严对主任不再抱任何希望。

"这不奇怪。"洛兰撇了撇嘴说，"我估计他根本没兴趣管你们谁是谁非，仅仅是怕是非而已。"

"你说得很对！"郁茹严对她的说法大加赞叹，"没想到你还挺有思想的。今天下午你有空吗？我想请你喝下午茶，一起谈谈现在这个社会。"

洛兰本想拒绝，但又想问问他有关测智商的事情，就答应了。和郁茹严告别后，她回去坐车，丝毫没有发现范大伟正匆忙把手机放进怀里。他刚才又给一个人发了短信，说洛兰下课后和郁茹严聊天，并且聊了不短的时间。

第十四章 豪门媳妇不好当

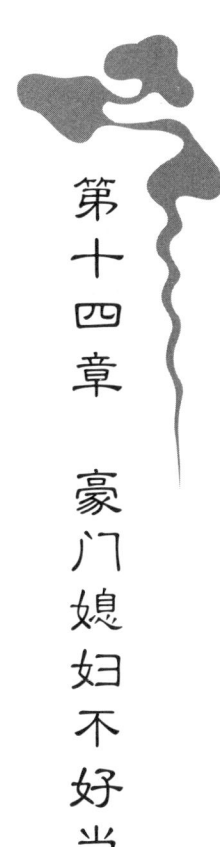

郁茹严将和洛兰见面的地方选在了一家极富英伦情调的咖啡馆。老实说,洛兰之前觉得和留过洋的大学教授谈社会,一定要肚子里很有货才行,还刻意临时恶补了下,见了面之后才发现和他对话其实并不困难,谈社会对他来说也就是谈谈社会不公的地方,重点是对他不公的地方。

谈了一会儿之后,洛兰觉得自己该问问有关智力测验的事情,几番想要开口,却总是开不了口。因为她实在不知道该如何组织语言,况且,她不知道该不该对郁茹严说出真话。

就在她欲言又止的时候,郁茹严看出了问题,微笑着问她:"你是不是有什么苦恼啊?需要我帮忙吗?"

"呃……"所谓危机生急智,洛兰瞬间编出了一套还算完满的谎话,"是这样的,我有个姐姐,她有个朋友的孩子长到了七八岁,行为啊、说话啊和一般人不大一样,我姐姐的朋友怀疑他智力有问题,又不敢带他上医院……你知道的,现在人多嘴杂,如果带他上医院验智商,传出去了,就算智商没有问题,恐怕也会被传成有问题。孩子之后难免不会被人揣测和嘲笑,影响成长。所以她一直犹豫着,但不去测吧,又不放心。"

"哦。"郁茹严听完后皱起了眉头,"这的确是挺麻烦的。"

"所以,我就想问你,"洛兰一边说一边不动声色地注意他脸上的表情,"你认不认识这方面的专家,有没有什么权威的智力测试表之类的,大略地把这个孩子的智商测一测……不认识的话也不要紧,我只是觉得你大概有这方面的资源,哈哈哈……"

郁茹严认真地听着,等她说完最后一句后接着说:"老实说,我倒是认识这样的专家,是在圈子聚会的时候偶然认识的,我去问问他有没有这样的表。不过,我觉得你姐姐的朋友最好还是带她的孩子去专业的医院查一查。"

洛兰含混地应了几句,态度非常明显,那就是"你说得很对,但还是先给我一个表测测再说"。郁茹严明白后,也没有继续反对,洛兰心里一块石头才算落地。

她本来以为郁茹严第二天就把表给她，但郁茹严第二天并没有提这件事。

即便是托朋友找材料，也需要几天吧，她劝自己应该有点儿耐心。无聊之下，洛兰忍不住打开QQ，看看张浦有没有联系她。咦？有个企鹅图标在跳。进入华家之后，洛兰就不自觉地和所有的朋友们断了联系，因为毕竟不好向他们解释她现在的状况。现在看到有人联系她，她本能地认为那就是张浦，激动万分地点开了窗口，点开后却哑然失笑。

竟然是李江雪！

李江雪的留言很简单，没有发图，也没有表情（她之前可是最喜欢发这两样东西），只是简简单单一句话："出来坐坐好吗？"

洛兰撇了撇嘴，李江雪当初炫耀的样子现在还清晰地刻在她的脑海里，难道她这次又想炫耀什么？

李江雪不是来找她炫耀的，而是来找她诉苦的，哭诉她婚后的悲惨遭遇。原来，因为她出身低，丈夫和婆家人都瞧不起她，丈夫婚后还勾三搭四，李江雪愤怒伤心，但是毫无办法。李江雪一边说一边哭，哭湿了好多张纸巾。

洛兰哑然。李江雪现在的状况，也许就是一些人标榜的嫁得好的真面目。想靠嫁人来一步登天，哪有这么容易。

看到李江雪这样，洛兰忽然想起了华峰。她现在其实过得也不容易，华峰就是让她不容易的核心元素。如果这小子从头到尾就是在装傻，那华家就完全让她看不懂了。她想不通他装傻意欲何为，也猜不准如果他是在装傻，华家知不知道。如果华家知道他是在装傻，华家又意欲何为。更不知道如果他真是在装傻，她该怎么办。

她越想脑子里越乱，回去后又打开鬼片。这个鬼片是新加坡的，巧了，也是说一个照顾痴呆儿的女人的故事……

第十五章 舍身试探

看完新加坡的鬼片，有点儿惊悚，也有点儿悲哀。洛兰唏嘘地关了电脑，一抬头忽然看见华峰站在她旁边，不由得吓了一跳，这家伙什么时候进来的，走路不带声音的？

华峰嘿嘿一笑："没吓到姐姐吧。"

洛兰皱着眉头说："没有……你找我有什么事吗？"

"没什么事啊，只是来找姐姐玩而已。"华峰转到她面前，盯着她的眼睛，眼珠就像清澈见底的黑水晶，"这几天姐姐都没来找我，我怕姐姐生气了。"

"生气？"洛兰心乱如麻，他那一如既往干净的神情现在看来居然有些恐怖的感觉。

"没生气就好。"华峰嘻嘻一笑。

说着，华峰忽然朝洛兰的胸口瞄了一眼。洛兰赶紧摸了一下，发现自己的扣子不知什么时候开了，这个衣服她是知道的，如果这个扣子开了，那么内衣的边缘恐怕也会露出来。在怀疑华峰装傻之后，在他面前露一点儿肌肤她都会心慌。

然而洛兰的手刚刚摸到扣子，心里就生出一个念头：来得早不如来得巧，她干脆不等郁茹严的测试表了，不如自己铤而走险来试一试他。拿什么来试呢？当然是试他对女人有没有感觉。有时候，尤其是现在这种情况，这是最直接有效的测试方式。

当然了，这种测试方式也有风险。如果他失控了，洛兰估计肯定打不过他。她向左瞄了一眼，发现自己的花露水瓶就放在一边，虽然味道不敢恭维，作为防狼剂还是绰绰有余。

打定主意之后，洛兰就面向华峰，朝他笑了笑。老实说，她也不知道该怎么勾引男人，只有照电视剧里那样做了。

"你知道姐姐到这里住，是为了什么吗？"

之前因为觉得尴尬，她进入华家后从来没跟华峰谈过这件事，现在正好就以这件事来打开话题。

"这个啊，"华峰回答得很爽快，"我姐姐告诉我，说姐姐是到我家暂住的。我很高兴,我喜欢姐姐,哈哈。"

洛兰有些意外,她勉力把心定一定,对自己说了好多声"加油",然后看着他的脸,给了他一个媚眼,声音也变得甜腻腻的:"实际上,我来是要给你做未婚妻的,未婚妻是什么意思,你大概知道吧?"

说到这里,她再也说不下去,脑中一片空白,再也找不到什么挑逗的字眼,只是甜腻腻地看着他,生硬地伸手去摸他的脸颊。华峰一开始一脸迷惑,但很快就像心里有什么东西被触动了一样,也对她笑了。

他的笑容很奇特,就像一朵灼热的花开放了,眼睛陡然亮起来,竟有种说不出的魅惑和帅气的感觉。他伸手过来摸她的脸,洛兰一惊,接着脑中一晕,竟有种被迷惑的感觉,只想静静地等着他来抚摸她的脸颊,忽然意识到这样不对,赶紧往后躲,没想到华峰手一伸,一把抓住她的右肩处。

洛兰慌了,赶紧去拿那瓶花露水,没想到慌乱中把瓶子碰倒了,这下完了。洛兰拼命挣扎,然而华峰的手紧紧地钳住她的手臂,让她挣脱不了。他的眼中有种懵懂的小兽般的野性的欲望,热辣辣地朝她袭来。洛兰吓得魂飞魄散,只顾着用力推他的手:"放开!放开!"

华峰如梦方醒,赶紧放开了洛兰的手臂:"哎呀,对不起,我把姐姐弄痛了吗?"接着回想了一下,又是一头雾水的样子,"我刚才怎么了?"

"没事,只是抓我手抓得有些重。"洛兰站起来退后了几步,在自己和他之间留出了个安全距离,"我跟你说我是你未婚妻这件事,你别在意。我只是觉得这件事你应该知道。"

"哦。"华峰挠了挠头,还在困惑刚才的事情。

洛兰下意识地摸着手臂,心有余悸地看着他。她现在确定,华峰是真的只有八岁小孩智力。在她刚才看的电影里,那个痴呆儿因为一时情不自禁,侵犯了照顾自己的女孩子,因此引发了一系列悲剧。如此说来,即便华峰真的只有八岁儿童的智力,那他还是会有性冲动的。换言之,如果华峰是装傻,那他肯定会装傻到底,装得对勾引毫无反应。而华峰有了冲动,却证明了他真的只有八岁的智力。心里的疑惑解开之后,洛兰松了一口气。她忽然感到臊得慌,觉得自己今天真是又冲动又蠢,赶紧跟华峰说:"今天的事情,你最好别跟其他人说。"

既然华峰只有八岁的智力,他肯定想不出刚才她是在勾引他,反而只会为自己的失常而感到迷惑。只要叫他不要和别人说,也许能把所有的一切都瞒下去。

"放心,我绝对不会说的。"华峰笑了笑说,"我绝对不会让姐姐被责怪的。我喜欢姐姐。"说着又朝洛兰看了一眼,"我知道妻子是什么意思,妻子就是要永远陪着我的人。我喜欢姐姐,我很高兴!"他的目光依旧很干净,但洛兰觉得里面多了点什么。洛兰心里又是一阵臊得慌,然后突然"咯噔"了一下:糟了,好像又惹麻烦了。

之后,洛兰编了个理由,把华峰支走,然后把门关上,灌了一大杯凉水。她觉得心里烧得慌,一杯凉水进肚,立刻就有凉意直通心底,她的心像在凉水里扑腾。老实说,今天她虽然试出了自己想要的答案,方式却甚为不妥。但她现在纠结的不是方式,她纠结的是竟然觉得华峰的样子十分帅气诱人,她又心动了……而且,她试探他的原因并不单纯,莫非这代表了她内心深处的渴望,渴望华峰能回归正常。她是被华峰纯良的样子打动了,觉得华峰纯良的样子也还不错,但是又不能仅仅满足于他那个样子。他不是装傻,她该怎么办呢?等吧,慢慢地等他痊愈。如果在他痊愈之前,她已经离开了华家呢?洛兰心头忽然一抽,脑子也乱了,根本没法再想下去。

直到培训班结束,郁茹严才把那个智力检测表带给她。她已经没有那么迫切需要了,但还是道了谢,妥善地收了起来。华为山很快帮洛兰安排了下一步的培养和试练,让洛兰空降担任集团健康绿业公司的总经理。名字听起来很大气,但其实只是位于城乡接合部的蔬菜批发门市部,全名是健康绿业蔬菜批发有限公司。

蔬菜的原始批发价和市场上的价格其实相差很大,那是因为中间经过了很多转手批发。于是,华为山建立了这么一个公司,把中间转手的程序省了，以此牟利。公司虽然经营得不错，但只是块试验田，这次是把她派到试验田来练手的。

华为山雇的都是附近的农民，脸上多少都带些乡野间的粗野气息。来迎接她的是绿业公司的副总经理柏有志——一个精瘦的中年人，梳着大背头，脸色略白，戴着一对金丝边眼镜，脸上莫名其妙有些幽怨。洛兰一看就明白了，他肯定觉得洛兰抢了他的位置。

第十六章 老总不好当

洛兰在办公室安顿好，就让柏有志把月度季度财务报表、现金流量表、库存表等报表拿过来给她看。

柏有志拿来厚厚的一叠表，之后就告退了。

洛兰正在看报表，忽然听到窗外有声音。她一看，竟然是华峰轻轻地敲窗户。

洛兰惊了一跳，这个心跳可有些不同，热乎乎的，似乎还打了个花式："你怎么来了？"

"我叫阿木带我来的。"华峰说。

洛兰的目光越过他的身影，发现不远处停着一辆车，一个人依靠在车门上，朝她笑了笑。

华峰用手撑着窗台，轻轻巧巧地从窗户翻了进来。

"你来这里干吗啊？"洛兰关上窗户，忍不住嗔怪他，"这里又脏又不安全，还有超级大的蚊子，一个有城里的两个大！"

华峰"扑哧"一声笑了："我想来找姐姐啊。我一个人在家里待着无聊嘛。"

"哦。"洛兰听后不知为何非常欣慰。

"姐姐。"华峰坐下来问，"你知道我爸干吗叫你来这里吗？"

"这个啊。"洛兰一听就撇了撇嘴，"我不清楚。"

"其实我在家里听到了一些话，"华峰朝她凑近了些，"有些我不大懂，不过觉得应该是叫你来的原因。"

"嗯？"洛兰的耳朵立即竖了起来，"是什么？"

"事情是这样的。我今天在家里挖蚯蚓玩儿，结果走到我爸的书房下。正巧，我姐姐进来了。我姐姐说：'爸，听说你叫洛兰去绿业公司工作了。'我爸便说：'对啊，有什么奇怪的。'我姐姐说：'我一开始听说你要派洛兰去企业工作，我还以为你会派她去一些像样的企业呢。'然后我爸爸就说：'阿菱，我跟你说过多少次了，生意不分大小，就算是盐碱地，也未必长不出好东西。你没必要歧视农村的生意，再说，目前来看那里的生意还是很不错的。'"

华峰伸手从洛兰办公桌上的文具收纳盒里拿了个小小的红色文件夹，一边玩着一边说："然后我姐姐声音就低了许多，说：'这个道理我是明白的，我只是怕洛兰心里会不痛快。'我爸爸就说：'我看不会。'我姐姐半晌没说话，然后才说：'她的心态，我是知道的……但是，爸爸，如果你之后想叫她参与管家里生意的话，你是不是得让她学习管一些大买卖？这个蔬菜批发生意，虽然目前还不错，但是毕竟小了点。''这个没有关系，'我爸爸又说，'治大国若烹小鲜，把小生意做好了才能做大生意。再说就是因为这个生意不大，各项都刚起步不久，她要是能把这个生意做好，那她就真是一个经商的人才。'唉，姐姐，小鲜是什么东西？"

洛兰正听得入神，听华峰问她，赶紧把思绪拉回来："哦，小鲜就是指小鱼。这句话的意思就是说，治理大国就跟烹调小鱼一样，要小心翼翼，注意火候，注意分寸，一不小心就会把事情弄糟……应该是这个意思。"她一边说，一边在心里苦笑。看来华为山真是打算放开手脚培养和试练她了，这一年她别想过得消停。不过这样也有好处。她也打算过，离开华家仍然打算从小生意起步。是的，就算华为山如此培养和重视她，她还是要走的。奇怪的是，之前每次想起走的时候，心里十分坚定，此时却有些迟疑和不舍。

"姐姐，这么说，小鱼很难烧吗？"华峰问。

"在一起炸的话不难，单烧一个的话应该不好少烧。"

"哦，那小鱼好吃吗？"华峰又问。

"有的好吃有的不好吃，看材质和烹调手段。"

"那秋刀鱼好吃吗？"

"秋刀鱼？是漫画里经常出现的秋刀鱼吗？没吃过。"

"那姐姐以后烧给我吃好不好？"

"行啊，你知道哪里有卖吗？"

华峰越扯越远。经他这么一搅，洛兰也没有心思再细想什么。报表还剩一点儿，她也不想看了，只想跟华峰闲扯一会儿。就在这时，门外传来了脚步声。

糟！让别人看见华峰在这里可不好。洛兰慌慌张张地给华峰找躲藏的地方，华峰却不慌不忙地走到门边，贴墙站着，门一开，门扇正好把他挡着。这扇门靠近墙角，门扇被推开后正好盖在墙角上，形成了一个安全的三角区。

洛兰在心里怒赞，一脸笑意。

柏有志进门来，发现洛兰正灿烂地笑着，愣了一愣。洛兰赶紧把笑容收起来。

"洛总啊。"柏有志仍是那种热情到谄媚的笑容，只不过里面似乎隐隐藏着锋芒，"我外面的事情忙完了，来跟您汇报一下工作。"

"唔，好吧，汇报吧。"洛兰说。她摆出了一本正经的样子，内心隐隐觉得柏有志这番汇报肯定另有目的。

"嗯。"柏有志舔了舔嘴唇，"您恐怕不知道，在公司建立的第一天，我就在这里……当初华总有谋略，看中了这里的蔬菜市场有钱赚。这里的确是有钱赚，但是即便钱长在树上，也要爬树去摘不是？我们当初可是颇费了一番功夫，吃了好多苦头，才把这些业务开展起来的。您不知道，当初公司刚建立起来的时候，只有我和大壮、大力三个人。虽然有厂房、机器、车、拖拉机，但是菜和钱都不会自己飞来，还得人甩汗珠子出劳力。那会儿公路还没修好，就只有坑坑洼洼的土路，我和大壮他们得自己开着拖拉机去运菜……"他滔滔不绝地诉起苦来，无非想说他给公司立下了汗马功劳，把业务也管得很好，洛兰要尊重他，要公平对待他。

洛兰越听越烦躁。就在这时，她忽然看见华峰悄悄地推开门，朝柏有志走了过来。洛兰一惊：他要干什么？又怕被柏有志看穿，只能静静地看华峰想干什么。结果只见华峰飞快地手一伸，然后缩回，接着快速地缩回门后。洛兰觉得有趣，不由得露出了微笑。

柏有志见洛兰露出了微笑，以为自己的说话奏效了，又换上了那副谄媚的笑容，告辞离去。他一转身，洛兰差点笑出声来，原来华峰把那个红色文件夹夹到柏有志的领子后面了!

柏有志走的时候还顺便关上了门,华峰从藏身之地走出来,对着门瞪了一眼:"这家伙真讨厌!"

"是啊!"洛兰接口就说,"以为我直接上门来抢他的胜利果实呢。"

"原来他是这个意思啊。"华峰义愤填膺,"我还没听出来呢,我只是觉得他的语气很讨厌……早知道我就在他背后再抹些黑灰!"

洛兰一怔,接着意识到他这样才正常,"扑哧"一声笑了出来。这样看来,华峰和她真是心有灵犀呢。

"啊!这是谁干的?!"外面忽然传来一声暴叫。洛兰和华峰捂着嘴笑,显然是柏有志发现自己被暗算了。

柏有志认准了手下的一个员工,嚷嚷中,洛兰居然意外听到了柏有志排除异己、欺压同事、把老功臣大壮和大力都挤走的黑料。

洛兰觉得又好笑又沉重,忍不住向华峰抱怨道:"古龙说,有人的地方就有江湖,这话一点儿都不假。有人的地方就有争斗啊。别看这里只是个小小的蔬菜批发公司,各种矛盾盘根错节啊。"

华峰眨了眨眼睛:"古龙是谁啊?"

"哦,古龙是一个作家,书还暂时不适合你看。"洛兰赶紧说,忽然意识到自己刚才说的话华峰可能听不懂,赶紧变了种说法,"我只是想说,这里的人彼此之间好像有仇怨,互相防着,说不定还会相互算计,让我来领导这一群人,很难办啊……另外,那个柏有志恨我抢了他的位置,估计也会跟我作对,真是挺难办啊。"

"是啊,是挺难办。"华峰点了点头,思忖了一会儿,忽然说,"不过姐姐只要做好自己的事情就好了啊。"

华峰一本正经地接着说:"他们讨厌就让他们讨厌去,姐姐只要做好爸爸交给姐姐的工作就好,不用管他们。"

洛兰笑了。说真的,只做自己的事情,不问别人的事情,这固然是小孩子的思维,但不失为一个解决问题的好办法。是的,她只要做好自己分内的事情就好，就算这些人满身尖刺儿，又能奈何？华峰又给她上了一课。

她笑着拍了拍华峰的肩膀："还是你懂得多。"然后便走到窗前眺望，这是她的一个习惯，想明白问题后就看看广阔的世界。一辆拖拉机轰轰隆隆地拉着一车蔬菜开了过来，看来绿叶公司在附近已经颇有声望，有人主动上门送菜。拖拉机的侧面用漆喷了一行字：天然纯绿色蔬菜农场。因为觉得挺新鲜，洛兰笑着朝送菜的人多打量了两眼，结果发现一个熟悉的身影——又窄又瘦的脊背，微微前倾的脑袋……这不是张浦吗？

一瞬间，洛兰感觉眼珠子都要掉下来了。说真的，当初张浦妈说张浦去农场谋出路，她以为是借口的可能性比较大，没想到他真的是在种绿色蔬菜！

洛兰叫华峰先回去，然后溜出了公司。她找人问了农场的地址，走了一段路，却发现自己迷了路。她赶紧拿出手机，却发现手机也没电了！

就在这时，她听到左边一阵窸窸窣窣。洛兰的心顿时提到了嗓子眼儿，扭头一看，心一下凉透：是一条大黑狗，瘦得皮包骨头，但是身架极大，一脸饥饿的神情，一双眼睛红红的。

野狗龇着牙"呜呜"地低吼着朝她接近，洛兰吓得完全呆立原地。就在这危急的时刻，忽然飞来一只剥开一半的火腿肠，正巧砸在野狗的面前。

野狗早已饥饿难耐，火腿肠一着地，它就扑过去大吃起来。

"姐姐，快跑！"竟然是华峰的声音。

洛兰一扭头，果然看到他站在不远处。在此情形下她来不及多想，立即朝他的方向跑了过去，华峰拉住她的手一起跑。

狂跑了一阵之后，他们觉得没有危险，才慢慢地停下来。华峰朝后面看了看，心有余悸地说："哎呀，那条狗可真够凶的……姐姐，你怎么能和狗对眼儿呢？吴大树伯伯跟我说，遇到恶狗，千万不能和它对眼儿，一和它对眼儿，它就会觉得你和它干上了，一定会攻击你的！还好我有火腿肠。我本来是想带给姐姐吃的，结果便宜那条狗了。"

"哦……"洛兰含混地应了一声，内心仍在后怕。

她看着华峰，忽然想起一件事来："对了，你怎么在这里啊？"

"这个啊。"华峰露出狡黠和顽皮的笑容，"我走到附近的小店里，发现他们卖的火腿肠口味不错，我便买了一根，准备带给姐姐吃。后来见姐姐神秘兮兮地走出来，像是要去什么好玩的地方，所以我就跟过来了。"

洛兰哭笑不得，叹了口气问："你就这样跟过来了？不怕迷路？"

"不怕啊。"华峰信心满满地说，"我一边走一边做了记号，现在……"说到这里他挠了挠头，"糟了，刚才跑的时候没来得及……"

"好吧……"洛兰感到身体像泄了气的皮球一样垮了下来，"这么说我们又迷路了，是吗？"

"应该没这么糟……"华峰不甘心，"也许我们回去找找，还能找到我留下的石块。"

"拉倒吧。"洛兰苦笑着说，"当心走到岔道去……好啦，就算我们能找到你之前来的路口，那些石块未必在那里。"

华峰想了一下，说："不过没关系，相信阿木一定会来救我们的。"

洛兰的心里燃起一丝希望，但很快就意识到希望肯定不大："那你对阿木说你到哪里去了吗？"

华峰脸上一僵，接着讪讪地笑了："没说……我只是叫他在一个地方等我……"

不出所料。洛兰叹了一口气，在路边找了个干净的地方，坐了下来："反正我们两个大活人是丢不了的，就等着他们来找我们吧，不过估计需要点时间。"

华峰勉强地笑了一下。洛兰赶紧安慰他，也是在安慰自己："也未必一定要等他们来救我们，这里毕竟是公路，等一会儿也许会有车经过。我们把车拦下来，给车主点钱，叫他们把我们拉回去，也是可以的。"

然而不知道是这条路比较偏僻，还是今天运气不佳，他们在路边坐了好久，都没见一辆车经过。

天渐渐黑了，黑暗似乎把时间拉长了，沉沉地压在他们的头顶。洛兰觉得自己应该安慰华峰一下，便说："华峰，你别担心……我估计这个时候，往城里运东西的农民会往回赶……我们再等一会儿，也许就能看到有车过来了……"

华峰没有回答。

洛兰感到奇怪，回头一看，顿时吓住了，华峰的目光有点儿发直，隐隐透着冷光，在阴暗的光线中显得有些恐怖。

"姐姐，你相信这个世界上有鬼吗？"华峰幽幽地说，声音和语气竟然也与之前大为不同。

洛兰有一丝担心："你怎么了？是不是想起之前看过的鬼故事了？"

华峰没有回答，只是茫然地看着四周。现在天已经黑了大半，所有的景物都像被墨染过。

"嘎嘎嘎！"山坡树林里忽然传来了乌鸦的叫声。

洛兰吓得一激灵：现在听乌鸦的声音不啻听到鬼叫，乌鸦的声音本来就难听，裹在黑暗里传过来，别提有多瘆人。华峰似乎对乌鸦的叫声特别敏感，低头抱住了头，接着竟然抽搐了起来。

"你怎么了？"见他这样，洛兰更加担心。

华峰没有回答，只是抽搐，而且抽搐得越来越厉害，接着更糟糕的事情发生了，华峰竟然开始说胡话了！

刚开始的时候，洛兰并没有听清他在说什么，只是听到他在一遍遍非常快而且机械地重复什么，听起来就像在念经。等他说得多了，洛兰才听清他说的是什么，不由得魂飞魄散——华峰竟然是在说："舒华，我对不起你，我知道，但是真不是我害你的，我也不知道是谁害你的，你问我是没有用的！"

洛兰吓得半身僵麻，呆呆地看着不知道是鬼附身还是神经错乱的华峰。

念叨了一会儿，他又换了个内容，更让人魂飞魄散："我知道我们的车祸有问题……肯定是有人害的，不过不是要害你，应该是要害我！"

什么？有人要害华峰？那个车祸是有人故意设计的吗？

洛兰赶紧狠力地掐了华峰的人中。华峰稍微安稳了点，但依旧神志不清。就在这时，有辆车开了过来。

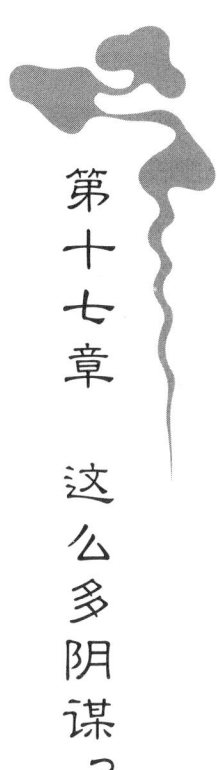

第十七章 这么多阴谋?

洛兰她们回到农场，农场里的人都打着手电筒出来帮忙，其中一个人看清他们是谁后转头就跑，结果洛兰大喝一声："张浦，别跑！"

张浦立即像被钉子一样钉住了，不敢直视洛兰。

农场里有个老中医，立即给华峰看了病。他说华峰没什么大碍，只是一时精神紧张造成的神思昏迷。洛兰这才放下心来，接着便是找张浦问话。

说来也奇怪，洛兰之前有满肚子的疑问，终于有机会好好问的时候，她竟不知道该从何说起，只是深深地叹了一口气道："赶紧把你最近的事儿都说了吧！"

"什么事？"张浦在黑暗中低着头，头似乎还微微地拧着。

什么事？洛兰气往上冲，话也顺溜了很多："当然是你为什么一声不吭就断了联络，藏到这里的原因啊！莫名其妙就消失了，今天要不是凑巧，我还发现不了你……这些难道不要说清楚吗？"

张浦露出惊诧的神情，半响后才说："你说你不知道我为什么消失？这么说，不是你叫华家人来打我的？"

什么？！这句话虽然声音不大，但在洛兰听来不亚于石破天惊："我叫华家人来打你？哪有这回事？"

"天哪……"张浦呆怔怔地说，"那天，我没有立即走，在华家旁边转了一阵才回家……在我走到一条僻静路段的时候，忽然跳出来一个穿着连帽衫、帽檐压到眉毛上的彪形大汉，二话不说就把我打了一顿……打完之后才恶狠狠地说，就是你叫他来教训我的，叫我以后不许再和你有任何联络，还叫我赶紧离开那个城市……我倒不是害怕，只是心想你竟然叫人来打我，实在是心寒，后来我就跑到这里来了。"说到这里，他顿了顿，朝洛兰看了一眼，"现在看来，我是受骗了。"

洛兰听了后半天不作声，感觉心里的天空一下就黑了。说真的，之前她虽然隐隐觉得华家里潜藏着一些黑影，但是这些黑影从来都没有真正牵扯到自己身上，现在发觉华家在她不知情的情况下打走了她的朋友，那感觉真是不好。问题不仅是华家打走了她的朋友，更严重的问题是，华家有什么人在时刻监视她吗？是谁？

回到华家后，华峰勇敢而又全面地背了锅，说自己硬逼阿木带他过来，也是他硬拉洛兰到树林里玩的。洛兰对他很是感激，想起他说的"车祸是有人害他的事"，心里更加觉得自己不可以轻易丢下他，至少得弄清那个车祸到底是怎么回事。对了，这也是她想留下的原因之一吧。

张浦下载了一个美女头像，假装成洛兰在大学时的后辈。洛兰不是很懂电子监控，但万一华家能监控她的QQ呢？这样做比较保险。平时聊的时候，他都以洛兰后辈的口吻，话尽量说得隐晦些，有重要的事情就约个见面的地点，见了面再说。

洛兰仔细询问了张浦有关打他的人的形象，张浦说因为巷子里光线看不清，打他的人连帽衫的帽子又垂着，因此他看得不是很清，能确定的就是那个人虎背熊腰，被连帽衫帽子遮了小半的脸下巴突出，嘴角还往下撇着，看起来像铁血战士。听了这些后，洛兰只想苦笑，但还是把这些记了下来。

因为洛兰受到了惊吓，华菱亲自给她端了一碗党参燕窝粥。洛兰本想跟她谈谈华峰说胡话的事情，但看到华菱的脸之后心里又"咯噔"了一下：她想起在一些豪门争产的电视剧里，姐姐也会对付弟弟。

华菱见洛兰呆呆地不言语，有点儿奇怪，问道："有什么事吗？"

"哦，这个啊。"一瞬间，洛兰心里有两股力量激烈而又迅速地交锋了一下，之后确定了一个折中的方案，她看着华菱的眼睛，低低地说，"老实说，华峰在昏迷之前，有挺可怕的……表现。他说了很多胡话，语气很恐怖，说……"

"什么？"华菱果然很惊骇，失声问，"他说了什么？"

"老实说，听不懂。"洛兰摇了摇头，"像是话，又不是。"说着叹了一口气，"看来那次车祸对他伤害真是挺大啊。"说着她朝华菱凑了凑，"对不起，华姐姐，也许是我想太多，华峰的这次车祸，是不是真的只是意外？毕竟华峰这样的人，很容易招致别人的仇恨。"她把

"华锋说"，改成"我想"，试探的效果是一样的，而提醒的效果估计也一样。

华菱的脸色变白，估计心里应该有着剧烈的情绪变化。但是洛兰看不出她是心虚，还是仅仅听到一个重大的事情后的情绪变动。

"谁说不是呢？"华菱低低地说，"这件事之后，我们都怀疑是有什么人特意……我们好好地查了查。而舒华那边，也仔细地查了查，结果并没有查出什么……当然也有可能是我们没有查出来，但是目前也没有什么其他办法，只有慢慢地等着，看看有没有什么其他的事情浮出水面……"

洛兰抿了抿嘴。的确啊，华峰出了事，华为山肯定要认真彻查。华为山把儿子看得这么重，肯定不会害自己儿子。华菱就算动了手脚，也未必能逃过华为山的眼睛。而且从华菱的样子来看，洛兰也没有看出她心虚的地方。

送走华菱，洛兰出门散步，看到阿木在二门和大门之间的一处僻静的草丛找些什么。她只是朝他看了一眼，目光收回后却感到什么地方不对，又朝他看了一眼：他今天穿的是个连帽衫？帽子还是搭在后背上的。

如雷轰电击一般，洛兰想起了张浦说的话——连帽衫、虎背熊腰、长得像铁血战士。洛兰赶紧走过去，和阿木搭话："你在干吗？怎么蹲在地上，也不怕潮气？"

"这个啊。"阿木转头朝她笑笑，他的那张脸实在是凶神恶煞，即便笑起来也挺吓人，"我在找蜗牛……华峰喜欢大自然，尤其喜欢长得比较特异的小动物。这个蜗牛的壳儿长得出奇漂亮，我想抓来送给华峰。刚才我手拙，没抓住它，所以在等它出来。"

"哦。"洛兰不动声色地看了看他的帽子，说，"这里不仅潮气大，头上也有露水。你把帽子也戴上吧。"

阿木便把连帽衫的帽子戴上了，帽檐垂下后他的下巴的确显得格外突出，看起来真有点儿像铁血战士。

洛兰已经有八九分确定，冲口便问："你为什么要打我的朋友？"

阿木猝不及防，立即呆住了。

这下洛兰完全确定了，感到怒火如岩浆般往上涌："你为什么打我的朋友？！还冒充我的名字？谁指使你的？"

阿木的双眼下垂，一副诚心祈求原谅的样子，"对不起，洛小姐，没人指使我……你可千万不要以为是华峰指使我的啊，华峰现在真的就是个孩子……是我自己做的，非常抱歉，求你千万别让华峰知道！"

"没人指使你？"这个倒大出洛兰意料之外，但又没法相信，"你自己要这样做？为什么？"

阿木哀求她道："请您先答应不要告诉华峰……虽然华峰现在就是个孩子，但他知道后肯定会不高兴的！"

"好吧。"洛兰只得答应。

阿木看她的表情不像是随口答应，这才微微松了口气，说："其实，我之前是华峰的司机，再之前是他的高中同学。"

"当时他是班里的优等生，我是差生；他是富贵人家的孩子，我只是个普通人家的孩子；他是帅哥，我是个……嗨，当时有哥们儿跟我开玩笑，说我长得这么凶恶，只要往银行一站，什么都不干，人家都会以为我要抢银行。这话听起来有些损人，但我知道这是实情……

"当时是华峰主动要和我做哥们儿的，我简直惊诧坏了，不管怎么说，我们都像是两个世界的人。他说我虽然表面凶恶，其实心里善良，他说看见我在外面阻止一些社会青年欺负拾垃圾的老爷爷。老实说，当时我做这件事，根本没觉得有什么大不了，也没想留名，所以就没跟人说，也没想到会有人注意到。忽然听华锋说出来，心里挺热乎的。

"既然他赏识我，我怎么会拒绝他。不过一开始，我依然怀疑他是不是只想找个小弟，但后来发现他是真心实意地把我当成朋友，我那时心里面真是……唉，真是不知道该怎么形容。我当时就觉得他是我这一生中难得的好朋友，而通过后来的事情我才发现，他其实可以称得上是我的生死之交。我这个人比较讲义气，但是高中的时候不知道不该讲的义气不能讲，因为这个，我还进了少管所。那段时间，华峰经常来看我，给我吃的，喝的，给我钱，还给我佛经，教我学佛。"说着就把手腕扬了扬，让洛兰看他手腕上的佛珠。

"这个就是他从九华山买给我的，用挖空的桃核雕出罗汉。唉……年纪轻轻就坐牢，想也知道前途会怎样。我当时心里压抑得要命，多亏了他给我佛经……我从佛经里找开解自己的办法，化解压力，才没有钻牛角尖，心性也因此平和多了。后来我出狱，我爸爸和我怄气，不准我回家，我也没处打工。于是他就叫我给他当司机，其实他自己会开车，叫我来的理由是他总有不适宜开车的时候，比如喝了酒或者是不舒服的时候，说白了就是给我一笔收入，并叫我住在他家里啊。对他，我内心是十分感激啊。

"后来他出事了，我急得在医院大哭。说来也搞笑，我一直认为男儿有泪不轻弹的，那个时候就是忍不住。还好最后他醒了，只是变得……不管他变成什么样，依然是我的好哥们儿。我要留在这里护着他。华老先生本来挺不待见我，我也担心他会在华峰生病后把我踢走。我倒是不怕丢工作，怕的是被踢走之后就没法护着华峰了。结果华老先生没这样做。后来我才知道，他是因为看我哭得那么厉害，有点儿被我感动了，就让我到二门和大门之间的一处房舍居住，管着华峰之前的那辆车。华峰现在自然没有什么用车的机会，我也是天天闲着。为了不吃闲饭，我天天在华家周围巡逻，算是保安吧。"说这话的时候，他表情略微有些尴尬。洛兰大概猜出这是什么意思。其实华为山对他这个前科犯还是有点儿忌惮，所以才会把他放到二门之外居住。

阿木朝她看了看，咽了口唾沫，洛兰知道他要说到正题了。"那天，我看你带着华峰出去，我就跟着出去了，发现你挺护着华峰的，我很欣慰，后来也跟着你们回来，结果看到了……那个家伙。他说华峰是傻子，我听了很生气，而且我觉得，他有点儿想要破坏你和华峰的关系，所以……我就……"说到这里，他脸上满是心虚和惭愧的神情。

洛兰回想了一下，心里说不出是什么感觉，半响后幽幽地说："这么说，你认定华峰和我在一起很好了？"

阿木看了她一眼，然后下定决心般说："其实……哪有那么十全十美的人啊，我如果说你是那样的人，你也会觉得我是假心假意吧……我是通过观察，觉得你这个人还不错……你虽然是为了钱，但是良心不错。你跟着华峰的话，华峰不至于吃亏，所以我就觉得……要帮你们清除障碍……对不起，我知道这样做有些损，主要是当时被你的朋友气到了，有些冲动……现在想来我很不应该，但是事情已经做了，又没法倒回去，真是对不起。"

洛兰更加哭笑不得，心里说不出是什么滋味，苦笑着说："那你就不怕张浦后来找我对证吗？"阿木没有说话，只是一脸至诚地看着她，意思是，我知道我有错，我也认，但是我是为了你们好。

她和阿木就这样呆呆地对视了一会儿，好半天才说："好吧，我可以原谅你，也不会跟华锋说，但是你要答应我，你以后要把我当成自己人，不要再偷偷地监视我们。"

阿木赶紧答应。就在这时，一个壳很漂亮的蜗牛从草叶下爬了出来，阿木眼疾手快，一把把它抓在手心里。

之后，洛兰也曾试探着问华峰，还记不记得自己说的话，结果华峰说自己什么都不记得了。洛兰哭笑不得，心里的迷雾也更深了。

上班之后无事，洛兰不想待在办公室，便去视察仓库，发现一个仓库里面堆了好多的西红柿。她感到奇怪，问员工怎么回事，原来，西红柿早就积压了，柏有志却说不要紧，再等一等就卖出去了。

洛兰细一琢磨，立刻明白过来，这是柏有志故意不作为，就等着自己失职，好看自己的笑话。

想到这里，洛兰又气愤又着急，赶紧去了解现在西红柿的情况。糟了，最近因为西红柿丰收，鲜西红柿不管在哪里都供过于求，即便价格降得再低，恐怕都卖不出去。虽然华家有很多超市，但即便把西红柿运过去，恐怕也是放在那里烂掉。

第十八章 谁更高明

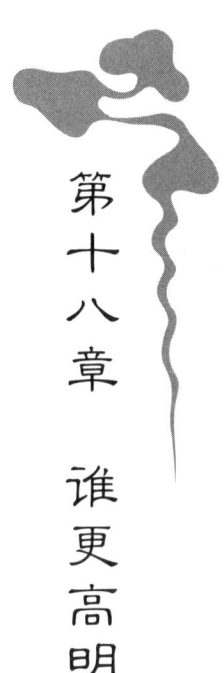

看着积在仓库里的新鲜西红柿，洛兰束手无策。现在一杯质量可疑的鲜西红柿汁都价格不菲，真正的新鲜西红柿却卖不出去，哪有这个道理？

对了，就是这个想法提醒了她。她赶紧把西红柿运到华家的各个超市，再叫相关人员租了榨汁机，把西红柿全部榨成西红柿汁儿，卖给顾客，结果不仅没有亏，还赚了一笔。很多商品换个形式卖的话就会销路大增。

事后，洛兰狠狠骂了柏有志一顿，柏有志没敢吭声。晚上，洛兰正想打开电脑，看到窗户上隐隐有张脸，再一看，发现那是华峰的脸，不由得又好气又好笑："华峰！你怎么又跑到那里去了！那里很危险的，你知道吗？"

华峰进来后就大叫寂寞，说洛兰一天到晚都不在家，留他一个人孤单死了。洛兰觉得很好笑，但也因此心里暖暖的，便向他解释自己是去做重要的事情去了，不知不觉讲了成功击败柏有志的事情。说着说着，洛兰发现华峰有些不高兴，不由得心里"咯噔"一下："怎么了？你有什么想说的吗？"

"只是吧……"华峰一副欲言又止的样子，"我不想让姐姐成为坏人。"

"坏人？"洛兰丈二和尚摸不着头脑，"我是坏人？"

"其实我也不是很懂姐姐说的。"华峰说，"不过，我觉得那里像是个小王国，姐姐应该很看重自己在王国里的权力。"

"嗯，可以这么说吧。"仔细想想，洛兰发现华峰的形容还是挺准确的。

"在故事书里，看重权力、争夺王位的都不是好人哦。"

哦？洛兰僵住了。她意识到华峰所说的故事书应该是童话书，不由得有些哭笑不得。童话书里，争夺王位的人一般都不是什么善良可爱的角色。洛兰当然不认为自己是坏人，赶紧跟华峰解释。

"但是我和那些人不一样……我是，呃，是你爸爸派去管理这个公司的，我本来就应该管理那里。而且，我也是希望公司好，我是正义的。"

华峰大睁着眼睛看着她，似乎没有听懂。

"好吧……"洛兰意识到自己要从童话里找套路来说服他，脑子迅速转了一转，"好吧，其实你刚才的比喻不太恰当……我不是在争夺王位，因为我不是在争当女王。女王拥有王国，而这个公司是属于你爸爸的，我只是被派去管理。因此，我应该只是一个被国王派去的治安官。你一定看过这样的故事，有个治安官，被国王派去治理一个城池。结果这个城池本来有个副治安官，在城里把持一切，胡作非为，想把国王派去的治安官逼走。结果这个治安官就斗智斗勇，把这个坏治安官打败了……这个治安官算是正义的吧？！我就是那个治安官。"

华峰睁着眼睛看着她，眼神清澈无比："老实说，我看到的是狗熊法官的故事，不过听起来差不多……"

"哦，是的，我就是那狗熊法官。"洛兰一边说，一边在心里暗暗发笑。

"在那个镇子里，是有个狼镇长在胡作非为。那个柏有志也像狼镇长一样坏吗？"

"是的。"洛兰回忆柏有志的样子，觉得他还真有几分狼的感觉，不过不是那种气质犀利的狼，而是那种猥琐阴险的狼，"据说当初他把自己的好朋友都挤走了。"

"哦，那这个狼镇长可真够坏的。姐姐，狗熊法官还有个助手，狐狸警探，他们两个一起打败了邪恶的狼镇长。我愿意当你的助手。"华峰看着洛兰的眼睛，充满赤诚和忠心耿耿。

"不，不用，我一只狗熊就能打败那只狼镇长了。"

"那好吧。"华峰眨眨眼睛，"不过姐姐你可要小心，像狼镇长那样的坏人，应该是很难对付的。在书里，狼镇长骗小动物们说狗熊法官是坏人，还说小兔子失踪案是狗熊法官犯下的，而那些小兔子其实是狼绑走的……所以那个柏有志应该也会做同样的事情吧。姐姐要小心哦。"

洛兰本来是怀着玩笑的心态在和华峰对话，听了这话后心里却是微微一沉。

因为华峰的提醒，洛兰留了个心眼，果然发现柏有志在散布谣言，说洛兰要把没文凭的老员工都开了，换上有文凭的知识分子。洛兰及时地戳穿了他的谣言，柏有志脸上挂不住，知道再留下来没好果子吃，便辞职走人了。

洛兰请华为山批准，大家民主选举新副总，大家选了张有根当副总。因为柏有志这个搅屎棍走了，公司真正上下一心，公司的业绩很快就更上一层楼。

华为山十分满意，结束了洛兰的下乡试练期，把她调到城里的一个公司当总经理。这个公司是华为山十分重视的公司，在集团中地位很重要。然而洛兰丝毫不敢放松，因为这个公司的业务目前还处在探索性阶段，公司产品的市场还需要大力开拓。这个公司是干什么的？做男性化妆品！

乍一听到男性化妆品这个词后，洛兰有点儿想笑，但仔细想想，其实也没什么好笑的。女人爱美，男人也爱美，而且男人爱起美来，似乎比女人还厉害。

洛兰正式进入上层社会了，华为山开始带她去参加酒会。

酒会上，很多年轻男性都把追逐的目光投向洛兰，洛兰高贵而自信的气质，宛如一位美丽的王后。洛兰似乎对这些年轻公子哥儿也挺感兴趣，一直在仔细观察他们。

华为山不太放心地问洛兰在看什么。

"这个啊，"洛兰狡黠一笑，"我在留心他们有没有用护肤品什么的，我在想我们以后也许可以把产品卖给他们。"

华为山很是意外和惊喜，再一次觉得自己没有看错人。

第一次参加这样的酒会，洛兰心里还是很紧张的。她小口地抿着酒，其实也就是给自己找个事情做，让自己少紧张一些，目光在来宾中流转，结果意外地发现了一个熟悉的身影——李江雪。

李江雪依然是那副病恹恹的样子，黄黄的脸色连化妆品都遮不住，一双眼睛却倍儿亮，让人看到有种莫名的心悸，看来她的生活依旧乱七八糟。

第十九章 过去很风流?

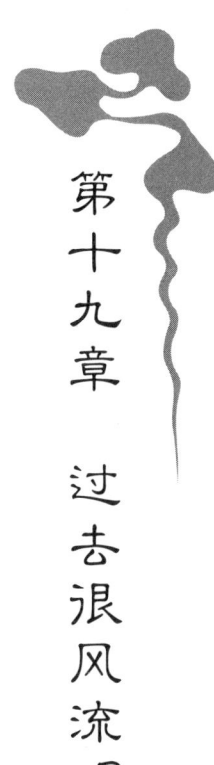

洛兰不知道自己该不该在这个时候跟李江雪搭话,所以假装看不见她。她一边抿着酒,一边观察着这些人,感觉他们就像在水晶玻璃箱中五色斑斓的热带鱼——是的,她感觉自己和他们隔了一层。

一个侍者托着托盘走过,里面盛着俄罗斯风味的鱼馅儿包子。洛兰之前在一些美食刊物上看过这类包子的介绍,很想尝尝滋味,便伸手去拿,结果另一只手也伸了过来。洛兰戒指上的钻石正好和对方戒指上的翡翠碰到了一起,结果对方立即惊叫起来:"哎哟,你要小心啊,我这翡翠可经不起磕!"

好吧。洛兰皱着眉头苦笑,一抬头,发现居然是李江雪。李江雪正上下打量着她。

洛兰不由自主地移开目光,苦笑着寒暄:"你比以前精神多了。"

"是的。说起来,我真没想到你打扮起来会这么漂亮。这些钻石都是顶级钻吧?光鲜十足,简直闪瞎眼睛……哦,对了,你现在应该算是通过华为山的测试了吧?"

"啊?"洛兰乍一下没弄明白她的意思,之后才明白她是说"你既然来参加酒会了,就代表你通过华为山的测试,正式成为准儿媳了",心里不禁划过一丝微妙的感觉,谈不上高兴,也谈不上不高兴,她不想在这份感觉上过多停留,不由自主地岔开话题,"对了,我其实一直为你担心来着,你老公的外遇怎么样?不会一个接一个来逼宫吧?"

"这个倒不用担心。我家那个混蛋就是怕承担责任,她们要是逼他结婚,他立即就会把她们甩了。"李江雪得意一笑,笑容中隐藏不住凄惨。

"好吧……"洛兰颇有点儿哭笑不得,心想还真是他们的世界我们不懂。

洛兰搭讪着想找其他话题,忽然看到一个穿着藕色礼服、容貌可人、身材娇小的女孩翩然而过,觉得可以在她身上岔开话题,对别的女人品头论足是女人帮最喜欢做的事情,便叫李江雪注意她。

"哼!"李江雪冷冷一笑,"她又来了啊……我跟你说,她这个人可是非常不一般呢。"

"啊？"洛兰很诧异，"她哪里不一般？"

李江雪并没有直接回答，而是继续冷笑："你看看就知道了。"

漂亮女孩走到一个浑身珠光宝气的少妇面前，亲热地偎在她身边，和她说话，讲了一小会儿便离开了。

"你看到了吗？"李江雪低声说，"她偷了李太太的细钻石手镯。"

洛兰一惊，恍惚记起李太太之前手腕上戴着一个细钻石手镯，现在不见了。洛兰大感惊诧，看到她走到一个年龄尚幼的少爷面前，跟他亲热交谈，接着顺手偷了他的领带夹。洛兰惊得张口结舌，之后小声问："她是小偷啊？怎么混进来的？我们马上叫保安？"

"你可不能叫保安。"李江雪冷冷一笑，"叫了就麻烦了。她可是这场酒会的组织者张明旭的女儿张明珠。"

"啊？"洛兰听了后讶然失笑，"这是为什么？她爸知道这丫头在偷窃吗？"

"肯定不知道。"李江雪冷笑着说，"她偷东西这事儿，在圈子里也没什么人知道。我是被她偷过一次，才发现的……这件事我可不敢声张，如果张扬出去，她爸肯定会恨我坐实他家女儿贼名声，丢东西事小，和大老板结仇事大。"

"好吧。"洛兰哭笑不得，"她既然是个大小姐，怎么有偷东西的习惯？"

李江雪冷笑了一下："这我就不知道了。他们的世界我们不懂。"

李江雪的老公展云霄也来了，似乎又在勾三搭四，李江雪赶紧跑回他身边。她所谓的"想开"可不是任展云霄胡来，而是豁出去和他周旋。

洛兰苦笑了一下，目光继续流转，忽然看到一个穿藏青礼服的女孩正一边灌酒，一边恶狠狠地朝她看，一对柳叶眉向上竖起，朝洛兰走了过来。

柳叶眉女孩走到洛兰的面前，上上下下地打量她，冷笑着说："终于见到你了，终于见到了……哈哈，真的是好有老板娘相啊。华峰的品位变了，还是他终于当他爸爸的乖宝宝了？"

洛兰有些惊诧，但也明白了些许。华为山已经跟朋友聊完了，正在大厅里寻找洛兰，看到柳叶眉女孩站到洛兰前面的时候大惊失色："方卉！你别乱来！"

听到华为山的声音后，方卉更加激动，猛地把杯子里的酒泼到洛兰脸上，然后狠狠地把杯子摔在地上，歇斯底里地大喊起来："我乱来？我乱来什么？华峰乱来还差不多！这么轻易地把我甩了……把我的青春还给我！"

她这话说得不清不楚，但是信息量巨大，再加上她声音很高，顿时在大厅里引发了骚动。洛兰呆住了，华为山挤过来挡在洛兰的前面，一对中年夫妇也赶紧把方卉拉开。

方卉对着他们又哭又闹，大叫"爸、妈，别管我"。他们一边手忙脚乱地安抚女儿，一边向华为山道歉："不好意思啊，老华，她喝多了……"

华为山的眉头紧锁，叹了口气，朝他们摆了摆手，然后带着洛兰离开了。洛兰心中疑惑，却不得不走。方卉的父母开始一句接一句地互相埋怨：

"真是的，你怎么叫她喝这么多酒……"

"我是想叫她平静一点儿，没想到她自己一杯接一杯灌了这么多……我叫你看着女儿的……"

回到车上之后，华为山一脸心事，洛兰也不好问他，仔细一想其实也没什么可问的，明摆着就是华峰变傻之前的感情纠纷，感情这小子变傻之前一直没闲着。想到这里，她不由心里一片混乱：难道自己在吃醋？这可要不得。洛兰赶紧把自己的思想切断，并告诫自己，这些混账事坚决不要管。偏偏这时，华为山却斟酌再三后开口向她解释，导致她不想都不行。

"小兰啊……"华为山开口时一脸犹豫,"我知道,刚才的事情,肯定会让你有些想法……虽然这都是过去的事情了,"说到这里他顿了一顿,"但是我想你听到之后应该不会没有想法的……"说到这里他又顿了一顿,"也许你听了她的话,觉得华峰是个花花公子,但其实不是……这个方卉啊,她只是我朋友家的女儿,小时候就和华峰认识,只算是挺熟的朋友。后来,孩子大了,就会有恋爱方面的冲动,其实根本就不是真正的爱情。那个丫头不学无术,办事不稳,喜欢出风头,还喜欢乱花钱,没法当个好伴侣,所以我不同意华峰和她在一起。后来华峰也意识到了她的问题,便和她分手了。分手的时候她又哭又闹,还不断地骚扰华峰。后来华峰就和她断了联系……没想到她还是想不开,唉,就凭偏执这一点儿,她就不能当个好伴侣!"

洛兰一声不吭地听着,不置可否。老实说,她对华为山的话不是不信,但不知如何相信。不管怎么说,家长在说儿女的爱恋的时候,总会"编辑"。不过她也没必要去质疑。两个人情情爱爱的事情,只有他们自己知道,外人怎么着都看不透的。而她现在,只是反复纠结一件事,就像绊倒在一块石头上。

她知道现在的男人,钱和貌只要有一样,就会一天到晚不闲着。而华峰又有钱又有貌,那在他变傻之前,他该有多少个女朋友?按理说这件事她没必要纠结,也不是她应该纠结的事情,但她就是纠结。

回到家后,她把礼服脱下来给顾妈。顾妈接了。她把那套至少镶嵌了一百颗钻石的首饰拿给顾妈,顾妈却是一愣。

啊?她也愣了,难不成这首饰不需要还?

"这首饰你不用还回来,华先生说送给您了。"顾妈赶紧解释,接着下意识看手中的礼服,"这衣服脏了,我要拿去洗。"

哦,看来华为山还真是慷慨。洛兰苦笑了一下,忽然有种被钻石锁链锁住般的感觉。

今天挺乱,也挺累,更何况还喝了酒,她认为自己应该很快能睡着,却偏偏睡不着。为什么会这样?她心里早有答案,但就是不愿承认，她其实还在纠结华峰有多少女朋友的事情。心头一片混乱，她起来打开电脑，找到一个世界闻名的恐怖名片，想狠狠地吓自己一下，以此斩断纠结。没想到，打开了播放器后，她却看不进去。

忽然，她觉得似乎有一双眼睛在看着她，便下意识地四处寻找，最后找到一个娃娃，挽着高高的发髻，穿着唐朝的宫装，被装在透明的塑料盒子里，放在柜子里。洛兰忍不住靠近看，发现这个娃娃皮肤逼真，面庞精致美丽，头发是一根根的仿真发，身上佩戴的首饰至少是仿真饰品，身上的衣服似乎是货真价实的绸缎。不过，最触目的还是那一对眼睛，是用上好的白玻璃和黑玻璃做成的，特别真实。洛兰盯着这对眼睛，觉得娃娃似乎看透了她的心，既像在揶揄她，也像在嘲笑她。

在另一个房间里，有个人正对着电脑屏幕，而电脑屏幕上居然是洛兰放大了的面孔。他看到洛兰如此注意摄像头，颇有些惊慌。只见洛兰看着摄像头，眼睛中露出憎恶的神情，还对着摄像头伸出手来，顿时慌了，赶紧拿起电话，想用打电话来分散她的注意力。然而洛兰的手伸了一半又缩了回去，然后又坐回到电脑前，这人这才松了口气。

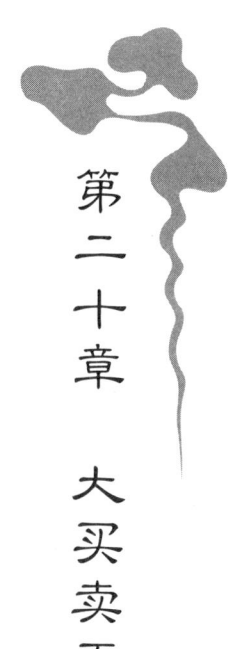

第二十章 大买卖不好做

洛兰去了新公司上班，虽然对这家公司还不熟悉，但她已经意识到公司里个个都不是省油的灯。总经理助理吴娜给她的感觉就像个活记录本，会随时而又细致地记下她的所有成功和失败，而且应该不只是光记录。

据说，之前在这里担任总经理的是李宝国，一位四十岁的海归，前阵子跳槽了，肯定是工作不顺才走人的。看来洛兰还在被测试中啊，这个公司俨然又是个试验田，而且挑战级别更高。

市场部的经理来了，是一个三十出头的男人，名叫贺鸣，他过来汇报和请示新产品的广告投入。贺鸣认为推出男士化妆品，就要找一个形象超佳的男明星来给产品代言，他推荐的是被时下称为"小鲜肉"的年轻男明星。

贺鸣提出建议后就毕恭毕敬地站着，等洛兰回答。洛兰看了他一眼，沉着嗓子说："我认为他不适合当我们的代言人。"

贺鸣一惊，但没有开口，只是等着洛兰的下文。

"至于理由嘛……"洛兰不动声色，"我知道这个男明星挺红，但是他的粉丝大部分是小女生，小女生是不会去购买男士化妆品的。"

"这个我知道。"贺鸣仍是一副毕恭毕敬，但气场里似乎隐含着棱角，"据我的调查，他也有相当数量的男性粉丝。而且，我相信很多男性也想成为他这样的人，所以请他代言，应该会吸引相当数量的男性消费者。"

"可是那些都是小男生吧？小男生是没有多少购买力的，而且实际上他们也没有多少化妆品的需求。我们的目标消费者群体应该是既有购买力，又有真实消费需求的人。换言之，就是有一定经济基础的中年男士。"洛兰微笑着说，"而且我认为，一个广告想要引起消费者的购买欲望，必须在广告里充分展现产品的效果。少年本来就皮肤细嫩，你让他来展示化妆品的效果，恐怕没有太多说服力，如果找一个男粉丝众多的中年男星代言会更有效果。"

贺鸣没话说了，回复另去调查研究，再报人选请洛兰筛选。

贺鸣走后，洛兰打开微信，发现有人申请加她。这个人竟然是张明珠?那个豪门女偷?她怎么知道她的微信号的?从李江雪那里知道的?

洛兰犹豫着加了她。

张明珠给她发来一条信息。

"你好。"

洛兰只有回了个"你好"。

"上班不忙吗?"张明珠又回了一条。

看到这等没头没脑的信息,洛兰乍一下不知道该怎么回复,只好回复了一个:"还好吧。我只是很长时间没看微信了,一时想起来,过来看看。"回复完这条后有赶紧加了一句:"我一般不怎么用微信。"

"哦。"张明珠回了这一句后就不再回话。洛兰干等了一会儿,没见她回复,有些迷惑。

参加那次酒会之后,洛兰的应酬明显多了起来,各种"贵妇"酒会,还有些人在酒会上和她拉关系。洛兰觉得又新奇又好笑,更好笑的是,华峰对她去应酬相当不开心。问他为什么,他说怕洛兰被人勾引走了。洛兰失笑——他竟然知道勾引?忍不住问他谁跟他说她会被勾引的。

"是这样的,"华峰不好意思地笑笑,"韩姐姐跟我说,你现在是女老板了,又长得漂亮,会被很多人注意,有些人可能会想勾引你……"

哦?听到"韩姐姐"时,洛兰怔了片刻,之后才意识到这个韩姐姐是指韩娜。听华峰说勾引这个话题,心又不禁开始心跳加速:他这样说,是懂勾引是什么意思了?在吃醋吗?

"她说会有很多人想要勾引你,你说不定会被人勾走了。"华峰继续说,显得既委屈又担心,"你要是被人勾走了,就没人陪我玩了。"

洛兰哑然失笑,原来他最终担心的只是没人陪他玩而已,她竟然想了这么多。她笑着拍了拍华峰的肩膀:"这个你不用担心,姐姐我很有定力的,旁人勾引不了我的。"

这天应酬回来之后,洛兰又想起了韩娜,也不知道她特意提醒华峰是何目的,忍不住想要亲自去看看。

洛兰叫范大伟开车开到市中心，然后吩咐他先回去，自己要四处逛逛。领略了华家"家政工作人员"的信息网之后，她觉得自己做事还是保密为妙。范大伟却是相当尽责，问她回去时怎么回去，迟迟不愿走。洛兰没办法，只有说她逛够了后会约个地点叫他来接，才把他打发走。为了不引起他的怀疑，她还装模作样地走进了百货公司，然后从后门溜了出来。

洛兰出门搭了个出租车，直达华夫人家老房子所在的小区，然后蹑手蹑脚地走进小区。巧了，她刚进去不久，就看到一个顶着红头发的女人在小区里晃荡。她立即想起那个发梳，也因此想起那个丢发梳吓人的梅若春，那个梅若春的标志就是一头红发。这个人难道就是梅若春吗？

洛兰立即跟了过去。红发女子走到了华夫人家老房子的楼下，朝楼上张望。正在这时，韩娜拎着一袋零食走了过来。见到红发女子之后，韩娜竟然像见了老朋友一样："你又来了？赶紧到楼上坐。"

红发女子也不推辞，跟她一起往楼道里走，一边走一边问："关于那个洛兰，有什么新的消息吗？"

洛兰听到后呆如木鸡，手心一片冰凉。

洛兰不便跟上去，只好在楼下等着，还好那个红发女人没有待太久，一会儿就下来了。洛兰悄悄地跟着她，走进一家照相馆。照相馆的招牌赫然是"若春照相馆"，再一打听，得知这个照相馆的老板叫梅若春，就是那个红发女人。

梅若春是舒华的好朋友，很可能为舒华抱不平，洛兰就是梅若春主要针对的人。梅若春觉得她是舒华的取代者，当初她把发梳丢在华家，主要想惊吓的人也应该是她。虽然梅若春并没有办法确定让她捡到这个发梳（当初她捡到这个发梳只是巧合），但不管是谁捡到了，只要能在华家闹出骚动，都能惊扰到她。

洛兰越想越气，忽然想到一件至关重要的事情：华峰在迷路的时候，因为压力巨大而精神错乱，说过怀疑车祸是被人设计。梅若春处心积虑搞这么多事，是不是和这个内情有什么关系呢？洛兰决定去打探明白。

第二十一章 他难道有私生子？！

梅若春正在和店员说话,见洛兰走进来一愣,自觉洛兰应该不认识她,便佯装无事地笑着说:"你好,请问你是要照相吗?"

"你就别装了。"洛兰冷笑着一撇嘴。

梅若春一怔,但还是强作镇定:"你说的是什么意思?我不明白。"

"你怎么不明白?你明白得很。"洛兰冷笑着走到她面前:"我就是你一直想要对付的洛兰……你不是天天向韩娜打听我的消息吗?你不是把舒华的发梳丢在华家,然后给我发同款发梳的照片,想要吓唬我吗?你不是在另一个网站弄一个假舒华的微博来更新,想让我心惊胆战的吗?"后面那两件事她并不确定是不是梅若春做的,但是想来十有八九也是她干的好事。

梅若春呆了,脸色煞白,等于不打自招。洛兰明知这个时候不能过于莽撞,但就是难以压制怒气,冷笑着说:"我说梅小姐,你是叫梅若春,对吧。你这事做得实在有些太不地道了。据我所知,当初出车祸的时候,是舒华她开的车,也就是说出车祸大部分是她的责任。就算她开车之前因为和华家人吵了架,情绪上受了影响,那车祸责任顶多是一半对一半。而华峰他自己,出了车祸后人都傻了,你也就没有什么可不平的了吧?就算你不忿,也该光明正大,天天装神弄鬼吓人算是个什么事?而且还是主要针对我?我招谁惹谁了?"

梅若春嗫嚅了一会儿才说:"其实……我不是针对你……我主要针对的是华峰……我弄那个微博,就是想让华峰看到……"

"拉倒吧!"洛兰一撇嘴,"华峰已经只剩下八岁的智商,又被很多人看着,他能上网刷微博?再说,你给我私信发那个恐怖的图片,是什么意思?"

"我感觉,他还是会在网上活动……"梅若春无力地解释道,"所以,我一早就把链接发到他手机里去了……其实我不仅给了他这个,还给了他其他的信息……"

"什么?!"洛兰忍不住一把抓住她的领子,"他都这样了,你还忍心刺激他？"

被她这样一喝，梅若春倒愣了，盯着她看了半天，才一字一顿地问："你真的什么都不知道吗？"

"我需要知道什么？"洛兰火冒三丈之间没有注意到这句话的分量和玄机。

梅若春没有说话，只是盯着洛兰看。洛兰被她一盯，倒冷静了下来，稳住语气又问她："我需要知道什么？"

梅若春并没有说话，只是盯着她看。

洛兰咬了咬牙，说："好吧，如果你什么都不愿说的话，我就只有报警了！你恐吓和骚扰，已经算触犯治安管理条例了！"

"别！"梅若春慌张起来，"别报警……让华峰知道是我就糟了！我其实……是怀疑华峰是装傻，想逃避责任！"

"逃避什么责任？"洛兰一惊，沉着嗓子问。

"当然是逃避车祸的责任！我怀疑他是故意设计了一个车祸，弄死舒华，然后装傻逃避责任！"

"不可能！"听到这话后，洛兰本能地一摆手，"华峰不可能是装的！再说，当初出车祸的时候，是舒华她开的车，怎么可能是华峰的责任呢？"

"是华家人告诉你舒华开的车，对吧？"梅若春盯着她的眼睛，一字一顿地说，"你有切实的证据吗？还有，华峰到底是不是真傻，你真有办法确定吗？"

洛兰一时被问住了。的确，她没有证据证明当初就是舒华开的车。不过，华峰应该是真傻，就在这句话将要脱口而出的时候，她却忽然僵住了。

梅若春见她不说话，认为她也意识到了疑点："我就是怀疑这个，才会去试探华峰，我把链接发到他的手机上，并没有得到什么回应，不知道是他能沉得住气，还是他的手机已经被别人代管了……我把那张图片发给你，一开始也是想试探你，因为我不知道，你和舒华那件事有没有关系……"

看来，她是怀疑自己和华峰合谋害人，然后鸠占鹊巢。不过，就在这时，洛兰想起了一件很重要的事情。

"等一下，你说华峰要害死舒华，总得有个动机吧？是因为华为山不同意他们恋爱吗？"

"不是。"梅若春抿了抿嘴，停了一会儿才说，"我听说，华峰可能和一个女人有了私生子，而舒华生前爱他爱得很深……我怀疑，是不是华峰需要跟那个私生子的母亲结婚，而舒华又不愿意分手，所以他就害死了舒华。"

什么？！洛兰简直眼冒金星。老实说，本来听说华峰之前可能有很多女朋友，她就已经很难接受了，现在还听说他可能有私生子……

"一开始我怀疑你就是私生子的母亲，"梅若春继续说，"我就发那个图片试探你，结果你没有搭理我。我没有办法，就找到了……韩娜，打听你的消息，结果发现，你好像什么都不知道……"

洛兰脑中一片混乱，沉着嗓子问她："你说华峰有私生子，因为有私生子才害死舒华，有证据吗？"

梅若春没有回答，只是抿紧嘴唇，一副"我不能说"的样子。

洛兰盯着她，等着她回答，可她什么都不说。自己渐渐地冷静了下来，她为什么不愿说？是故弄玄虚？没必要。因为拿不出凭据的话，就不能让别人相信她。是拿不出凭据，在骗人？也不会。因为那样她的谎言立即会被揭穿，世上没有这么蠢的骗子。那她为什么不愿说？唯一的解释是，她这些凭据会牵扯到某些人。啊！如此说来，这些事情应该是什么人告诉她的，她要说出这个人的名字，会让这个人惹上麻烦，所以才不能说。

紧接着，洛兰又发现了一个问题，那就是梅若春说到现在，完全没有提及在华家花园里放发梳的事情，赶紧问她："对了，你当初到华家花园里放发梳，是针对谁的？"

梅若春一惊，讶异地说："我没到华家放发梳啊。"

啊？洛兰一惊，感觉心头有乌黑的疑云迅速漫起，猛地又想起了一件事："那华夫人家老房子闹鬼的事情呢？也是你编出来吗？"

梅若春呆呆地瞪着眼睛，更讶异了："我不知道有这么回事……华夫人娘家的房子有闹鬼的传言吗？"

洛兰的心里就像已经波涛涌动的水里又被投进了一块大石。如果这两件事和她没关系，也就意味还有一个人，想就舒华的事情做文章。而且，从梅若春不知道这两件事来看，这个人应该不是和梅若春一伙的。他的目的是什么？又是因为什么呢？最重要的是，这个人应该就在华家内部，有这么一个人在肘腋之间，想来真是令人感到心悸。

洛兰不由得心乱如麻，抬头见梅若春还在呆呆地看着她，便冷笑一声对梅若春说："对不起，这件事你没有给我任何凭据，我暂时不能相信。"

梅若春没有说话，目光却像在说"以后你就会相信"。洛兰咬了咬牙，走出门去，脚步也有点儿虚浮。

她走到一个街心公园，待了一会儿，便叫范大伟来接她。她虽然表情已经恢复如常，但心里还是一团乱麻，回到家里之后更是心神不宁。华峰来找她玩，她破天荒地没搭理他。

她确实很累，全身酸痛，眼睛也肿肿的似乎睁不开，但是脑子却异常兴奋。吃过晚饭后，她呆呆地坐在电脑前，胡思乱想着，莫名地感觉背后有双眼睛，转头一看，又是那个娃娃。娃娃自然是不会有什么表情变化的，但洛兰觉得娃娃正在瞅着她、嘲弄她，身体里一股邪火蹿起，她一个箭步冲过去，把娃娃打到地上。

娃娃"砰"的一声砸到了地上，眼珠子都摔了出来。洛兰去拾，却一下僵住了——那个眼珠其实是个小小的无线摄像头！

洛兰内心翻江倒海，竟然有人一直在偷偷监视她？！是谁？

一夜无眠，洛兰胡思乱想了一夜后终于决定，以不变应万变，然后不动声色地把事情查清楚。

第二十二章 谁在装神弄鬼,还监视他们?

顾妈过来送早饭来，看到她的气色，有些诧异，忙问她今天要不要休息。洛兰想了一想，觉得自己今天实在不适合去公司，就跟顾妈说，前一阵有些劳累过度，让她帮忙煨一碗参汤。之后她打电话告诉吴娜，自己不舒服，今天就不去公司了。然后，蒙头就睡。醒后不久，顾妈就把参汤端来了。她一口一口地喝着参汤，一边佯装无意地扫视着四周。

那个摄像头已经摔坏了，她把它们装回了娃娃的眼睛然后把娃娃转过去，面朝墙壁。摄像头摔坏，监视的人不会不晓得，说不定在她打翻娃娃的时候，那个人就在那边监视着呢。既然如此，她不如看看身边的什么人行为异常，就此推断是谁安了摄像头。

老实说，要说嫌疑，眼前这个顾妈就有。自己的饮食起居都是这个顾妈照应的，她要想安装摄像头，自然比别人便利。

顾妈站在那里等着接碗，一副毕恭毕敬的样子。

"顾妈，你知道吗？"洛兰佯装无意地说，"我今天看起来这么憔悴，是因为昨天晚上我发现了一个东西，所以没睡好。"说着便停止喝参汤，不动声色地注视着顾妈的脸。

"发现了个东西？吓得您睡不着觉？"顾妈一脸诧异，同时又一头雾水。

洛兰暗想，她像是什么都不知道，不过会不会是装的？

"您发现了什么啊？"顾妈见她不说话，又追问了一句。

"哦，"洛兰赶紧编了个说法，"就是窗外那片竹枝，在夜里垂下来，像鬼影似的，我被吓到了。"

"啊，这样啊，"顾妈立即走到窗边看，"我今天找花匠来把它给修一修。"

顾妈转过身来，忽然发现娃娃面朝墙壁，有些奇怪，同时下意识地伸手去摸："哎，这娃娃怎么面朝里了？"

"哦，"洛兰赶紧说，"那是因为我晚上看到它，觉得它像在看着我一样，不舒服，所以就把她面朝里了。"这句话既是解释自己的行为，也是一种试探。如果顾妈是那个人，听到这话，肯定不会毫无反应。

然而顾妈毫无反应，只是听从洛兰的话，把伸了一半的手缩了回来，然后又回到洛兰身边。洛兰悄悄地吁了口气。说真的，顾妈若不是演技太过出神入化，那她根本就不是装摄像头的那个人。洛兰几口把参汤喝干，把碗还给了她。顾妈拿了碗就走，丝毫没有左顾右盼。

洛兰在屋里坐着，忽然想起自己藏在抽屉里的那个智力测试表。关于华峰是不是装傻，这个问题已经成了不可轻易触及的问题，一想起这个，她就会心乱得失去方寸。

就在这时，华峰又来了，一进门就说："我听说姐姐身体不舒服，就来看看……怎么了？感冒了？肚子痛？"不知道是不是因为背光的原因，他的笑容虽然灿烂如昔，洛兰却觉得里面有无尽的晦涩和狡狯。

"我没有感冒，也没有肚子痛。"洛兰发现自己根本无法直视他，只好敷衍着他，"只是有些累。"

"累？"华峰立即关切地凑了过来，"那现在好了吗？"

"好……好了。"洛兰下意识地一避，老实说，以前华峰也曾经凑到她身边，或者是有其他亲昵的举动，但是她从没有在意过。而今天，她却非常在意，就像刚刚知道他还是个大男人一样。

华峰略有些诧异。洛兰赶紧岔开话题吸引他的注意："我睡了一会儿，已经好多了……你这阵子在玩些什么？我跟你一起玩会儿吧。"

华峰听到这里非常高兴："我最近还是玩那些小游戏啊。姐姐愿意和我一起玩，那真是太好了！"

洛兰笑着说，"对了，我们玩个智力游戏好不好？"

"智力游戏？"华峰一副很好奇的样子。

"是啊。"洛兰从抽屉里拿出那个表格，尽量保持镇定，若无其事地说，"这是一个智力测试表，里面有很多好玩的题目，做起来不仅好玩，做完了还可以提高智力，要不要试一试？"她一边说，一边目不转睛地偷看着华峰。如果他是装傻，那应该就会看出这是什么，那么他的表情应该会有些微异样。

然而华峰满脸开心，似乎对表格真的很感兴趣，表情也很真挚。

洛兰有些迷惑，但也松了口气。华峰把表格拿到手里，打量了一下，嘿嘿一笑："这个看起来的确很好玩，不过我不想现在做。姐姐，我正在做一个很好玩的东西，想请你去看看。"

"哦，好的。"洛兰赶紧把手伸向那个表格，这表格可不能放在他那里，她必须得看着他做题。见她伸手，华峰自然而然地把表格还给了她。

之后，华峰便带着洛兰往他的"秘密基地"而去，他们走到一个参天大树下，这才停住了脚步。大树枝叶繁茂，和周围树的树冠交织在一起，自然形成了一个树屋般的空间。光线比外面暗了许多，似乎还有隔音的效果。老实说，华家的花园并不大，全靠布局增加可游的路程，因此这个地方和外面距离并不远。而洛兰活像从文明社会到了野蛮世界一样，感到窒息般的压迫感，忍不住问华峰："你叫我看的东西……在哪里呢？"

"就是那个啊。"华峰指了指树脚的一个东西。洛兰一看，发现那里有个小小的房子，不，从那个格局来看，应该是个宫殿。整座宫殿都是用碎石和泥巴砌成，做得十分精巧。看到这个后，洛兰松了一口气，心想华峰还是那个充满童趣的大孩童，她刚才绝对是多虑了。

"这个宫殿可真漂亮。"洛兰笑着问华峰，"你一定建了很长时间了吧，准备给谁住啊？"

她等着华峰说"准备让我和姐姐住"的话，没想到华峰居然说："准备给那个姐姐住的。"

洛兰一激灵："哪个姐姐？为什么要给她住？"

华峰没有回答她的第一个问题，而是直接回答了她的第二个问题："因为那个姐姐的灵魂没处去啊。"

什么？！洛兰又惊又怕又着急，华峰怎么会想到这些？她很想问问华峰到底是怎么回事，又担心吓到他，便不动声色地问："那个姐姐的灵魂？这么说是鬼了？你看到鬼了？你不怕鬼吗？"

华峰天真地看着她："那个姐姐是好鬼，我不怕的。"

"好鬼？"洛兰眼珠一转，然后"扑哧"一笑。

"姐姐你笑什么？"华峰一阵诧异。

"我是笑啊，"洛兰一边佯装无意地说道，一边目不转睛地观察他的表情，"你估计是被人骗了。这世上是不会有鬼的，估计是谁骗你玩的。"

华峰露出迷惑的神情："她会骗我吗？"

"她是怎么告诉你她是鬼的？"洛兰小心翼翼地问。

"她是什么样子的？"说到这里，她猜想这个鬼出现的时候一定不会装扮得很恐怖，否则华峰会害怕。可是如果装扮得很正常，又怎么能让他认为她是鬼呢？

华峰眨眨眼："我根本没看见她啊。"

洛兰没想到会是这样，顿时感到一股寒风从背后吹了过来："那你是怎么和她……交流的呢？"

"用声音和我交流啊。"华峰依然是一副平常的语气和神情，"那天，我正在窗户边发呆，结果听到她对我说话。我到处找，结果没找到她人。我很好奇地问她在哪里，结果她说我看不见她，她是鬼。"

听到这里，洛兰不由自主地打了个寒战。

"当时我也吓了一跳。"华峰接着说，"但是她的声音很温柔，并且叫我不要怕。她说她是个鬼，但是个好鬼。我就不怕了，然后就和她聊了起来。"

"那你和她聊什么呢？"

"这个暂时不能说哦。"华峰咧嘴一笑，"这是我和她之间的秘密。"

洛兰碰了个软钉子，却也因此清醒了过来。这世上根本没鬼。华峰肯定是堕入了别人设下的圈套里，她笑着对华峰说："如此说来，你这位鬼姐姐还真有趣。你可以带我去看看你听见鬼姐姐说话的地方吗？"

华峰当然乐意，立即带洛兰去了自己的窗边。华峰的屋子里窗明几净，最大的那扇窗户下有一个很宽很长的木桌，上面摆了一些玩具。其中有一套塑胶做的十二生肖，朝着屋里摆着。它们的眼睛都是玻璃做的，看上去格外有神，洛兰朝这些东西打量了几眼，立即就猜了个七八分。

老实说，如果想假扮无形鬼跟华峰说话，至少得有三个东西：摄像头、窃听器、小话筒。上次用来监视她的无线摄像头是被藏在塑胶娃娃里的，所以，她觉得那些东西被藏在这些塑胶动物的可能性很大，会是哪一个呢？估计是那个塑胶猪，因为塑胶猪肚子很大，挺能装，而且猪笑着张开的那张嘴里似乎藏着什么东西，话筒可不能被封在肚子里。之后，洛兰借口喜欢这只猪，拿去玩一玩，华峰自然愿意。正值午饭时间，洛兰便将猪带回房间锁好，随后出来和大家吃饭，席间，华为山问她到底是因为不舒服，有没有好一点儿，看来她身体不适的事情已经被传了出去。华菱也嘘寒问暖了几句。洛兰对此只能笑笑，说自己只是疲劳了，已经好很多了。看着他们关切的面容，洛兰真想把自己发现的一切告诉他们，然而不知为什么，这股冲动到了喉头又滑了下去。她也说不清为什么，只是觉得暂时不要把事情抖开为妙。

饭后回到房间，洛兰果然从那个塑胶猪里掏出了一个窃听器、一个摄像头、一个小话筒。塑胶猪的嘴巴和肚子是相通的，小话筒就藏在那里，摄像头藏在猪的眼睛里，而窃听器则藏在猪的耳朵里。当然了，耳朵和肚子也是相通的。这三个设备做得又小又精，之间有导线相连，导线的尾部还连着个小盒子，似乎是个总控设备。洛兰不知道怎么操作，老实说，她很后悔上次踩烂了摄像头，顺便也踩烂了线索。她这次不会再犯这错误，她打算拿给懂行的人看看，弄清这些东西是什么型号，在哪里卖，再从卖家那里查出是谁买了这种设备。

可是，找谁看呢？洛兰第一时间想到张浦。当初张浦说怕被监控，只敢在QQ上用化名跟她联系，她还觉得张浦太过神经过敏，现在却觉得他的怀疑不无道理。她找到张浦的QQ头像，准备点开窗口，却又有些犹豫，自己一而再再而三地麻烦他，还连累他遭受无妄之灾，这样好吗？可是除了他，她又能找谁商量呢？她下意识地开了自己所有的QQ好友，忽然注意到了一个签名，然后皱着眉头笑了。

第二十三章 他有事瞒着她

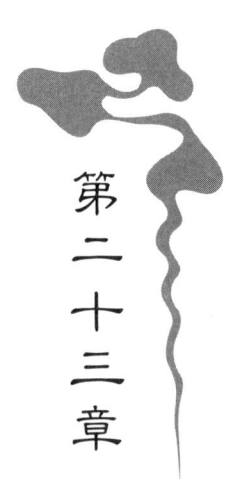

这位好友昵称叫天眼，备注则是田牧生，是她的老同学。刚毕业的时候，洛兰听说他在一个IT公司上班，自己因为和他的关系谈不上多铁，就没怎么和他联系。今天忽然发现，他的签名已经不知不觉改成了"现已投身侦探业，朋友们要是有麻烦，可以找我"。

看情况，他是当了私家侦探了。既然是私家侦探，对监视用的设备，应该会有点儿研究吧？

根据他空间日志里留的地址，洛兰打算下午去拜访他的公司，临出门的时候，她向执勤老伯交代今天下午想出去逛逛散散心。不知为什么，她觉得自己现在有必要向华家人及时汇报自己的行踪。

来到田牧生的办公地点后，洛兰讶异地发现生意异常红火，好几个浓妆艳抹、穿金戴银的中年女人坐在长椅上等候估计是来请田牧生帮忙调查老公外遇的。洛兰没有凭借老同学的关系，只是坐在长椅的尾部，静静地等待。周围的那些中年妇女朝她讶异地打量，大概是觉得她格外年轻，她索性拿本杂志，遮在脸上。

田牧生事情处理得还挺快，很快就轮到她了。田牧生发现洛兰有些意外，但意外的神情很快就消失了，对着她神秘兮兮地嘿嘿一笑："是不是想调查未婚夫在外面有没有女人？没办法，富二代嘛……"看来她高攀的信息还传得挺广，不过这些人似乎都不知道华峰有病。哦，其实也不奇怪，华家的隐私保护得极好，大家都只知道华家门第高，并不知道华峰有毛病。而现在，某某人攀上高枝的新闻可比瘟疫传得还快。

"不是。"洛兰冷冷一笑，"我只是希望你帮我看看，这些东西是什么型号，什么品牌，从哪里卖出去的。"

"哦？"田牧生一惊，"你被人监视了？"

洛兰没有回答他的问题，只是说："你帮我看看这个东西，把相关信息告诉我就好了。"

"好吧。"田牧生朝她看了一眼，然后仔细地看了看这些东西，一看眉头就皱紧了。

"怎么了？"洛兰看出异常，赶紧追问。

"老实说吧,"田牧生叹了一口气,"我还真不知道这是什么型号的设备,搞这个设备的人警惕性很高,把商标给磨掉了……其实现在有很多东西在网上流通,有些是国外买来的。光看形状的话,我也猜不出它是什么品牌和型号。"

"原来是这样啊。"洛兰略微有些失望,不过从这个人行为来看应该很不简单,她在心里叹了口气,打开钱包,"说吧,这次咨询要多少钱?我刚才忘了看价目表。"

"哎呀,这怎么行呢?"田牧生赶紧摇手,"我又没能帮你解决问题,怎么好意思收钱呢?再说我们都是老同学了,就算我能帮上你忙,也不该收的啊。"

"话不能这么说。"洛兰数了六百块钱,放到他的桌子上,"再说你开业这么久了,我还没恭喜你呢……就当是我给你的开业贺礼吧。"

这些日子的历练已经让她越来越会做人,更何况以后说不定还有用到田牧生的机会。

田牧生见推辞不了便笑纳了。洛兰本来打算和他寒暄几句就回去,忽然瞥见田牧生左手的那一叠文件里露出了一个角儿,上面赫然有"张浦"两个字,顿时心头一动:"你在调查张浦?谁委托你调查的?"

田牧生尴尬地笑了笑:"这个我不能告诉你,作为一个私人侦探,我有义务为客户保密。即便是老同学,也不能泄密,嘿嘿,嘿嘿……"

"是吗?"洛兰一撇嘴,"那我就只有告诉张浦,你在调查他了?"

"别别别,千万别!"田牧生赶紧投降,"真拿你没办法……好吧,我给你说了,你可千万不要泄密,是张浦的妈妈委托我调查他的。"

洛兰哭笑不得,转念一想,发现事情并不简单,张浦妈妈会请私家侦探调查张浦,肯定是张浦那边出了什么异样的事情。她如此问田牧生,田牧生嗫嚅了一会儿才说,张浦妈怀疑张浦被什么坏女人勾上了。原来,张浦不久之前已经从农场回到城里上班,他说是朋友介绍他在一个珠宝店工作，给人管账，但是拒绝告诉张浦妈妈店面的名称，以及店面在什么地方。

田牧生接着说，如果张浦只是不愿提供店面的名称和地址也就罢了，问题是张浦妈后来无意中发现他和一个女的走得很近，女的身材高挑，长相美丽，但是感觉挺邪性——按照张浦妈的原话，就是那双眼睛很贼，到处乱飘。张浦妈放心不下，等她和张浦分开后就跟踪她，结果被她发现，轻而易举地就被甩了。张浦妈更加觉得这个女的不对劲，回家就问张浦是不是交了什么女朋友。而张浦的头却摇得像拨浪鼓一样，说自己没有交女友，也不承认最近和一个女的关系很近。

张浦妈怀疑张浦的工作也和那个女人有关，继续追问，结果张浦说工作是个男性朋友介绍的，至于这个男性朋友是谁，张浦也不愿说。张浦妈又生气又担心，只好求助私家侦探。

洛兰也觉得事有蹊跷，便问田牧生："那你调查出什么了吗？"

"还没有。"田牧生一摊手，"我叫我的搭档去查了，暂时还没查出什么。"

既然如此，洛兰也就没什么好问了，何况时间已经不早，她于是告别田牧生，匆匆赶回华家。

刚进华家大门，冷不丁从树丛中蹦出一个高大的身影。

居然是华峰！"姐姐散完心了吗？"华峰笑嘻嘻地，"我一人在家简直要闷死了。"因为天色逐渐变暗，他脸上的细节也慢慢被阴影填满。洛兰端详着他的脸，感觉一片黑色的浓雾在慢慢泛起，忍不住说："姐姐晚上陪你玩……你来填那个卡片吧？"

华峰很听话，晚饭后准时到洛兰那边报道，也许他也对这个卡片很感兴趣。洛兰在一旁静静地看着他填，脑中想起之前梅若春说过的话——华峰是装傻，他可能有私生子，想和私生子的母亲结婚，因为舒华不愿意分手，所以制造车祸害死舒华，现在想通过装傻来逃避责任……可是华峰之前受刺激说胡话的时候，又说是有人想要设计害他……现在有人监视华峰，还装神弄鬼误导他，是为了什么？是为了试探他是否是装傻吗？监控他的人也是同时监视她的人吗？监视她又是意欲何为呢？

这些乱七八糟的疑团搅和在一起，让她头痛欲裂。她深吸一口气，拼命把这些乱七八糟的都压下去，只是专心地等着华峰填完卡片。她等着等着，忽然又想到，如果真测出他是装傻，那就可以解释很多问题……但是如果他真是装傻，她该怎么办？华峰终于把卡片填完了，笑嘻嘻地递给洛兰。洛兰拿着卡片一看，胡乱夸他填得好。其实她根本不懂，正寻思着哪天带出去给郁茹严看看。

之后，洛兰叫顾妈把华峰带去睡觉，然后打开QQ，发现张浦假装成学妹的QQ头像正好亮着，便给他发了一个"发呆"的表情。发完表情后，她下意识地耸了耸肩，竟有用身体把电脑屏幕挡住的冲动。其实，已经没有必要了，因为摄像头已经被她踩烂了。想到这里，洛兰忍不住又看了看娃娃所在的地方。那个人把娃娃放在这里，大概是因为这里可以照见全屋。仔细想一想，好像她来了之后这个娃娃就没有被移动过，也许是位置较佳不需要调位置，也许是放设置摄像头的人怕被发现，所以不敢调位置……想着想着，她忽然一拍脑门，暗骂自己死心眼，眼前不是有现成的线索吗？她问问用人们，当初是谁把这个塑胶娃娃放在这里的，不也能挖出一些事情吗？

就在这时，QQ响了。洛兰赶紧看窗口，发现张浦发来了这么一句话："我在，出什么事了吗？"

看来张浦还是很关心她，洛兰的心里五味杂陈，赶紧问他："最近过得怎么样？听说你……谈了一个朋友？"

她本来是想问他是不是谈了一个女友，但想到他现在是以学妹的身份在和她联络，如果这样说，可能会露馅。其实对方应该监控不到QQ，她也明白，可是她现在就是忍不住小心到极点。

"是的。"张浦那边愣了片刻，然后发来了回复。

"那对方人怎样？"洛兰接着问。

"挺好的。"张浦这样回答，"这样吧，哪天我们出来聊聊。"

"行啊。"

"那我们就后天下午六点,在草弓巷的那个小茶馆见面吧。"

草弓巷?洛兰不由得一呆:本市还有叫草弓巷的地方吗?不过她很快便想起来有个地方叫芎家巷,之所以叫这个名字,是因为之前这里有个大店卖川芎。这里有个茶馆,自称卖的茶可以养生,她和张浦曾经去过几次。想到这里,洛兰有些哭笑不得,心想张浦居然比她还注意保密,也因此感到了更多的压力,便回了个"好"。

第二天去了公司,贺鸣又来了,他已经拟定了代言人的人选,请洛兰定夺。洛兰看了看他递来的资料,发现他推荐的是一个中年演技派的演员。洛兰已经不看国产电视剧好多年,也不知道这位男演员到底是什么地位,但是看他有一张成功人士的脸,气质也踏实,应该是男人们喜欢的类型,便同意了。

第二十四章 诽谤风暴

处理手头的一些事宜之后，洛兰打电话给郁茹严，问他有没有空，郁茹严回复有空。于是，洛兰跑去见他，当然是甩开范大伟自己行动。

郁茹严看到表格后很惊诧："我还以为你已经忘了这事呢。"

对此洛兰只能尴尬地笑笑，她知道自己现在多说啥都会弄巧成拙。

"我会把这张表拿给我朋友看看。"郁茹严把表收了起来。

"那就麻烦你了……非常感谢！"洛兰一边说，一边盘算着该如何谢谢郁茹严。

本以为郁茹严会客气地说声"不用谢"，然而他却嘿嘿一笑，说："你的确需要好好感谢我。"

"啊？"洛兰懵了。

"我需要你帮我在思想上解解惑，"郁茹严微笑着凝视着她的眸子，"我帮你解惑，你帮我解惑，公平交换嘛。"

"我行吗？"洛兰有些吃惊，"你可是教授啊。"

"教授又不是万能的。"郁茹严撇了撇嘴，"再说，我需要你帮我解决的是情感问题。"

"啊？"洛兰又是一惊，"我又不是情感专家。"

"不是情感专家也不要紧。"郁茹严一本正经地说，"我只想了解现在的女孩子都是怎么想的而已。有人说，男人和女人来自不同的星球，说不同的语言，男人很难真正了解一个女孩子。因此，我需要找一些女性朋友咨询一下。"

"哦。"洛兰恍然，"那你需要向我咨询什么啊？"

"是这样的。"郁茹严舔了舔嘴唇，神情依然一本正经，"我也到了谈婚论嫁的年纪，也被父母催着婚。当然了，我不会因为年龄就匆忙结婚的，只是觉得自己也应该找个女友。我回国不久，认识的女孩子不多，因此得靠人介绍。正好有人给我介绍了几个刚出大学校门不久的女孩子。我以为这个年纪的女孩子应该比较单纯和可爱，结果没想到，她们一见面就问我薪水多少，有没有房和车子，职业发展前景如何。"

"这个不奇怪。"洛兰笑了笑，"她们是来相亲的嘛，当然要问一些结婚的硬件。"

"这个我也知道。"郁茹严皱了皱眉头,"我只是感觉挺奇怪……把一个人的价值全部以物质来衡量,对于女人来说恐怕还要再加上年龄和长相,都放在一起明码标价,最后像评估买卖一样评估这一对是否合适,感觉就像是封建时代的包办婚姻、买卖婚姻一样。当然了,我不是光说女人,我也是在说男人。我觉得现在男人和女人在恋爱相处方面都出了问题。"

郁茹严又接着说:"我觉得人在婚恋的时候不该太过在意这些硬件,婚姻最关键的是两个人之间的相处。就算婚姻只是一种合作,性格无法磨合、生活无法协作的人是无法过到一起的。就算他们认为那些硬件是结婚的必要条件,也不应该一开始就提。当然了,我这不是说我只谈恋爱不结婚,我只是觉得,要想结婚,应该先把恋爱谈好,等到恋爱谈好了,觉得可以在一起过一辈子,才能考虑结婚,到时候再论结婚的意见也不迟。这样一开始就直奔最终目的而去,给人压力很大啊。"

"是啊。"洛兰颇有同感,"其实,都是被社会误导的,尤其是那些家长,他们以为这样做才是拎得清的表现,是成熟的表现,其实是将子女往歧路上引。"

"那他们会一直这样走弯路而不清醒吗?"郁茹严苦笑一声问。

"难说。"洛兰撇了撇嘴,"很多人就这样一直瞎折腾,被错觉引着走。多少人糊里糊涂走进婚姻殿堂,结果后悔不已,不过,到了那个时候,后悔的代价就大了。"

"唉,何苦呢?"郁茹严叹了口气,"其实这件事,他们只要仔细想想就应该能想明白,为什么他们就是想不明白呢?"

"应该是因为焦虑吧。"洛兰苦笑着说,"不仅是他们自己,他们的父母也焦虑,生怕错过了时间,错过了人。人在焦虑的时候容易被一些利益上的东西迷住眼睛,而忘了一些心灵上的东西,殊不知,这些心灵上的东西往往更重要。"洛兰深有感触是因为她自己也曾经处在这种焦虑之中。

"确实如此。"郁茹严点了点头,"如此说来,我的父母也许也有种想法,我只是没有感觉到。"说到这里,他自嘲地笑笑,"书读得多了,人在生活方面就会有些呆,你知道的吧?"

"你哪里呆啊,一点儿都不呆!"洛兰被他逗笑了。

郁茹严说要送洛兰回去,洛兰说不用,两人就这么说着笑着走出来,就在他们刚刚踏上街道,一个穿着黑色小圆点裙子的女生冒了出来,把手中瓶子里的东西狠狠地泼向他们。洛兰猝不及防,一下被泼得半身都是。定睛一看,不禁又惊又怒:这些液体一片漆黑,还带着浓浓的臭气,是什么东西啊?她转头看郁茹严,结果发现他泼得更惨。

郁茹严满脸震惊,朝那个女生大吼:"林文静,你想干什么?"

那个叫林文静的女生转头就跑,一面跑一面说:"当然是给你这个渣男一些教训!还有你,小三!这是臭豆腐卤汁和墨汁,又臭又黑,正配你们!"

小三?洛兰好气又好笑,看了一眼郁茹严。

郁茹严又尴尬又愤怒,余光瞥到周围的人正在慢慢聚拢而来,不禁更加羞恼,大声对围观人群说:"她是个疯子!"

"别管他们!"洛兰赶紧拉扯他的衣袖,"我们先赶紧离开这里!"

郁茹严气愤之下有些六神无主,便跟着洛兰迅速离开了事发现场。

"刚才那群人……不会误会吗?"郁茹严想起刚才那群人的神情,有些不安心。

"没事儿,"洛兰苦笑,"其实没啥人会真正在意别人的事情,你没必要向他们解释,过一会儿他们就忘了。"接着朝郁茹严看了一眼。

郁茹严意识到自己该向洛兰交代一下:"我和她就是相亲认识的,只是试着相处,结果我发现和她谈不来,她有公主病。半个月前,我跟她提分手了……我可没占过她的任何便宜。她还无法接受现实……不是因为对我无法忘情,其实是觉得丢了面子、丢了身份吧……不仅老是骚扰报复我,还在调查我不是有了小三。说你是小三,大概是看你和我一起吃饭了吧。"

"好吧。"洛兰苦笑，算是接受了他的解释。郁茹严偷眼看她，发现她没有怀疑的意思，眼中溢出了发自心底的笑意。

郁茹严说洛兰被泼了一身脏污全是因为他，说要赔洛兰一件新衣服，洛兰谢绝了，让他只要把测试卡的事情搞定就可以了。

回到公司的时候，洛兰发现吴娜的表情似乎有些异样，似乎有监督的意思。洛兰暗暗冷笑，说她只是出去遛遛，遇上个疯子，被泼了一身的脏污，吩咐吴娜把衣服洗一下。

晚上，张浦然用伪装QQ给她发了一个信息，说家里有事，去不了了，改日再谈。洛兰回复"好"，心里有点儿担心。

洛兰正在浏览着自家商品的相关信息，竟然发现网上传出了她跟那位代言人的绯闻，说得好听点是绯闻，说得难听点就是不正当关系的传闻。整条消息用平实的语气来写，虽然没有写出什么龌龊的细节，但是指向性很明显。帖子还顺便把洛兰的事情扒了一下，说她只是从一般大学毕业，自己做小生意失败，后来勾引到华峰，又靠吹牛的功夫折服了华为山。又说她虽然靠勾引华峰来获得机会，但其实是个大叔控，最喜欢代言人那种熟男类型，帖子还附上洛兰的微博的截图。

洛兰只觉得血往头顶上冲，几乎要崩溃，然而在这种极端感觉之后，她迅速冷静了下来。立即叫贺鸣去联络各大网站删帖。

但凡谣言，在传播过程中总会出现无数变种，看热闹的人总喜欢捕风捉影，自行添枝加叶，会渐渐由一条谣言增加为一个巨大的谣言体系，而且会像滚雪球一样牵连别人，有关和无关的人都会被牵扯到。而世人总是倾向于相信坏事而非好事，对于女企业家和艺人的事情更是如此。因此，只要谣言传播到一定广度，以后恐怕终身无法辟谣。所以，当一个谣言窜起时，尽快扑灭才是正道。

不久之后，各大网站的谣言被删除了，然而这件事还是闹上了社交媒体，很多网友上传帖子的截图，删之不尽，看热闹的网友到洛兰的微博里极尽奚落和谩骂。

老实说,洛兰现在似乎说什么都是错,然而不说点什么,洛兰根本不知道还能怎么办。于是,她思虑再三,准备写一篇长微博,用愤怒和激动的口吻来细致声明自己的清白,刚刚敲了两行字,忽然意识到言多必失,便只是发出了这几句话:"近日网上关于本人的一切谣传,全是别有居心之人恶意造谣。相信网民朋友们也发现了,这些谣传虽然写得一本正经,但实际上没有提出任何切实的证据,关于这些谣言,本人正在严查源头,会对相关人员采取法律措施。请大家擦亮眼睛,不要被别有用心的人利用。不信谣,不传谣!"

第二十五章 干净利落解决谣言

刚发完澄清声明，范大伟进来了，说华为山请她去一趟，洛兰明白，华为山也知道这件事了。

华为山在书房等着她，脸色如常。洛兰本想等他先发问一句，见他这样，竟然忍不住脱口而出："我是被陷害的！网上的那些话都是造谣的……我选他当代言人，只是因为觉得他适合，没有别的……"

"这个我知道。"华为山一摆手，笑眯眯地说，"你的决策过程我都知道，很对。要是我，我也选他。你是怎么处理谣言的？"

洛兰赶紧把自己的处理情况细细说来一遍，华为山皱眉细思，微微点头："嗯，没有什么纰漏。你还写了一个微博是吧，给我看看？"

一会的工夫，她的微博粉丝已经涨到了二十万，这还真让人哭笑不得。

华为山看着她的微博，微微点头："嗯，不错。没有说多余的话，而且指出这些没有切实证据这一点儿，引导他们自己去推敲……哈哈，有些人就是这样，直接跟他们说，他们不信。让他们自己去推，他们反而会相信自己推出的证据。"说着又点开评论。

评论里一片鸡飞狗跳，网上掐架很容易出现污言秽语横飞的情况，华家自然也会被牵连。洛兰心里颇为不安，不停偷瞄华为山的神情。华为山的神情乍一看依然如常，但是气场中已经隐隐带有怒气。

"好了，这件事你不用管了。"华为山往椅背上一靠，"接下来我来处理。"

"好……"洛兰赶紧答应，又不由自主地朝华为山瞄了一眼。

华为山知道她想问什么，微微一笑："这事儿我打算先报警。在事情没调查清楚之前，你作为当事人，已经表明了态度，这就够了。报警会产生间接的震慑效果。另外，我会以集团的名义发表声明，如果任何人再对这个谣言进行胡乱传播，也会对相关人员追究传谣罪。"

听到这里，洛兰心里微微一动，嘴唇也忍不住颤动了一下。

"你有什么想法？说说看？"华为山敏锐地发现了她这个微表情。

"这个……"洛兰微一迟疑，但还是说了出来，"我担心，若追究传谣罪的话，会不会激怒网上那些所谓的正义之士……"

"这个你不用担心。"华为山一笑，"你也说了，那些是所谓的正义之士，一旦对他们的言行有所追究的话，他们会收敛的，你放心。"

洛兰赶紧点头，忽然想起来一件事，冲口而出："哎呀，糟糕，我之前叫贺鸣他们把那几个源头帖都删了，现在要报警查来源，不知道还好不好查……"

"不要紧。"华为山扬眉一笑，"小贺已经把该保存的都保存了。"

"哦……"洛兰心中暗暗惊叹：看来贺鸣也不是一般的人，她得对他重新认识。

华为山体贴地吩咐洛兰在家休息，公司的事先交给其他人跟进。经过一番折腾，洛兰也觉得头晕目眩，还莫名其妙地流起了清鼻水，便答应了，回房间床上躺着。过了一会儿，顾妈进来，看着她的脸惊叫了一声，她才意识到自己已经满脸通红——发烧了。

洛兰显然是气急攻心。华家请了医生上门诊断，给她打了一针。

洛兰昏昏沉沉地在床上躺着，顾妈则在一旁守着照顾。不久之后，顾妈似乎想起了什么事，走开了。洛兰刚刚解除被人看着的不自在，结果又看见一个人走了进来，走近了才发现那是华峰。

华峰走到她的床边坐下，看着她的脸，轻轻地叹了口气。见她额头上头发乱了，轻轻地给她捋好了，然后用手背试了试她额头的温度，自言自语地说了一声："还好。"接着凝视着她，过了许久才轻轻一叹："你何苦要走进旋涡的中央呢？"

洛兰一凛，心头一阵狂跳。此时的华峰完全已经是大人的感觉，根本不再是那个智商只有八岁的……这代表什么？

洛兰想问他，却敌不过身体的疲累，脑中一晕又沉沉地睡了过去，等她再醒来的时候，已经恢复得十之八九了。顾妈还在旁边坐着，见她醒来赶紧一笑，从保温瓶里倒出一碗鲜鱼汤喂她。

洛兰大口地喝着鱼汤，脑中却想起刚才的事情，又惊又疑：如果刚才的情景是真的，那华峰就不是智障。他给她的感觉就是一个大人，没错的。问题是刚才的一切是否是真的，之前她晕晕乎乎，说不清他出现时是真实还是梦境。一想这些她又感到一阵头晕，一种虚脱的感觉接踵而来，赶紧提醒自己现在的第一要务就是把身体彻底养好。

在顾妈的精心照料下，加上自己年轻，洛兰很快就恢复如常。恢复后的第一件事，当然是弄清谣言的处理进展。

令人意外的是，网上竟然已经没有人再说她了。在她的微博里，那些评论虽然还好好地在那里，但是最后一条的发布时间离现在已经有一天左右，转载帖子的微博也被删除了。华为山听说她好了，过来看她，顺便解答了她的疑惑。

华为山的判断很准确，一听说要被追究责任，很多人都不敢再兴风作浪。加上谣言根本就是查无实据，他们也没什么可兴风作浪的，于是很快便删除了造谣贴。同时，代言人的公司也在积极灭火，洛兰之所以被如此关注是因为和明星挂了上钩，一旦明星身边的火给灭了，那也就没什么人关注她了。

这件事的幕后黑手暂时还没有找到，不过这件事倒提醒了洛兰，及时掐去任何危机的苗头。想到这，她毫不犹豫地将摄像头的事告诉了华为山。

"这是什么？"华为山看着摄像头问洛兰。

洛兰抿了抿嘴，低声回复："这个被踩烂的就是放在我房间里的，另外那些是放在华峰房间里的。"

第二十六章 娘家又出娄子

华为山听完摄像头的事后愣了几秒，然后猛地站起来走了出去。他吩咐人把家里彻彻底底地搜了一遍，又把医生找来，对华峰重新检查了一遍，他得确认自己的儿子没有出现别的问题。

华菱听说家里出了事，慌慌张张地从公司回来，看到洛兰后先是嘘寒问暖，然后把她拉到角落，略带嗔怪地说："你这个怎么不先对我说呢？"说了之后又觉得自己这种说法欠妥，赶紧补了一句，"我是觉得我爸上了年纪了，这种事由我转述应该好些……不过你也没做错，直接说也正好。"

洛兰笑了笑，没有说话。

医生来了，开始仔细和华峰问话，洛兰在一旁看着。华峰一脸懵懂，他很想问洛兰发生了什么事，洛兰却不由自主地把目光避向了一边。医生给华峰检查了之后，告诉华为山，华峰基本正常，也就是说，没有变好，也没有变坏。华为山松了口气，但随之也叹了口气。洛兰在一旁听着，却无法轻易相信那位医生，还是等郁茹严把表格测试的结果吧。对了，相信他也看到网上那些谣言了，应该也打电话来问情况了，自己得和他好好说道说道。

她现在不担心自己的手机和QQ会被监视了，因为华为山请来的技术人员已经帮她检查过了她也轻松了许多，但转念一想，又感到心头一沉：说来也奇怪，自己出了这么大事，自己娘家那些人应该早就知道了，怎么都没来看她？她十分恼火，接着又疑心大起。不来看她，不会是出啥事了吧？

果然没错，洛青半个月前去做生意，几天后忽然叫戴春荣带钱去解决麻烦，再过几天，戴春荣又喊洛云去帮忙，洛云去了之后，三个人正式断了音讯，现在是由她大姨照顾多多。

大姨本来想联系洛兰，但看洛兰那边也出了事，一犹豫，就犹豫到了现在。洛兰昏头涨脑，只有先报了警，然后把多多接过来，自己也在家里等消息。

晚上，洛兰和多多都已入睡，手机忽然响了。洛兰一激灵，赶紧去接,是郁茹严。

她赶紧赶下接听键,郁茹严抱怨的话立马就传了过来:"你总算接我电话了,是不是忙着处理谣言没空搭理我啊?这个我理解。但是等你处理完了,你总该回我个电话吧?!"

洛兰一时之间不知道该如何回答他,只好含糊地"嗯"了一声。

"你怎么了?身体不舒服吗?"郁茹严敏锐地听出了她语气中的虚弱。

"不是,是饿……"洛兰苦笑着说。

"啊?华家没人给你做东西吃吗?"

"不是,我在我自己家……"洛兰的笑容越来越苦,"家里人暂时没在,我也不想做饭……"

"你家在哪里啊?"

洛兰想都没想就告诉了他。

"我现在离你家不远啊。这里卖的鸡粥挺好吃的……这样吧,你等一下,我带份鸡粥给你!"

"不,不用!"洛兰赶紧拒绝,"我找点饼干什么的就可以对付了……再说我现在已经饿到一定程度了,也等不了了!"

"我开车十分钟就能到,你等十分钟就行了。这里小菜也可以打包,我再给你买点小菜……就这样了啊!"郁茹严不由分说就挂了电话。

洛兰没法再拒绝,只好把手机放下。其实,虽然嘴上说不用,但鸡粥的美味早已浮上她的齿间。

也许饿极了,听觉就格外发达,洛兰听到楼道里传来正窸窸窣窣的声音,郁茹严不可能会这么快,是谁呢?邻居吗?正胡乱猜疑着,声音停在了她家门口,随即还响起了开锁的声音。

洛兰心头一阵惊慌,本能地打开灯。就在这时,门口的人也走了进来,猛见灯光亮起,又见洛兰在家里,皆是呆若木鸡。

洛兰看清楚了,这几个人就是她爸、她妈和她姐。

"你怎么来了？"洛青一脸诧异。

"还问我怎么来了？！"洛兰一阵愤怒和委屈直冲头顶，很多话一直涌到喉间，却又似乎都失去了踪影，只是气鼓鼓地吼出一句，"你们到哪里去了？把多多一个人丢在家里，打手机又不接……你们到底到哪里去了？"

洛青他们一呆，过了许久，洛青才吞吞吐吐地说："我去做生意了……跟那边人谈判啊，抽不开身……你妈妈和你姐是去看我的。"

"生意？谈判？"洛兰没法相信。听大姨的转述，怎么都不像是正常的生意，"那你们后来怎么都不接电话啊？"

"这个啊……"洛青的声音变得更加含混不清，"是因为我们一时不小心，被偷了，我们三个的手机都被偷了……"

"啊？三个人的手机一起被偷？"洛兰觉得他的话越来越离谱，她越发觉得他们有事瞒着她。

"是的。"戴春荣插口，"那天我们在旅馆里都睡死了……"

洛云也跟着应和："是的，当初为了省钱，我跟爸妈在旅馆住一间房，结果半夜睡死了，一个毛贼摸进来，把东西都扒了……还好我在贴身的衣袋里藏了些钱，靠这个买了车票，否则我们都不知道怎么回来……"

洛兰看着他们抢着解释，总觉得他们有种说不出的心虚，似乎有什么很严重的事情瞒着她，但见他们风尘仆仆，一脸萎靡，不忍心这个时候再去逼问，便叫他们坐下歇歇，然后给他们倒水，一边倒水一边说："竟然三个人一块被扒，还被扒得这么彻底。唉，你知道吗？因为联络不到你们，我觉得事态严重，立即报警了！"

"啊？"一听报警，洛青猛地从椅子上站了起来。洛兰愣了，放下水瓶看着他。洛青呆看了她一会儿，又坐下强笑着说："那你撤了吧，我们三个不都好好地回来了吗？"

洛兰看着他，只觉得他可疑到了极点，一时间却又不知道该如何逼问他。

忽然，响起了轻轻的敲门声。

洛兰一哆嗦，走到门边，透过猫眼看了看，可惜门外一片漆黑。

"谁啊？"洛兰大声问。

"是我啊！"

原来是郁茹严。

洛兰差点儿忘了他，哭笑不得地打开门。郁茹严朝她粲然一笑，把手里拎着的鸡粥和小菜朝她亮了亮。就在这时，他也看到了屋里洛青他们三个人，他们三个人正呆呆地看着他。

郁茹严一边偷瞄着他们，一边苦笑着对洛兰说："现在看来我带来的鸡粥好像不太够……"

"这个……"洛兰一时间不知道该怎么回答，"这个不要紧，非常……非常谢谢你。"

"没关系。"郁茹严笑着把装着鸡粥的罐子递给她，"我一路上也是抓紧时间，就怕时间一长，鸡粥不美味了。你先尝一尝。"

洛青脸色一变，站起来走了过去："不好意思，也许我不该问这事儿……你们现在算是啥关系啊？"

洛兰一听，洛青竟开始怀疑她和郁茹严的关系，赶紧一摆手："能有啥关系啊？我们是朋友。"

洛青却不买账，盯着洛兰看了看，又盯着郁茹严看了看，越发觉得他们之间有问题："你在家里等他，他带着鸡粥来看你，我们又都不在家，你们不是在这里约会吧？"

"胡说什么！"洛兰又羞又愤，忍不住有些激动，"我们真的只是朋友！"

洛青也激动起来："这个可不行啊！我跟你说，现在华家给的那笔钱没了，他家的钱十有八九是还不上了……你那婚约麻烦了，你现在谈朋友可不行啊！"

此话一出，大家都愣了。过了一会儿，郁茹严才苦笑着说："看来……我该走了……"说着便朝门外退去，又觉得自己就这样走了似乎不合适,"那鸡粥……你记得吃,别凉了。"

郁茹严走后,洛兰心头一阵翻涌。完了,虽然只是一鳞半爪,但她和华家的秘密算是向他泄露了。

"到底是怎么回事?"洛兰走到洛青面前,恨恨地看着他的眼睛。

洛青脸上一阵红,一阵白:"唉……其实我就是……急了,怕你在那边受罪,想赌一赌运气……"

原来,洛青拿着华家给的钱填补了亏空,还剩一些,便拿着这些做生意。他急于挣快钱,就捞偏门。不久前,洛青有个朋友,通过买卖玉料发了大财。洛青得知后,自认小时候曾经在玉雕厂做过工,对玉料有一定眼力,便拿了钱去腾冲做玉石生意。

所谓买卖玉料,就是赌石,简而言之,买家凭借个人眼光,买入一些外面被石头裹着的玉料,这些料子中固然可能内藏珍宝,也可能是从内到外都只是一块顽石,所以等同于赌博。洛青便在赌石的时候失了手,失手后精神面临崩溃,又急又怕,看到城里有个地下赌场,便想再搏一搏。

走背运的时候还妄想通过赌博翻本,那是傻瓜才会做的事情,洛青自己也知道。然而,人在逼上绝路时就没法正常思维了,不出所料,最后输了一大笔,不仅把所有的钱都搭了进去,还欠了赌场一笔钱。总算他还没有丧失理智,这笔欠款并不庞大。

因为欠了赌场的钱走不了,洛青只有打电话请戴春荣送钱来。等到戴春荣送钱来了,赌场的人又说他们那笔钱是利滚利的,戴春荣只好再叫洛云拿钱来。洛云刚到那个城市就被人偷了,钱被扒光了,倒霉的是她来到赌场后才发现自己被偷。就这样,他们三个人就这样被赌场扣下了。

还好天无绝人之路,他们被扣不久,警方来取缔非法赌场,洛青他们被警方救了出来。人虽放了出来,但身无分文,还好洛云在贴身的衣服里还藏了点钱,他们就靠这个买了车票,狼狈万状地逃了回来。

听后,洛兰真是又气又恨,想要痛斥他们,却又觉得他们实在可怜，只能一声接一声地叹着气，最后狠狠地揉了揉头发，问："还剩多少？"

洛青一呆，然后苦着脸说："啥都不剩了。"

"我是问你还够生活吗？"

洛青脸更苦，戴春荣和洛云也沉下头去。过了一会儿，洛青才说："我准备过几天找个送水的活儿。"

戴春荣也插口："我去超市打工……"

洛云的声音像蚊子哼哼："我可以去帮人家看孩子……"

"得了吧你！"洛兰忍不住粗声打断她的话，"你去帮人家看孩子，那谁来看多多啊？这样吧……"说着又狠狠地揉了揉头发，"你在家看多多吧。你那状态我也是知道的，生了多多之后就带了病根，干活实在不行了。爸妈那身子骨也够呛。我现在在华家的企业任职，每月也有工资……我用不上，就给你们用……"说到这里，洛兰喉咙噎住，再也说不下去了。她知道，不管怎样，华家的钱他们是还不上了。其实，她一开始也没指望洛青，只是希望洛青在还完债务后，能安分守己地做点小生意，起码维持一家的生活。结果这个愿望也算是破灭了，想到这里她觉得压力巨大，不由得又深深地叹了口气。

洛青的口袋底儿还有一个半鸡蛋大的玉料，那是他在买料子时本着坚决要占点便宜的想法从卖家那里多要的，现在也没兴趣切开看看了。他把它放在桌子上，说要把它当成一个代表他罪过的石碑，提醒自己不要再犯类似的错误。

料理完家中的事情后，洛兰径直去了公司上班。公司的人看她的目光似乎有些异样，看来谣言即便被证明是谣言，还是会留下一些痕迹。洛兰对此一概不理。现在对她来说，泰然自若就是最好的收尾活动。

第二十七章 黄金屋里的小社会

她在办公室里坐定，想起娘家的问题，不由得又叹了几口气。就在这时，手机响了，她拿起一看，发现是郁茹严，此刻看到他的电话，回想起昨天的情景，叹了一口气后接了电话。

和昨天相比，郁茹严的语气颇有些拘谨："我是想告诉你那个智力测试的结果……其实昨天就想说的，结果不方便……"

"说吧。"

"那好……你现在说话方便吗？"

"这样吧，我们见面再谈。"

洛兰和郁茹严在一个茶馆见了面，郁茹严看到她的时候神情颇有些不自然，显然他是从洛青的话里听出了什么，充满疑虑。其实她选择和他见面，也是希望当面打消他的疑虑。

"是这样的。"郁茹严从包里拿出那张测试表，上面有详细评分的记录，"做这张表格的孩子，是八岁孩子的智力……考虑到他的年龄，应该是正常的。"

洛兰抿了抿嘴，说："那就好。"

"这个……"郁茹严说，"我不知道该不该问……我只是想说，我是把你当作好朋友的。如果你遇到了什么问题，我可以尽力帮助你。"

洛兰苦笑了一声："得了，不用说开场面白了。你要问什么就问吧。"

"好……"郁茹严偷偷地盯了洛兰一眼，说，"我昨天听到你爸爸说欠钱什么的……当然了，亲家之间有金钱往来是很正常的。但是听你爸爸的……说法，好像你的婚约是和金钱挂钩的……"

洛兰没想到他猜得这么透，叹道："真不愧是文化人啊，仅凭这几句话就猜得这么透。"

"啊？"郁茹严倒有些惊诧，"我只是猜的……没想到……好吧，"说到这里，他盯着洛兰的眼睛，"这件事很奇怪。听起来，像是你家欠了华家的钱，所以你才要跟华峰订婚。可是，华峰是个条件很好的人，怎么需要通过债务关系来要求女孩子去跟他订婚呢？"

"哈哈。"洛兰苦笑，忽然有种把一切都说出来的冲动，"你没猜错，是因为华峰出了问题，他们才要这样找儿媳。这个……这个测试表，就是给华峰做的。他出了车祸，智力出现了问题。"

"啊？"郁茹严万万没想到会是这种情况，呆了半响才说，"没想到华家这么恶劣……"

"也不是你想的那样……"洛兰赶紧摇了摇手，"其实这里面有很多复杂的事情……"

正在这时，洛兰的手机忽然响了，是华家的宅电。她赶紧把电话改为静音，然后对郁茹严说："这件事，你可千万不能对别人说……"

郁茹严用力点头，表示明白。

"我……"洛兰下意识地看了一眼手机，说，"我公司有点儿事情，我先回去了。"

她走到一个僻静的地方，按照那个号码打了回去，没想到接电话的人竟然是华峰。

"姐姐，我好无聊啊！他都不让我出房间！"

洛兰哭笑不得，因为自己宝贝儿子的房间出了窃听器事件，华为山找了个家庭教师，一天到晚地看着华峰，这个家庭教师是他朋友的儿子。

"这个啊，过几天应该就会好了……姐姐现在要工作，等回去就找你玩好不好？"

"好……你可一定要早点儿回来！"

洛兰放下电话，轻轻地叹了口气。然后就往公司走。刚走到离公司不远的地方，竟然看到范大伟在路上走来走去，一边走一边四处张望。洛兰心头一紧，竟不由自主地躲进了墙角。说真的，她之前就有种范大伟特别注意她行踪的感觉，此刻突然有种想试试他的念头。

洛兰这样想着，便走出来，故意大大方方地径直走向他。范大伟瞥见了她，吓了一跳，下意识地把脸转向别处，再转回来的时候，已换上一脸谦顺的笑，并且一副意外看到她的样子。

洛兰在心里冷笑，佯作无事地走向他，说："你在这里透气啊？"

"啊，是的。"范大伟赶紧赔着笑说。

"车锁好了吧？不会丢吧？"

"啊？"范大伟一怔，"车当然没问题了……再说车在车库里，也不能丢啊……"

洛兰嘿嘿笑了一声，说："那你继续透气吧，多呼吸点新鲜空气对身体好。"说完径直朝公司里走去。

进了公司之后，洛兰开始盘算如何查出范大伟的底细。然而，她在华家既无眼线，又没有真正可以帮助她打听一切的人，因此要弄清范大伟的底细，可以说是非常困难的事情。她坐在椅子上，靠着椅背，看着天花板出神。

她不知道，华家此刻正波澜汹涌。卢管家和有夫之妇偷情的视频，被人用群发邮件，给华家的所有人发了一份。

而这个有夫之妇还是根窝边草，这个女人叫苏春玲，是吴大树的儿媳妇！

洛兰听说后十分惊诧，想起吴大树那憨厚的样子，不由得暗骂卢管家真不是东西。顾妈告诉洛兰，卢管家出了这事之后，立即跑到华夫人那里，跪在地上哭着道歉。道完歉之后，竟又倒打一耙，说自己有错不假，可是发布视频的人应该单独找他问罪，而不应该群发。一旦把这个视频放到了网上，他卢泉固然会名声受损，华家也免不了会受牵连。还说前阵子针对洛兰的谣言刚过，如果这件事又被人关注，会让大家有不必要的怀疑。总而言之讲了一大堆歪理，巧妙地把焦点转移到针对华家的居心叵测的混蛋身上。而这个居心叵测的坏蛋，他已经找好了人选，就是吴大树。照他的话说，就算不是吴大树自己做的，他也必然知情，说不定还是教唆者。

吴大树知道之后，非常气愤，跑到华夫人那里剖白，说自己绝对没有做这种事，而且他还不知道自己媳妇跟卢管家偷情了。卢管家根本不容许他剖白，和他激烈对吵，华夫人喝止他们，叫他们都闭上嘴，等华为山回来再说。她不允许有任何有损华家声誉的事情出现，但如何处理，她得和华为山商量。

顾妈绘声绘色地说着，洛兰冷笑着听着，心想这个卢管家还真是巧言善辩，对于他又提起那个谣言，洛兰听来十分不快，便想亲自过去看一看。

华夫人一看洛兰来了，没有说话，脸上却明显泛起了寒气，问她："有事吗？"

洛兰生怕华夫人误会她想掺和华家家事，赶紧笑笑说："我是听说……这件事和前阵子有关我的那事儿有关联，所以来看看。"

"嗨。"华夫人撇了撇嘴，脸色却缓和了许多，"哪是和你有关系啊，是卢泉怀疑和你有关系。我觉得他想多了。"

"的确就是想多了！"就在这时，华为山忽然进来了，满脸怒容。他进来后朝吴大树和卢管家扫了一眼，吴大树低着头还好，卢管家则被吓得一缩脖子。

"大概的事情我已经听说了。"华为山从鼻子里哼了一声，"如果是想影响我家的声誉，他就会直接把这个视频传上网了。"

"可是，如果看到视频的一些人转手把视频传上网了呢？"华夫人皱着眉头说，"就算是古代，马夫仆役什么的出了事，也会让人怀疑主人家的家风，这个可大意不得。"

"这个倒不用担心。"华为山冷笑着说，"他们应该都知道，追查源头很容易，他们不会做这种吃不了兜着走的事情的。"

华夫人思忖了一会儿，点了点头。

之后，华为山把卢泉狠狠地骂了一顿，叫他立即断绝和苏春玲的联系，并且向吴大树赔礼道歉，还要给予经济赔偿。华夫人说应该把视频的发布人找出来。华为山说这事交给他，让华夫人别管了。华为山在踏出门槛的那一刻回头叫洛兰一起去他书房，谈谈工作上的事情。

两个人一起到了书房，华为山与洛兰面对面坐下，也不急着说话，只是坐着出神，过了一会儿才苦笑着说："你看我雇的这些人，聚在一起也能闹出这些幺蛾子……"洛兰一时之间，不知道该如何安慰面前这位看上去有些疲倦的老人，只好选择静静地坐在那。

华为山看着洛兰，笑了："我叫你来，其实是想谈谈有关你谣言的事情。你觉得，会是什么人发布谣言害你呢？"

洛兰想都没想就说是舒华的亲朋好友。

"啊？"华为山一怔。

洛兰接着解释："虽然说舒华的死是她自己的责任，但是对于她的家人来说，难以释怀也是人之常情……在他们看来，我顶了舒华的位置，所以要惩罚我，顺便打击华家……"

华为山先一惊，之后却笃定地说："舒华家嘛，应该不会如此吧……"

"啊？"洛兰心中疑惑：为什么舒华家就不会？华为山他有确定的缘由吗？

"对了，"就在这时，华为山忽然话锋一转，"你觉得卢管家的视频是谁放出来的？"

洛兰一时毫无头绪。

看到洛兰怔住，华为山微微一笑："以后你也要管家的，这些事情你要考虑的。"

洛兰皱了皱眉，犹豫了一下，然后说出一个名字。

韩娜。

是的。卢管家打过她的主意却又无法得偿所愿，时时出些招数报复她不是没可能。所以，即便只是为了自保，韩娜也会尽可能想办法，至少把卢管家从位子上挤下去。再说，她虽然是被调去看房子了，但实际上有大把的自由时间，从她能监视她洛兰的活动来看，她应该也有能力知道卢管家的动向。

第二十八章 到底爱谁

华为山有些惊讶，洛兰便把韩娜的事情一五一十地说了一遍，当然隐去了她对自己的监视以及把消息给梅若春的事情。华为山听了后，微微地点了点头，然后朝门口看去，只见华夫人正朝这边走来。

洛兰觉得是时候告辞了，便借口要去看看华峰就离开了。

的确该去看看华峰了。华峰此时正在房间里，眼前放着一盘乱七八糟的木块，据说是益智玩具，旁边则站着他的家庭教师。华峰一脸愁容，洛兰忍不住笑了起来。

华峰看到她来了，高兴得立即站了起来，那位家庭教师也朝她看了过来。洛兰趁机仔细打量了一下他，二十多岁的样子，看起来挺精干的，戴着一个金丝边眼睛，颇有几分学者的气质。可是再多看几眼，洛兰居然从他的目光中看出了审视的味道，甚至还带有一丝丝质疑和揶揄。

洛兰假装没看见，走到华峰面前问他："你在干什么啊？"

"姐姐，你终于来了。"华峰一副抱怨和撒娇的语气，"我一个人待着好无聊啊。"

"无聊？"洛兰朝家庭教师看了一眼，"不是有这位大哥哥陪你玩吗？"

"这位大哥哥啊。"华峰极为不满地朝他看了一眼，"这位大哥哥就是叫我拼城堡，如果拼不出，就不让我出去玩。"然后朝洛兰凑近了些，压低声音说，"这个东西真是无聊得要死啊，还超级难拼！"

洛兰忍俊不禁，朝家庭教师又瞥了一眼，故意说："不能拼出来就不能出去玩是吗？姐姐帮你拼出来，然后带你出去玩。"

那位家庭教师没有说什么，只是站着看。

洛兰便动手拼城堡。在她看来，这既然是儿童等级的益智玩具，她要拼出来还不是分分钟的事。然而一动手却傻了眼，这个东西的确很难拼，面对那一堆木块，她完全手足无措，好不容易找了几块连起来，结果还不对。

"姐姐，错了，错了！"华峰忍不住提醒。

"没错!"洛兰涨红了脸,本能地护自己短。

"就是错了!"华峰却不依不饶,"你看,这根本对不上那边的啊!"

"我没打算把这个直接对上那边……我把这几个加上,就可以接上那边了!"洛兰还在负隅顽抗,结果组装好完和城堡上的接口完全是驴唇不对马嘴。

"你就是错了!"华峰坚持不懈地指出她的错误。

洛兰又羞又窘。

"这个拼城堡游戏其实很有趣,"家庭教师走上前来,对华锋说,"慢慢琢磨你就明白了。"然后转头对洛兰说,"可以请您出来一下吗,我有事跟您说。"

洛兰心想:正好我也有事跟你说,便跟家庭教师出来了。

家庭教师在门外一棵枝繁叶茂的大树下站定,对洛兰说:"先自我介绍一下,我叫郭一晨,在研究所工作,主要研究智力开发。"

"哦。"洛兰没想到他资格还挺高,随口便说,"那你是来做调研的?"话说出口却发现略有敌意,有些不妥。

郭一晨倒不以为忤,哈哈一笑:"当然不是。我只是来照顾一下朋友。"

一听他说是照顾朋友,洛兰觉得他也许之前和华峰有过交往,可是看华峰似乎不认识他?是车祸导致记忆丢失的原因吗?

郭一晨看着洛兰若有所思的模样,不知道她在想什么,微微尴尬地一笑:"可能,我要先对你道个歉。"

"啊?"洛兰不解。

"说真的,我之前对你有点儿误会。一开始,我听说你愿意给华峰做未婚妻,对你有了一点儿误解。"

洛兰当然知道他说的是什么意思,冷冷一笑:"有什么误解呢?"

郭一晨很聪明,巧妙地避开了雷区。洛兰这个问题不好回答,稍不注意就会闹得不欢而散,只是说:"而今天,我觉得我之前的想法全是错误的，我感到很惭愧。"

"哦？"洛兰等着他说下去。

"我发现，你是真心实意地对华峰好，而且把自己放在和他完全平等的位置上，至少已经把他当成了挚友，这非常难得。"郭一晨看着她的眼睛，微笑着说。

"这难道不应该吗？"洛兰略带嘲讽地看着他。

郭一晨低了低头，不可名状地笑了一笑，再抬起头面对她的时候却是神色泰然。

"也许我这样说不合适，但是我觉得我还是说一下比较好。"郭一晨似乎想看透她的心，"我觉得你应该很喜欢华峰。不过，这应该是种大人对孩子的那种喜欢，而且应该是建立在同情上面的。这种情感难能可贵，但却不是构成婚姻的要件。你有认真地想过未来吗？"

洛兰仿佛被戳中心事，心里五味杂陈，说了句"我去看看华峰城堡拼得怎么样了"，就匆匆回到了屋里。郭一晨并没有跟过来，只是看着洛兰的背影沉思。

洛兰惊诧地发现华峰的城堡已经拼得差不多了，他依然坐在城堡前皱着眉头苦想，慢慢地往城堡上添砖加瓦。

"哎，行了。"洛兰忍不住打断他，"你已经拼得很不错了，赶紧歇歇。"

华峰立即把手里的积木放了下来，然后朝洛兰身后看了看，压低了声音问："姐姐，那个教师哥哥没跟过来吧？"

洛兰心头一动，他诡秘的语气和神情让她怀疑出了什么事情，赶紧也压低声音问："怎么？"

"是这样的……这个大哥哥一直看着我，让我没空去喂阿花……虽然阿花很机灵，自己会找食，但我还是不放心。姐姐，你能帮我去喂一下阿花吗？"

"既然你这么喜欢阿花，公开喂不就行了吗？"洛兰对华峰说。

"不行。"华峰脸上现出重重难色，"我爸妈肯定不会让我养它的。"

洛兰苦笑了一下："好……我帮你去喂……可是我去哪找它呢？"

"就是那边的假山石下面，它最喜欢去那边玩……它最喜欢吃苹果，记得一定把苹果洗干净了，别留下农药在上面！"

洛兰拿了一小筐洗得干干净净的苹果去了假山石那边——就是她当初发现那个发梳的地方。

阿花根本就不在，洛兰只好一边绕圈走，一边轻声唤阿花的名字。一开始没有回应，但等她喊到第三声的时候，她听到左边有一阵窸窸窣窣的声音。她赶紧走过去，拨开草丛，竟然发现阿花蜷缩在那里。

"你怎么了？"洛兰忍不住问，但随即便发现了问题，只见阿花的后腿上有个不小的创口，伤口周围的血迹已经干了，伤口也开始红肿溃烂。洛兰一惊，赶紧俯身把阿花抱了起来。阿花可怜兮兮地依偎在她怀里，两只小手紧紧地抱着她的手臂。洛兰心揪，四下里又没有可以治疗阿花的工具，忽然心念一动，抱起阿花，大踏步地走出了树林。

洛兰把阿花抱进了自己的房间，叫顾妈找个兽医来。顾妈看洛兰竟然抱了个猴子回来，惊得两眼发直。

"这里有这么多草啊，木啊，还接近郊外，有猴子跑过来很正常啊。"洛兰一副顾妈你才是大惊小怪的样子。

"哦……哦！"顾妈不敢再啰唆，连忙去请兽医。兽医很快便被请来了，他诊断完后说它是被人用刀割伤了腿，伤口发炎，还好发现得及时，打点抗生素就没事了。

正在这时候，华夫人得到下人的汇报，也过来了，看到阿花，顿时皱起了眉头，用手背掩住口，用责备的语气说："你怎么弄个猴子进来了？"

洛兰早就准备好了，对着她一笑："没办法，看到它怪可怜的。不管怎么说，它都是一条性命，救了它，也算做件好事。"

"那好吧。"华夫人找不到拒绝的原因，"等这猴子伤养好了，就把它放到后面山上去！"

"不，我想把它养在家里。"洛兰知道这个时候自己必须坚持，"这猴子是被人割伤的，证明外面对它来说不安全。这里空间很大，又有草有树的，活动空间足够，应该可以容纳一个猴子。救猴一命，胜造七级浮屠呢。"

华夫人脸色变了："这怎么行……要是猴子身上有细菌和寄生虫什么的……再说只听说过养猫养狗，谁听说过养猴子的？"

"这个啊，您不用担心。"洛兰指了指兽医，"可以请这位大夫帮它仔细检查，如果它有寄生虫就帮它除虫，如果有细菌就帮它除菌。另外，猴子也是可以当宠物的，印度古代的王室不仅养猴子，还给猴子戴黄金和宝石呢。"最后一句话是她胡诌的目的就是织一顶大帽子送给华夫人。要是养了猴子，从某种程度上可以王室沾点边了。

华夫人知道说不过洛兰，只能面无表情地说："既然如此，你就养吧。注意点，别让猴子惹麻烦闹事就行。"

"好的，好的，好的！"洛兰喜不自胜，接着就发现华夫人的目光中有种冷冰冰的感觉，心知自己又一次无意中挑战了她的权威，但不想做也已经做了，只能对着华夫人调皮一笑，硬充傻大姐。华夫人脸上依旧全无笑容，转身离开了。

第二十九章 他许诺要娶韩娜?

洛兰没想到，公司的业务居然阴差阳错地因为上次那个谣言而风生水起，也算是不幸中的万幸。然而，其他问题也跟着出来了，竟有人猜测，那次的谣言风波是不是洛兰自导自演，宣传产品的。洛兰哭笑不得，在网上一番搜索后，发现谣言是从代言人的一个粉丝论坛里传出来的，而洛兰仔细研究了这个ID，发现竟然是韩娜的。她论坛的ID头像图片上有她QQ空间的水印，小图的时候很模糊，放大再锐化就看清楚了。

洛兰很想立即打电话去质问韩娜，但想到自己不能这么冲动，便注册了一个QQ，下载了一张代言人的硬照作为QQ头像，然后加韩娜的这个QQ的好友，验证消息就是"同好，想谈谣言的事情"。

韩娜很快就通过了好友申请，洛兰装成代言人的粉丝，假意跟她攀谈，问她谣言是洛兰发出来的，有没有切实的证据。韩娜没有回答这个问题，只是说绝对有这个可能，还说"据可靠消息，洛兰是绝对的草根，必须立大功才能站得住脚跟"。

洛兰怒不可遏，一时没忍住："韩娜，你够了吧？竟然在背后这样抹黑我！"

韩娜那边立即停止了发信息，洛兰忽然意识到了她大概是去删除证据，赶紧去她相册里看，果然看到里面的照片都被删除了。

"没有用的！"洛兰立即发了条信息，"我已经截图了！"实际上她没截，但是相信此时韩娜也识破不了。

韩娜果然被唬住了，又发来一条信息："是的，我就是韩娜，我只是说出我的见解而已。"

"拉倒吧。你在论坛发帖抹黑我，这可不是说见解的问题，这是造谣！"

"我还是那句话，我只是在说我的见解，反正就这样了，你想咋办就咋办吧。"韩娜虽然是一副死猪不怕开水烫的语气。

洛兰冷笑了一声，忽然想起一件事来，韩娜在论坛的资历可是实实在在、伪造不得的，因此她有可能是那位代言人的粉丝。如果她从一开始就在关注那个代言人的话……

"你别装！"洛兰"啪啪啪"地打下这一行字，快得宛如连珠，"一开始的那个谣言是不是你散布的？"

"你胡猜什么啊？我怎么可能干那种事？"韩娜慌了，"那个散布谣言的人不是用了很多高科技吗，我哪有这本事？"

她说得对！韩娜不仅没那本事，做事也不够严密。那么，散布谣言的人和她合伙？也不可能！因为没有和她合伙的理由。不过，不管这谣言是不是她发的，有件事毋庸置疑，那就是韩娜对她真的恨得要命，恨不得彻底抹黑她，然后踢出华家。

洛兰不想再兜圈子，直接问她，"你这么针对我，不就是因为你喜欢华峰吗？奇了怪了，你凭什么以为把我弄走了，你就能上位了呢？华总要的是个能接班的儿媳，这个想必你也知道吧。就算你能把我挤出华家，华总还会找其他人来，你搞这些花招从一开始就没用！"

"我是没你有文化……"韩娜显然是被洛兰这些话刺到了，发来的这行字误按了很多空格，"但是我对华峰有真正的感情！"

看到真正的感情这句话后，洛兰更怒，说话也就不再留情面，"什么真正的感情？你懂什么叫感情吗？你那只是小女孩过家家，装圣母玩游戏而已。再说，你考虑过华峰喜不喜欢你吗？"

"华峰绝对喜欢我！他是喜欢我的，还说过会考虑娶我！"

没来由地，洛兰泛起了醋意："你胡说！"

"我没有胡说！"这条信息后，韩娜就不再回复了。

等了一会儿，韩娜依旧没动静，洛兰便去忙别的事情去了。一个小时之后，韩娜忽然又给她发来了一条信息。

"华峰绝对是喜欢我的，他还给我写过一封情书呢！"

韩娜接着又补充了一句："我把情书拍照片发给你看看！"

几分钟后，韩娜发来了一张照片，洛兰确认它没有PS后才开始仔细地观察这张照片，情书的纸张微绿，边缘有丝瓜蔓般的花纹，有点儿像便笺纸，上面有两行字："你是个善良的女孩子，也许我会想娶你为妻。"

"就这个啊？这封信没头没尾的，谁能证明是写给你的？而且谁写情书会用便笺？该不会是你从哪里拾来的吧！"

洛兰嘴硬，但其实内心翻江倒海，因为她认出这的确是华峰的笔迹。

那边韩娜不知道洛兰这边的情况，气得无言可答，恨恨地下了线。洛兰只是瞪着屏幕发呆，她知道，华峰的各种绯闻都开始劈头盖脸地朝她砸了过来，虽然是过去的事情，可她就是抑制不住地难过。为什么会这样？为什么自己会被愤怒、不甘还有嫉妒紧紧缠绕着不能呼吸？

就在洛兰心乱如麻之际，电话响了起来，是郁茹严，语气还相当谨慎："你那边方便说话吗？"

"怎么了？"洛兰不由自主地跟着紧张起来。

"你要是方便说话的话……算了，你还是出来一趟吧，我们慢慢谈谈。"

"出来啊……"洛兰思忖着，突然想起了范大伟，忽然心念一动，"要谈这件事也行。不过，你得先帮我一个忙……"

第三十章　秘密慢慢暴露

洛兰让范大伟送自己去一个茶餐厅。到了地方之后，范大伟照例想在车里等，没想到洛兰叫他一同进去。范大伟满腹狐疑地跟进去，结果发现郁茹严坐在那边，自己偷看洛兰，洛兰却是一脸什么事都没有的样子。

洛兰向他们分别介绍了对方，然后三个人一起喝茶吃点心。范大伟不知道洛兰葫芦里卖的什么药，如坐针毡。

洛兰只是和郁茹严讨论一些有关课程的话题，顺便聊了聊经济和时政，还时不时问问范大伟的想法。

吃完点心，洛兰叫范大伟送她回华家。路上，范大伟终于忍不住问洛兰："洛总，今天你为什么请我和你们一起喝茶啊？"

"怎么？"洛兰笑眯眯地问，"我不能请你喝茶吗？"

"不是，我只是司机，哪能和你们一桌喝茶啊？"

"你怎么能这么歧视自己的职业呢？"

"哎哟，我倒也不是……可是您之前不是没请我喝过茶吗？我有点儿奇怪而已"

"没什么。"洛兰笑吟吟地说，"我只是觉得有必要介绍你们认识，有助你了解我的行动。"

这话乍一听来没头没脑，一般人应该问"为什么要我了解你的行动"，但是范大伟没有问。他是个聪明人，知道洛兰这么说的用意，不由自主地变了变脸色。

洛兰将这一切都从后视镜里看得清清楚楚，但她心里也在纠结，自己会不会试探得有点儿唐突，毕竟，自己对范大伟的一切都不了解，应该先问问"江湖百晓生"顾妈的。

顾妈果然不负所望，说得详尽而且毫无保留。范大伟的的确确是在B大学上过学，不过没能毕业，据说上到大二的时候，忽然有了啥心理障碍，上不下去了，只能退学。这件事毕竟不光彩，因此一般人都只知道他是B大毕业，却不知中间这段插曲。

顾妈又接着说，当初他没跟家里人打招呼，自己办了退学手续，回到家以后,他老爸鼻子都气歪了,不让他进门。结果还是华为山可怜他。华为山和他爸爸是朋友,虽然不算是看着他长大,但也算有些情谊,便收留他到家里暂住,并打算给他一个职位。范大伟不好意思接受这种恩惠,于是说自己学过驾照,还是给华家开车吧。于是华为山就把他派去开车了。

听完这件事,洛兰对范大伟生出几分同情,同时觉得他很有骨气。忽然,她想到了一件事,照顾妈的说法,范大伟应该算是华为山的死忠之臣,那他留意她的行踪,会不会是华为山的意思呢?想到这一点儿的时候,洛兰并没有什么过多诧异的感觉——她愿意给华峰当未婚妻,大家或多或少都有些诧异和猜疑,华为山作为一个挚爱儿子的老爹,肯定也会想对她多加了解。

第二天,范大伟又来给她开车了,态度一如往常,这让洛兰有些无所适从。

这天,郁茹严又给她打电话,说:"忙已经帮过了,可以见面谈事情了吧。"

郁茹严选择了一个巷子深处的小饭馆,洛兰还想和他寒暄,没想到他开口就说:"我就开门见山了。我上次觉得你和华峰的婚约有问题,便去查了一下。华峰是不是得了什么病?"

洛兰一时间不知道该说什么好。

郁茹严说:"那天之后我就调查了一下,发现华峰在一年前就等于全面退出社交圈了。和华家关系密切的人,提起华峰的事情,有的说他去深造了。这个说法显然站不住脚,因为深造也用不着全面退出社交圈吧?何况现在网络如此发达。还有些人提到他则很快便一语带过,不愿多谈。因此,我觉得,华峰是出了什么不能出家门的祸事。仔细想想,他应该是得了很重的病,而且可能祸延一生,所以才会用钱来让你去给他做未婚妻!"

郁茹严倒是摸到了真相,但还是个半拉子真相。说起来,华峰之病牵连甚广,应该不算是什么机密,然而要查真相竟然如此艰难。不过也不奇怪，华家手眼通天，想叫相关人等保守秘密并非难事。

"到底是怎么回事？华峰真是得病了，对吗？"郁茹严又追着她问了一句。

洛兰看着郁茹严关切的眼神，想到自己独自承受的压力，突然有种一吐为快的感觉，她便将事情事无巨细地都说了出来，最后对郁茹严说："我上次给你的那个表格，其实是我用来测试华峰的智力的。"

郁茹严听了后呆了半晌，接着义愤填膺："天哪，现在都是文明社会了，怎么还可以这样？你被当作商品卖给了华家，还要嫁给华峰那个智障……"

不知为何，郁茹严嘴里的"智障"，莫名刺痛了洛兰："不用说得那么黑暗……目前我在华家没有那么水深火热。再说，华峰不是你想象的那样，他只是像个拥有大人身体的孩子，不像你想得那么恶心。"

郁茹严盯着洛兰，看了一会儿之后说："你真的觉得无所谓吗？你是不是……没有看清楚未来啊？也许你觉得你现在的处境，你还可以应付。可是真等到他们逼你嫁华峰的时候，你还能……你有认真地想过吗？"

"其实，经过这些天我对华为山的了解，他不是蛮不讲理的人，也不是以为逼人成婚就不会出岔子的傻子。到了那个时候，如果我真的坚决不同意，他不会对我怎么样的。"老实说，在她决定到华家之前，华菱找她谈过，言谈中把华为山的精神状态形容得非常糟糕，而洛兰进了华家这么多天，越发觉得华为山其实只是有点儿担心自己的儿子，但精神状态非常正常。华菱当初的夸张不知是出于女儿的孝心，还是另有玄机呢？可惜，洛兰此刻不想去深究。

"可是……"郁茹严有些糊涂，"既然如此，你干吗不直接跟他……商量，然后离开呢？"

洛兰眉毛一颤，没有回答。

见她如此，郁茹严只好直接问了最关键的问题："你这样留在华家不走，到了真要嫁给华峰的时候，你能嫁吗？"

洛兰心头一荡，无言可答。她的感觉很奇怪，就像很多种东西在脑中飞快地一荡而过，接下来脑中就只剩下了一堆碎屑，乱七八糟，零零碎碎，拼都拼不起来。

她没有直接回答郁茹严的问题，只是长叹了一声："我家毕竟欠了华家好多钱啊，而且现在看来，已经还不上了。就算华为山宅心仁厚，不对我们逼债，用宽裕的条件让我们慢慢还，那也是一个不小的负担。如果他是个大善人，手一挥不让我们还钱了，我心里也过不去啊。"她内心深处一直渴望自己能赚到钱，把华家的钱给还了，这是她做人的自尊和原则问题。和嫁不嫁华峰，其实没有什么必然的联系。

郁茹严也被这个问题难倒了，想了一会儿，才低声说："你还是不要这么急着认命吧……再想想办法，我也帮着你想办法……"

洛兰怎能再给别人添麻烦，所以请他不必费心，接着便找了个借口离开了。

第三十一章 惊天大秘密!

这天，洛兰闲着无事，便在华家的园子里乱逛，结果看到吴大树正在浇花。这几天天气燥热，吴大树脱了上身的衣服，露出了单薄的身体，肋骨根根可见，手臂上的肉已经有些下垂，一副营养不良的模样。在卢管家的事件后，洛兰对他充满同情。她站在那边，想跟他搭搭话，却不知道该如何开口。儿媳妇偷人，还被公开了，他现在心里一定非常羞耻和敏感。正在她犹豫的时候，吴大树却发现了她，笑着对她说："洛兰小姐，你好！"

看他主动搭话，洛兰微笑着朝他走过去："干吗呢？"

吴大树放下手中的喷壶，挑起一个水挑："挑水去！"

原来，吴大树嫌自来水中有氯气之类的东西，不适合直接浇花。在离这些花草不远的地方有个天然的石洞，吴大树把它改装成了一个水窖，把水放在里面放一段时间再浇花。吴大树就是去水窖那里挑水。

洛兰跟着他去了，那个水窖肚大口小，里面黑洞洞的，隐隐泛着水光。洛兰朝里面看了一眼，觉得有些头晕。吴大树取了水出来，洛兰要帮他扶水桶，他赶紧朝一边躲去，担子颠簸，差点儿把水洒出来。

"哎哟，洛兰小姐，你手上没劲，不能累着你！"

洛兰，只有作罢，刚才那一扶，她已经感到了水力难以控制，她怕再一不小心把水全洒出来了。

吴大树浇花的时候，洛兰站一边和他聊天，聊得轻松之际，洛兰问他："现在家里……还好吧？"

吴大树有些不自然，继而笑着说："算好吧。卢管家吃了这次教训，不敢再去纠缠小苏了。小苏也老实多了。我儿子有些不懂事，想要闹离婚，但后来也想开了，不啰唆了。农村娶媳妇难哪！"

"哦……"洛兰应声。听起来这只是暂时平静，不像是一切都好。但从目前来说，已经算是挺好的状态了。

"我说洛兰小姐啊，非常感谢你啊！"吴大树忽然看着她的眼睛，感激和慈祥地说。

"啊？"洛兰一怔。

"我听说了,你在华先生面前,替我说了不少好话。"吴大树满眼都是感激。

"啊……"洛兰笑了笑,笑得却有些尴尬,没想到这件事已经传到吴大树这里了,可见华家内部的信息网还真是厉害!

"我只是说出事实而已。"洛兰不想再继续这个会让吴大树尴尬的话题,"对了,你知道这附近有什么风景秀丽的地方吗?最近有些闷,想到自然环境里转转。"她本来只是胡乱找个别的话题,说出口却发现其实深合她心。最近乱七八糟的事情一起涌来,她早已疲惫不堪,需要找个地方好好逛逛。

"那就到我们村里去看看呗,我们村前有山,后有水,都好着呢,顺便到我家里去做客。"吴大树咧嘴一笑,一脸殷勤和期望。洛兰盛情难却,加上吴大树的村子离这并不远,便点头答应。

到了休息日,洛兰便叫范大伟送她去吴大树家所在的村子,叫三树村,一栋栋的小平房,整齐有序。村口有一条土狗,半躺在树下,睁着一对黑溜溜的眼睛,好奇地看着她。

洛兰一看到这狗,就觉得它萌化了,伸手就想去摸它的头。

"哎哟,洛兰小姐,你可不能摸它。"吴大树及时赶到,"别看它老老实实的,一摸它,它就咬人!"

洛兰赶紧收回了手。接着,吴大树请她去他家,并让他家所有的人都出来迎接她,他有一个儿子,一个女儿。儿子叫吴直,一副老实的模样;女儿叫吴爽,看起来只有十六七岁,估计吴大树是老来得女。吴大树的老伴是典型的农妇,粗手大脚,身材壮健。而之前闹出事的苏春玲也在场,藏在最后面,半侧着身子,不敢直视洛兰,却时不时地偷眼看她。

吴大树果然介绍得没错,村子的风景十分美好,天空如蓝玻璃般透明无瑕,鲜花绿草更是娇艳欲滴,清爽的风吹到脸上,说不出的舒服。

山里的直树高草自然交织成一个绿色的氧气宫殿,洛兰置身其中,感觉身上正一层层细细地、均匀地出汗,身体里毒素和种种不良的能量都从毛孔里排了出去，然后感觉自然的清新和精华又慢慢地从毛孔流进来。这些天来的疲惫和紧张，此刻已消去大半。

中午，吴大树准备了一桌丰盛的午餐招待洛兰，可口的农家饭吃得洛兰大快朵颐，尤其是隔壁张大婶家送来的秘制酱汁，混合在白米饭里，让洛兰感觉此酱只应天上有。

可惜，轻松的时光太短暂。回到华家之后，洛兰感到各种苦恼又慢慢地袭来。这天，洛兰无意中打开华家家政人员的QQ群，说起来，她之前为了打探消息，加入了这个群，可惜群里大多数时间都寂静无声。这次无意中打开，居然让她发现了一件新鲜事，厨房的孙大妈发了一句话："哎，你知道吗，后面那个红阁子，又闹鬼了！"

一个"你"表明她肯定是在跟谁私聊，结果一不小心发到群里了。洛兰正准备追问，华菱出现了："又在乱说什么啊？红阁子哪里有鬼啊？当初没法住人，是因为那里太背阴潮湿，对人身体不好而已，你们又在胡说啥？"

孙大妈说了一连串"对不起"后便不再说话，洛兰越发觉得此事大有玄机，心中满满的都是好奇。第二天下班后，她找了个机会溜到灶台，笑着问正在忙碌的孙大妈红阁子到底有什么事。孙大妈脸红了，干笑着说红阁子那边什么事都没有，只是他们胡扯一些无聊废话，请洛兰不要当真。洛兰笑着说原来如此，然后走出厨房，却没有离开，只是避在墙边。

果然，过了不久之后，她听见孙大妈对杂工小陈说："哇，刚才吓死我了，那位洛兰小姐跑来问我红阁子的事情！"

"她怎么知道的？"杂工小陈问。

"都怪我跟小马聊天的时候没注意，把有关红阁子的话发到群里去了！"

"哈哈哈……"小陈笑着说，"看您老之后聊天还敢不敢不戴老花镜了。"接着忽然压低声音，用诡秘而又兴奋的语气问，"不过孙阿姨，那个舒华小姐的鬼魂真的又出来了吗？"

一听到舒华的名字，洛兰立马全身的肌肉都绷紧了。

"谁知道呢？"孙大妈也压低了声音，"只是有人说，看到红阁子那边好像有什么影子在晃，头发长长的，像个女人。红阁子白天都有人去，谁会半夜去那儿啊……联想起舒华小姐的事情……恐怕也只能是她了吧？"

别看洛兰爱看鬼片，但却是坚定地相信这世上根本没有鬼怪，所谓闹鬼事件都是有人在装神弄鬼。她暗下决定，今天夜里去红阁子一探究竟，安全起见，她找来了一把螺丝刀，揣在口袋里。

夜深了。洛兰把猴子阿花哄睡着。现在猴子阿花已经算是华家大院里的"副小姐"，华家所有的地方都可以任意游玩，晚上就回到洛兰的房间里睡觉。然后，洛兰悄悄地走出门，走到红阁子那里。红阁子就是个普通的小阁楼，也没啥恐怖的感觉。

洛兰摸黑走上楼梯，走到二楼之后，竟然看到有个人在晃，从背后看，恍惚是个女人。洛兰顿时感到全身的血液都涌上了头顶，赶紧避到一个角落里。就在这时，那个女人回过头来，洛兰借着月光看清了她的脸，猛地一惊。

这个人，是华菱？！

她为何会在这个时间出现在这里，难道她就是传说中的鬼？又或者她也是过来看看是谁在装神弄鬼？

洛兰屏声静气地观察华菱在干什么，只见华菱左看看，右看看，似乎也在寻找什么。忽然，她走到一个木柜前，拿起了什么。

洛兰想看仔细，下意识地从角落里挪了出来，却一不小心使岔了劲儿，鞋底在地板上发出"吱"的一声。华菱一惊，猛地回头，随之一声惊叫闷在喉咙里，慢慢软倒。就在这时，又有一个人从角落里冲了出来，扶住华菱的头，以防她重重地摔在地上。这个人头发很长，背影却像个男人。

洛兰正看得张口结舌，冷不防又听到身边"嗵"的一响，转头一看，恍然大悟的同时又哭笑不得——原来是阿花。看来它其实没睡着，或者是过于警醒，被她开门声吵醒，就跟了过来。而华菱为什么会晕，答案也简单了，肯定是看到阿花在梁上活动，以为是有鬼，所以立即吓晕了。

扶住华菱的头的人也回过头来，虽然光线阴暗，但借着月光，洛兰还是看清了那个人的半边脸，只觉得脑中一麻，整个人呆住了。

这个人竟然是华峰！戴着长长的假发！

华峰看到她后也是吃惊不小，厉声问她："你怎么在这里？你知道多少？"

他的语气分明已经是大人的语气，而且话里有话。最重要的是，现在看来，他应该一点儿都不傻！

可能事情来得太突然，又太震撼，洛兰一个没忍住，一声尖叫冲出喉咙，久久地回荡在夜色里。

第三十二章 必须得逃走

洛兰的这声惊叫，让整个华家都清醒了过来，大家急匆匆地赶过来，结果发现华菱一个人躺在红阁子的二楼，昏迷不醒。

"这是咋回事？"华为山既惊骇又狐疑，看了看四周。

"估计是……大小姐在这边看到了啥，所以被吓晕了？刚才那声是她叫的？"卢泉狐疑着说。

孙大妈悄悄地和杂工小陈对视了一眼，他们则另有一个答案——显然是华菱到这里来查探鬼情，然后遇到鬼了。

红阁子后面的小道上，华峰正挟持着洛兰急急地离开。他把洛兰横着夹在腋下，用双臂托着，还用一只手捂住了洛兰的嘴。洛兰拼命地挣扎，却丝毫没有任何用处。她现在算是领教这小子的力气有多大了，想起他之前娇怯怯的孩童样，简直恍如隔世。猴子阿花不知道发生了什么事，在后面一纵一纵地跟着。华峰估摸到了安全的地方，把洛兰放下，却依旧没有松开捂她嘴的那只手，只在她耳边轻轻地说："我马上放开你，但是你不要叫，否则我就说是你装神弄鬼，吓到我姐姐的……那假发也是你戴的。"

洛兰没想到这小子竟然一直在装傻，自己竟然被他骗了这么久，有种说不出的伤心。她轻轻地点了点头，华峰松开了手。

洛兰深吸了一口气，幽怨地看着华峰，沉着嗓子问："你一直在装傻？"

"这个……"华峰有点儿尴尬，"其实不是你想的那样……起初我是有一阵子神志糊涂，后来经过治疗，我的脑子渐渐恢复了。恢复之后，我也想起之前车祸的境遇，觉得那件事很有问题，便想继续假装痴傻，以便暗中调查。"

说真的，洛兰也觉得华峰的车祸疑点很大，自己也一直在暗地里调查，仔细一想，却又觉得哪里不对："既然你要暗中调查，那就得不露一点儿痕迹才是啊。可是那次在森林里，你装作鬼附身，对我胡说八道一通，为什么？"

"这个啊，"华峰有些迟疑，但最终还是说了出来，"我那是在试探你……因为我觉得这个车祸是有人故意为之,不知道是要害我,还是要害舒华……舒华一死,你就被我爸弄来了,看起来有点儿像是舒华之死的既得利益者,所以我对你有些怀疑,便想试探你一下。"

洛兰听着,只觉得心中的谜团一下都解开了:"在花园里扔发梳,故意想让我捡到的,就是你吧?还有,在我房间里装摄像头,是不是也是你?!在你自己房间里装摄像头的,也是你吧?你因为摄像头被我发现了,怕我怀疑,故意施障眼法把自己弄成受害者……还有那个什么你妈家老房子闹鬼的传言,也是你编出来告诉我的吧?!这个又是什么目的?!枉我一片真心对你,你却……你却……"说到这里,她喉头噎住,再也说不下去了。

华峰见她激动,十分惭愧:"对不起……经过这些天来的相处,我开始觉得你是个好人,世上难得的好人……我这样对你,我也觉得很惭愧,很对不起你……可是我一开始不知道你这么好,只有这么做……"

"啪",洛兰忽然一巴掌打到他的脸上。华峰一怔,没有动,生生地挨了。

"你这个混蛋!"洛兰狠狠地盯着他,眼中似乎要喷出火来,"你,还有你这一帮……全是一群混蛋!混蛋!"说着转身就走。

"你别……"华峰赶紧抓住她的袖子。

洛兰狠命一扯,把袖子都扯烂了:"你放心,我是不会把这件事告诉别人的。你装傻也好,调查也好,你随意。我什么都不知道,也什么都不想管,这件事和你没关系!"说着大踏步就往自己的住处走。

猴子阿花一直跟着他们,不知道自己的主人们出了什么事,见洛兰快速走开,赶紧跟上去,一边跟还一边回头朝华峰看。

洛兰恨恨地走回自己的房间,一句"不管他的事",是真的什么都不想管了。现在,她只想从华家离开,可是,欠华家的那笔钱怎么办?不行,她一定要想办法把华家的钱还上,然后堂堂正正地走。可是要还钱,就得有生意做。要做生意,就得有本钱,钱在哪呢?

洛兰边想,边拨弄着手上的戒指——那是华家人送她的,宝石的切面闪闪发光。洛兰忽然灵光一闪，忍不住喜上眉梢，自己何不倒腾点儿小饰品卖呢，也算是工作之余干点副业，运气好的话还能尽快攒下一笔钱。说干就干，洛兰立马上网，以批发价从网上订购了一些小饰品，寄到了公司。

所有工作完成后，洛兰才觉得心里稍微定了些，这时，一团睡意袭来，朦朦胧胧中，洛兰感觉背后有团暖暖的东西靠了过来，原来是猴子阿花过来了，它一定是发现洛兰心情不好，特意来安慰她。洛兰任由它靠着，一股软软的暖意一直暖到了她的心里，竟觉得自己暂时找到了点依靠。

第二天，她几乎是准时醒来。顾妈给她送来了早餐。洛兰看到她，心念一动："昨天晚上好像闹嚷嚷的……我半睡半醒之间听到了，但是因为太困了，没醒过来。"

如果她要是不问这件事，就会显得太奇怪了。

顾妈露出了神秘的笑容，"昨天大小姐不知道怎么的，跑到红阁子那边去了，结果被什么东西吓得一声惨叫，还晕过去了。"说着又朝洛兰靠近了些，压低了声音，神情更加诡秘，"洛兰小姐，你不知道啊，这个红阁子，据说晚上闹鬼。这个大小姐，大概是去查探情况的，结果估计看到了什么，就被吓晕了。醒来后就说自己只是看到个影子，可是你说什么样的影子，能把人吓晕过去啊？"

洛兰装作听得很专注的样子，还配合着她的语气节奏表示惊诧。

用完早餐，洛兰打算出门，看到华峰躲在门旁，冷眼扫了他一下。

"拜托。"华峰苦笑，"你这样好瘆人，你知道吗？"

"瘆人吗？我不觉得。"洛兰压制不住内心的怒气，"能有个正常的大男人装得只有儿童智商瘆人吗？"

"我就知道你生气。"华峰叹了一口气，"其实这有很多原因……你给我一个机会，我把事情从头到尾解释给你听。"

"对不起，我不想听你解释。"洛兰冷言拒绝，"昨天我已经把话说得很清楚了，你的事情和我无关，我不会过问，你继续装你的傻，我继续扮演我的角色。一切安好,什么都没发生变化。"其实,她不知道多想知道发生了什么事,包括他之前发生的所有事,头发丝儿那么细的事情都想知道。然而现在,她看着华锋的脸,内心的抵触感和自尊感,使她不想听从他嘴里说出来的任何一个字。

"看你这模样就不像是没事的样子,"华峰叹了一口气,"这样吧,今天晚上八点,你到花园凉亭那边见我,我把这件事细细地跟你说一遍。"

洛兰没有回应他,直接去了公司。

第三十三章 正常的他，看不透

洛兰一整天都无精打采,脑中胡思乱想着,根本集中不了精神,还好昨晚订购的那些小饰品送到了,尽管秘书吴娜用打探的眼神让她有些不舒服,但还是让她难得振奋了一会儿。就这样,好容易挨到下班时间。

晚饭后,她想起华峰的邀约,心中纠结,不知道自己该不该去见他,思前想后,还是决定去了。华峰早已急得像热锅上的蚂蚁,见她来了,立即压低声音用责备的语气说:"你怎么才来?"

其实时间并没有过多久。

"哟,"洛兰冷笑着说,"现在不叫姐姐了啊。"不知怎么的,自己一和他接上话就生气,"现在不需要掩人耳目了吗?这里说不定马上会有人过来。"

华峰叹了口气,拿出几个面人,这样他手里拿着面人,远远看来就像是在和洛兰讨论面人,再加上压低声音说话,即便有人来了,也能完美地蒙混过去。

洛兰冷眼看着他做着这一切。

华峰看着她,语气中有几分无奈:"这个……我家的事情要比一般的家庭复杂很多,一举一动都会牵连很多人。我的那个车祸,如果是有人故意为之,十有八九是亲朋好友所为,我能不查清楚再做打算吗?"

是的,至亲。冷静下来的洛兰心里已经有了一个嫌疑人,只是暂时不便说出来。

"看来,你心里已经有个嫌疑人了。"华峰仿佛看透了她,"说出来吧。"

洛兰抿了抿嘴,犹豫地吐出两个字:"华菱?"

华峰没有直接回答她的问题,而是轻轻地叹了口气:"其实,那次车祸的情况比较复杂。那天……"说到这里他顿了顿,似乎用了很大的力气才能再次开口,"她到我家来,和我爸恳谈,希望我爸能同意我们交往。然而,她和我爸一直有代沟,结果他们大吵了一架,舒华气得当时就要开车走,但是梅若春怕她出事,梅若春当初就是怕她和我爸谈崩闹出乱子，所以跟了过来……"

听到梅若春的名字，洛兰大惊，没想到她当天竟然在场，而那天她谈起车祸的语气就像离真相很远一样。接着，梅若春说过的华峰私生子问题也浮上心头，顿时激起一片惊涛骇浪。

华峰看出了她的情绪波动，试探着问："看来，你对梅若春特别在意？有什么原因吗？"

洛兰朝他看了一眼，内心无比纠结，很想当面问问他，可毕竟这是梅若春片面之词，自己还没有找到任何真凭实据，贸然问他，好吗？

"有什么就说吧。"华峰叹了一口气，"你看起来有问题要问，今天就是要把所有的事情都说清楚。"

洛兰深深地吸了一口气，似乎下定了决心，说："好吧。其实梅若春有跟我说，你在舒华出事前，跟别的女人有了私生子。为了让私生子的母亲上位，你提出和舒华分手。然而舒华不愿意，你就制造了那起车祸……"她说得很快，也很机械。

华峰听得呆如木鸡，接着勃然大怒："这家伙精神病啊？！哪来的私生子？"

洛兰目不转睛地看着华峰的脸，观察他的表情和语气，觉得他不像是在假装。

她期望华峰对她有更进一步的解释，没想到华峰竟然问起她来。要论语气，那简直是质问和逼问："你也认为这件事是真的吗？"

洛兰耷拉下眼皮："这个是你的私生活，不关我的事……"

"那你就是相信了？！"华峰看起来十分愤怒和委屈。

"不，不相信。我觉得没有证据，而且这个谣言，我也只是听梅若春一个人说过。"

"这还好。"华峰松了口气，"我总算没有看错你。"

洛兰抿了抿嘴。说真的，这件事到底是不是空穴来风，她其实无法确切认定。

"那个梅若春真是精神病，"华峰恨恨地说，"一开始我就觉得她不正常……虽然说搞艺术的人思想都容易跑偏,但是她这也跑偏得太厉害了。我不知道舒华为什么要和她交朋友……天哪,还私生子,莫名其妙……"

洛兰此时不想多听他抱怨:"不提她了。我们继续说……那天发生了什么事。"

"哦,好的。"华峰努力将自己从愤怒的边缘拉回来,"那天,梅若春因为怕舒华开车回去会出事,便叫她先冷静一下再走。"

"那梅若春为什么不替她开车呢?"洛兰插嘴问道。

"那是因为,梅若春不会开车,至少那个时候不会开,"华峰回答,"于是,舒华听她的,就在我家待了一会儿,车也在我家放了一会儿。"

洛兰不由自主地皱了皱眉头,这是不是意味着给了别人动手脚的时间?

"后来,"华峰说,"舒华觉得自己冷静了下来,便要回去。我要陪她一起,因为她那个样子根本没法让人放心。但是舒华不愿意,坚持要自己开车走。我当时心里也有气,觉得她不应该把火往我身上撒,所以就任由她开车载着梅若春走了。之后,我又担心她,便叫阿木开车,追了过去。那天我状态不好,再加上之前闹腾了一阵,所以没有自己开车。走之前,我爸爸很生气,骂我没出息,我妈妈也劝我不要太由着舒华耍性子。当时我一心想着舒华的安危,还是追了过去,结果半路追到了她们。我叫舒华把车停下来,我们谈一谈。舒华同意了,不过不愿意在路边谈,叫我和她一起去城里找个地方好好谈。这种情况下,梅若春跟着自然不合适。于是,我就叫阿木把梅若春送回家,我和舒华开车去城里。舒华应该已经完全冷静下来了,车开得又慢又稳。不知怎么的,我感到有些困倦,就打算小睡一会。就在这时,我忽然听到舒华惊叫了一声,说'都失灵了',然后我们的车就撞上了路边的大树。之后,我就什么都不知道了,脑子也跟着糊涂了一阵,等到恢复后,我细细回想,觉得这事情内有玄机,就打算暗中调查,所以,才有我装傻的这件事。"

说完,他注视着洛兰的眼睛,渴望得到她的反馈。

老实说,如果华峰说的都是事实,这起车祸的确可疑,虽然不排除车子临时出现故障的可能性,但人为破坏的因素也不能忽视,但洛兰不想直接说出自己的感受,于是轻轻地问:"你……有几个嫌疑对象呢?"

"这个就复杂了。"华峰耸了耸肩,"首先我无法确定,下手的人针对的是谁。当然,出事的是舒华的车,那天舒华又不愿意和我同行,家里的人又不让我去追她,仅从这些看,舒华应该是目标。但是,如果下手的人对我了解得足够清楚,就会知道那天我一定会陪着舒华一起走,那我就是目标。如果舒华是目标,那我爸爸、我妈妈、我姐就都有嫌疑。"

听到华峰将华为山也列为嫌疑对象,洛兰有些诧异,从这些日子的相处来看,她觉得华为山为人正派,不像是会做出这种事情的人。

她掩藏不了自己的疑问,于是问:"华老先生未必会这样做吧?"

华峰从鼻子里哼了一声:"我对我爸的了解比你更深,再说他很不喜欢舒华。"

洛兰不说话了。

第三十四章 亲人也会是毒蛇吗?

华峰和洛兰彼此都沉默了一小会儿，洛兰又开口问道："那如果目标是你，又有几个嫌疑人呢？"

华峰脸上的肌肉微微抽动了一下："如果我是目标，那我姐有嫌疑，我爸爸公司里的一些所谓的元老也有嫌疑……我做生意的理念和我爸爸不太一样，之前参与公司事务的时候和几个元老有些冲突，他们认为如果我接管了大权，他们就会无立足之地，因此，对我下手也是有可能的。"

洛兰紧紧地皱着眉头，提了一个很敏感的问题："你发现没，不管目标是舒华还是你，你姐姐都有嫌疑……"

华峰的脸色变了变，显然他对此事还是有些痛心的："我爸爸思想有些古板，在接班人问题上比较偏向于我，而我姐姐又是个非常自强的女人，一心想做出点事业，所以，她和我的矛盾就产生了。再加上她和我不是一个妈生的，关系有些生分。当然了，她表面上对我还是不错的，内心对我如何，我真的不清楚……"

"哦。"洛兰点了点头，"这么说，她有害你的动机……那为什么她也有害舒华的动机呢？"

华峰深吸了一口气："其实，虽然我爸认定让我接班，但我的经营理念和我爸并不一样，更倾向于发展自己的事业。因此，如果仅从企业的实际控制权来说，我不大会抢走我姐的权力。然而，如果我和舒华结了婚，情况就完全不一样了。舒华其实颇有商业才能，只是我爸暂时没发现。如果她和我结了婚，我爸肯定会让她参与管理企业，那么，我姐的管理权就会被分走一部分。关键是，舒华的经营理念和我姐姐的很像。也许你会觉得，经营理念一致挺好的，是不是？"

"不是。"洛兰说道，"其实经营理念一样才最危险，没有任何一个地方需要两个完全一样的领导者。如果舒华做得够好，经营理念又和你姐姐完全一样的话，她极有可能会彻底取代你姐姐。"

"的确是这样。我爸对舒华的才能暂时还不了解，但是华菱和舒华相处较深，对她比较了解。所以，如果她觉得舒华日后会夺走她的企业控制权，极有可能会对舒华下手。"说完这个，他神色黯然，不再说话。

洛兰凝视着他，心乱如麻。

"你这下明白了吧？"沉默了一会儿，华峰如此问洛兰。

洛兰垂下眼帘，轻轻地说："我只能还是……装不知道，有些事情我管不了……"

"没关系，"华峰赶紧说，"我并不是要你帮我做什么事情，这些事也的确不应该麻烦你什么……你只要保持以前的状态就可以了。"

"好。"洛兰凝视着他的眼睛，轻轻地说。不知为什么，他越这么说，她心里越不舒服，他始终还是把她当作不相干的人。

"我们已经谈了一段时间了。"华峰朝四周看了看，"虽然没被人发现，但时间一长就难以预测了，反正大概就这么些事。你先……回去休息吧。"

洛兰回到房间，脑中却一刻不得闲，她是对华峰说过，不想管他的事，可她做得到吗？现在的她，还能坦然地做一个不相关的人吗？不能！她联系起刚才的对话，又细细思考了一会，觉得在这件事里梅若春似乎干系重大，她得找个机会再去和她谈谈。

第二天早上起来，一切准备妥当后，洛兰走出房间，发现华峰站在门口，手捧一束鲜花，花儿娇艳欲滴，还带着点点的露水。他一见洛兰来了，赶紧三步并作两步走上前来，笑着把鲜花递上来。

"你这是干吗？"见他如此，洛兰心中十分复杂，压低了声音说，"我说过……不会碍你的事情的。"

"那也不妨碍我给你送花啊。"华峰满脸堆笑。

洛兰看着他卖力讨好自己，心里竟略有些欣慰，表面却傲娇地哼了一声，把花接了过来。华峰粲然一笑，让洛兰感觉到一阵窘迫和慌乱。他仿佛也察觉了什么，赶紧转过头去，装作不知道一样走开了。

到了公司之后，洛兰才想起今天是集团大会。这些天发生的事情太多，她差不多已经忘了这件事，自然什么都没来得及准备，眼下只好胡乱准备一番，到时候就靠临场发挥了。

会上，华为山叫她发言，无非是介绍公司现在的情况以及展望未来。洛兰本以为会让华为山失望，没想到竟会滔滔不绝，原来公司的业务竟然不知不觉已经深深印到她的脑子里，不奇怪，比起那些令人苦恼的心事，工作已经等于情绪休息。会上，洛兰还就公司的未来展望临场发挥出几点颇有建设意义的观点，引得在座各位尤其是华为山频频点头。

晚饭时，华为山又夸了一遍洛兰，并希望早日看到洛兰的可行性报告。小小的兴奋之余，洛兰偷偷地看了一眼华菱，自从受了上次惊吓后，华菱就一直在家养病，尽管略施了些脂粉，脸色还是有些惨白，看起来应该不大开心。

晚饭后，华菱来到洛兰的房间，说要和洛兰谈一谈。洛兰有些意外，又觉得意料之中，看着华菱那苍白的脸，关切地问道："菱姐，你身体好点了吗？"

"已经好多了。"华菱不希望话题在她身上绵延，"我看你这阵子好像很疲劳的样子，是不是太伤神了？"

"有吗？"洛兰下意识地摸了摸脸。

"是的。"华菱笑了笑，"你别在意……我听说了，你今天在集团大会上表现得很好，大家都觉得你肯定志得意满，但我知道，你其实压力挺大的。"

"啊？"洛兰心头一动。

华菱继续说："你心里肯定知道，历来得到多大的夸奖，就会背负多大的期望。期望带来的就是压力了，而且我爸爸对你的这种器重和赞许，其实是有种不一样的原因，我说得没错吧？"

洛兰一怔，忽然意识到华菱其实是以揣测她的心思为名，委婉地提醒她为实。

华菱继续说："我爸爸这么器重你，期望如此高，其实是把对华峰的情感转移到你身上了……你一开始就感觉到了吧？！华峰现在那个样子，你就是华峰的代表。唉，其实这种身份压力很大的，我今天就是想来跟你说一下，虽然压力实实在在在那摆着，你也要学会减压，千万别把自己累垮了。按照我的经验，减压其实没那么难，就是想办法把脑袋空出来。"

"哦，好……"洛兰应着，心里却在冷笑：你这明明是嫌我压力不够，特意过来再加一点儿啊。

华菱以为洛兰明白了她的用意，笑着点了点头，接着在房中环视起来，结果看到了洛兰放在桌子上的那些小饰品，洛兰可没忘记她要坚持的副业。华菱走过去，拿起一个用藏银珠子和人造红水晶串成的手链，在灯光下细细地把玩："这个虽然没什么价值，倒也精致……原来你喜欢这种东西啊？"

"哪儿啊，"洛兰赶紧说，"我买来玩玩。"

"哦，这样啊。"华菱"扑哧"一笑，"我还以为你要做小饰品生意呢。"

"啊？"洛兰有些心虚，莫非她发现了什么？

"其实啊。"华菱放下手链，又拿起一对吊着琉璃珠的耳环，"在工作之外，有点儿怡情的小副业也挺有趣的。以前我还曾经想过，自己开个小店，专门卖点软陶小玩意儿什么的。我记得你以前开过网店，是吧？等到你以后工作上驾轻就熟了，把网店再开起来，也是个怡情减压的事情。"

洛兰一时不知如何回复，只有笑着应和。华菱眼中透出一种说不出的笑意，然后告辞离开。洛兰看着她离去的背影，心里莫名地开始七上八下。

第二天到了公司，洛兰督促贺鸣他们尽快拿出可行性方案，秘书吴娜走了进来，给她送来一杯咖啡。她轻轻地把盛着咖啡杯的盘子放在她面前，微微停了一下，洛兰不禁看向她的手腕看，发现她手腕上戴着一串用彩色石珠、彩色木头珠子和藏银小珠编织而成的手链，很是别致。

"你这手链真漂亮啊。"洛兰说。

"是吗?"吴娜一脸惊喜,"是我从网上淘来的。义乌有一个厂,直接生产饰品,主要是批发,批发价非常便宜。我就按批发价买了一些……洛总,您要是感兴趣,我等会儿把链接发给你?"

"好的。"吴娜今天实在热情得太过反常,批发?不知怎的,洛兰忽然联想起昨晚华菱的那番话,说是巧合也好,刻意也罢,总之,这两件事情的发生顺序实在太顺理成章。洛兰假装感兴趣,答应了下来。

一定是上次收快递的时候被吴娜发现了,那么一大包的小饰品自然引起了她的怀疑,于是她将这件事告诉了华菱。华菱听说后,虽然也觉得奇怪,但还是趁着昨晚旁敲侧击了一下,今天早上又派吴娜过来进一步确认。不管怎样,有一点儿可以确认,那就是吴娜是华菱的人。

第三十五章 他现在像个谜

这天，洛兰忽然想起该去找梅若春聊聊了，于是她打电话要来了她的QQ，两个人开始在网上聊。

"你说华峰有私生子，到底是从哪里得来的消息？"这次洛兰没有跟她兜圈子。

"这个……我只能说是消息来源比较确实。"梅若春犹豫了一会儿之后，如此答道。

"消息的来源比较确实，哈哈，意思是说你只是得到了消息，是吗？"

"我知道你不愿意相信，但是我只能说，我的消息来源比较确实。"

"现在不是我愿不愿意相信的问题。"洛兰说了一句非常有分量的话，"而是需要让你相信的问题！其实最想知道真相的人，是你自己，对吧？"

果然，梅若春半晌没有再吭声。

洛兰知道自己切中了要害，便再追了一句："我们合作调查真相吧，你把消息的来源告诉我！"

梅若春那边又是半晌没有吭声。洛兰以为自己失败了，开始寻思别的说辞，没想到此时梅若春回话了："是韩娜。她一直在华家当保姆。她的说法应该是比较可靠的。"

一瞬间，洛兰有种在迷宫里走了许久，忽然被一根橡皮筋扯回入口的感觉，而且是被重重地摔在入口，摔了个七荤八素。消息的来源居然会是韩娜？

即便心里一团混乱，她还是强迫自己先冷静下来，问："韩娜怎么跟你说的，你一字一句地都告诉我。"

"其实，最先知道这件事的，是舒华。"

显然，这又大出洛兰意料之外。

"我也是从舒华那里知道的。她当时跟我说的时候，又伤心又纠结……她说她其实有为她和华峰的关系努力过，她觉得要让华家的人喜欢她，就得了解华家人的喜好，最直接的途径就是和华家的用人打好关系，结果就和韩娜走得比较近……没想到，却从韩娜那里知道了华峰有私生子的事情……她很伤心,不愿相信,但是又忍不住怀疑……我劝她找华峰问个清楚,但是又不敢问。这个疑窦一直折磨着她,使她经常情绪失控,在华家人面前也是如此……"

洛兰看着,心中只有一个感觉,那就是韩娜像是在故意造谣,挑拨舒华和华峰的关系。老实说,和韩娜接触的这段时间里,她感到韩娜既偏执又疯狂,使出这种毒计也不是不可能。但她又觉得韩娜有时候挺冲动,而且情绪有失控的倾向。这种强烈的矛盾使她怀疑韩娜是否有能力让舒华相信她。但舒华处于热恋期,对于华峰的一些相关事宜失去应有的判断能力也是可能的……就在洛兰胡思乱想的时候,她忽然想起了华峰写给韩娜的那个字条,再联系自己想到的这个疑点,觉得自己不能先入为主。

梅若春发了好些话,却见洛兰不回复,便追问道:"你怎么看?"

洛兰现在心乱如麻,叹了一口气,回了一句:"你又怎么看?相信是真的吗?"

"老实说,一开始我也怀疑是韩娜以讹传讹……但是舒华出了车祸,而且是在和华峰共乘后就出了车祸,我就开始怀疑了……"

洛兰抿了抿嘴,梅若春说这话倒也在理。她一时无话可答,便随意发了句:"有人来了,我有空再和你联络",就匆匆结束了和梅若春的会话。洛兰左想右想,深感有必要今天晚上去会会韩娜。

这天晚上,洛兰在夜色的掩护下,匆匆地到了华夫人的老房子。韩娜见她造访,颇有些诧异,冷笑着说:"请问您是不是要来看那张纸条的啊?对不起,不能再给你看了。"洛兰听她说得盛气凌人,不由得心里有气:"怎么,不能给看吗?看一下就会坏掉?"

"看一下是不会坏掉,"韩娜的笑容更冷,"但你看过之后就不一定了。"

"你还真……"洛兰气不打一处来,"行了行了,我听到了一个消息。"说到这里不由自主地顿了一顿,因为她马上就要单刀直入了,"当初,你告诉舒华,华峰外头有个女人,还有个私生子,是吗?"

韩娜一惊,接着脸涨得通红,半响后才说:"这个不是我说的。"

洛兰顿时起疑："你不敢承认……这么说是在说谎了？"

韩娜的脸涨得发紫，猛然大声说："我也没有说谎！"

洛兰冷笑着说："如果你没有说谎，那为什么言辞闪烁？"

韩娜梗了梗脖子，也冷笑着说："当然是怕你借题发挥了。"

洛兰心里已经有五六分认定韩娜是在说谎，盯着她的眼睛追问："如果你没有说谎，那这个女人姓甚名谁，她的儿子又是几岁，什么时候生的？"

韩娜直直地盯着她，冷笑着说："你不需要知道。"不知不觉间，她的眼中已经泛起红丝，手也在微微颤抖。

"我看你是在胡说八道吧。"洛兰已经有八九分认定韩娜是在说谎，"如果他真做过这种事，你还会喜欢他吗？"

韩娜身体微微一颤，露出嘲讽般的笑意："我当然还会喜欢他。哈哈，你会这样说，那是因为你对他的喜欢还不够对吧？其实你根本不是真正喜欢他啊，哈哈！"

"你就是在说谎吧？"韩娜的话让洛兰有些迷惑又有些着急，"你就是想要拆散舒华和华峰而已！你知道你说的这谎有多严重吗？"

韩娜冷笑了一声，索性给她来了个不理不睬。

"我不知道你到底在执迷不悟什么。你是不是觉得拆散舒华和华峰，你就可以和华峰在一起？那是不可能的！除了门第上的问题，我也不认为华峰当时真的喜欢你！如果他真的喜欢你，为什么还要和舒华在一起呢？"

韩娜有种被拆穿的暴怒，歇斯底里地喊道："他就是喜欢我！如果他不喜欢我，为什么要给我那封情书？！你别想气我，误导我！你这是在嫉妒我！你连一封情书都没有！"说到激动之处，她忽然拿起墙角的暖水瓶，把里面的开水朝洛兰泼了过来。

"啊！"洛兰及时避开了开水。开水水流重重地摔在她的面前，掀起一片炙热的气流。洛兰身手已经十分敏捷，但手腕上还是未能幸免地被溅上一滴。

第三十六章 他说他不是风流男子

"你疯了啊你？！"洛兰转身夺门而出，此时这是最明智的。她跑到楼下，回头见韩娜并没有拿着热水瓶追出来，这才放慢了脚步，唏嘘不已，韩娜刚才情绪爆发的时候简直像精神病。她低头检查自己的手腕，发现被烫出了一个水泡，一阵心有余悸。

回到华家的时候，时间已经不早了，大门早已上锁。洛兰不想麻烦比人，只好找了个低矮的墙头，翻了进去，翻的时候不小心把水泡擦破了，流了好多血水，洛兰也无法顾及。走到房间门口的时候，一个人突然从一大片阴影里站了出来，洛兰被实实在在地吓了一跳，定睛一看，居然是华峰！

"你干吗去了？"华峰说这话的时候满脸堆笑，语气也是轻松和蔼，目光却是一副一定要掏出真相的样子。洛兰的心里依旧乱着，便没有着急回答他。

就在这时，华峰看到洛兰的手腕上的血迹，不由得一惊："你手上怎么有血？你干什么去了？"

洛兰不想在门口嚷嚷，撇着嘴朝他瞄了一眼，朝屋里一努嘴："到屋里说吧。"

"我今天去见韩娜了。"进屋之后，洛兰就开门见山了。

"啊？"华峰一脸蒙，"去见她？"

"是啊。"洛兰目不转睛地看着他的眼睛，"去问她情况。当初就是她说你有私生子。"

"啊？真的假的？你没骗我吧？她干吗要这样说？她脑子有病吗？"华峰问出一连串的问题。

"她应该是有病，不过是为爱而病。"不由自主地，洛兰的语气变酸了，"我说你不喜欢她，她和你不可能，她气得一下就拿开水泼过来了。要不是我躲得快，就不只是手腕上一个血泡了！"

华峰的样子像被人一棒揍呆，过了半响才失声说："天哪……她的单相思竟到了这种程度……"

"哟，"洛兰听出这话里有文章，"听这语气，你应该知道她有相思啊，你们真的有旧情啊？！"

华峰一愣，随即明白洛兰在揶揄他："你胡扯什么啊，怎么可能有旧情呢？"

"你还在装蒜？！"洛兰看他否认，忍不住情绪失了控制，"你明明给她写过一封情书！"

"没有，绝对没有。"华峰想都没想就矢口否认。

洛兰也不和他多说，打开手机，把那个情书的照片拿给他看。华峰的眼直了，挠了挠头说："这还真是我的笔迹……可是我写过吗？我什么时候写的呢？"

他紧皱着眉头，一副竭力回忆的样子。洛兰现在的心中十分复杂，觉得他是在做戏，又希望他不是在做戏。

"好吧，我终于想起来了！"华峰一副如梦初醒的样子，"有一次，我喝醉了，可能是在神志不清的时候被她要求写下来的。"

"呦，一起喝酒啊。关系就是不一般啊。"洛兰无法掩饰自己的醋意。

"不，不是……"华峰的脸涨红了。他意识到自己现在非说实话不可，想了想后说，"其实，那次是因为我失恋了……"

"哦？那说来听听。"

"那是……"华峰抽搐着说，"在那之前，我认识了一个女性自由创业者。她在网上有很多粉丝，自己开网店。"

洛兰立刻明白华峰指的是什么人了，忍不住出声笑道："网红，对吧。"虽然听说富二代现在都对网红特别兴趣，但没想到华峰也有这种爱好，还失恋了，这就代表他是被人甩，还不情不愿恋恋不舍呢，洛兰脸上不由生出几分鄙夷。

"不是你所想的那样……"见洛兰露出了那种神情，华峰赶紧解释，"不是那种天天在网上露肉，把脸修成外星人，或是发些什么艳俗话题的那种……是那种看起来很规矩的女孩子，发的也都是些实实在在的人生哲理。她虽然也会发一些自拍，不过很文艺，很清新。"

"哦。既然这位女性自由创业者格调很高,你们为什么分手了?是不是她格调太高,觉得你不适合她?"

"不是,是她太糟糕!"华峰露出了一丝羞愧和恼怒之色。

"啊?"洛兰一脸"你必须说真相"的神情,盯着他的眼睛。

"那个,这些,其实都是假象。"华峰又踌躇了半天,从牙缝里挤出这句话,"她……其实是个……富家子弟猎手……"

"富家子弟猎手?"洛兰乍一下没明白是怎么回事。

"唉。"华峰叹了口气,"就是那种专门勾引富家子弟,骗取钱财,并试图和他们结婚,遇到更好的就甩掉之前的再去勾引更好的那种人……"

"啊?"听到这话后洛兰只想大声笑,但看到华峰这样子,怕再次刺激他,别强行忍住笑意:"你怎么发现的?"

"这个……"华峰的脸涨得发紫,"我当时很傻,不懂事,以为自己找到了一个格调出众的女人,便把她介绍给我的那些好哥们认识,没想到,我的一个哥们悄悄地告诉我她的过去……我当时很伤心,很痛苦……"

"看来你对她的感情很深……"

"不是感情深的问题……是因为伤了自尊!我竟然被那种女人骗了,还搞得人尽皆知……太伤自尊了!"

洛兰一怔,随即了然。对于男人来说,女人的问题不仅仅是感情的问题,还有面子和自尊的问题。有时候面子和自尊的问题更让男人痛彻心扉。

"那天,我很生气,很难过……不想出去,也不想见人,就一个人在房间里喝闷酒。之后感觉很不舒服,记忆中韩娜进来照顾了我一下。我当时比较感动,也因为心里难受,和她说了很多话。虽然记不清我到底对她说了什么,但是仔细想想,应该是说了类似的话。"

"不对吧?"洛兰敏锐地发现了这话与事实的矛盾之处,"你不是还给她写出来了吗?"

"应该是她当初让我留字为凭吧。"华峰一脸诚实的样子,不像是在说谎,"仔细回忆后,记忆里依稀有这么一个片段。当时我醉得晕头晕脑,她叫我做什么我都照做。"

"是这么回事吗?"洛兰审视着他。

"当然。"华峰从鼻子里嗤笑了一声,"我要是给人写情书,肯定要写上抬头和落款,写这种没头没尾的东西干什么?"

"好吧。那你之后就没有跟她说清楚?"

"我有跟她说清楚啊。"华峰一副既委屈又无奈的样子,"我特地找到她,说我当时喝醉了,所有说过的话都是乱说的,请她千万不要当真。结果没想到……她怎么还在单相思,还搞成这个样子……"

洛兰看着他,又觉得迷惑起来。按理说,韩娜不应该再继续对他单相思了。可是她依旧这样疯狂,其中另有什么原因吗?可能华峰在这件事上没对她说实话,也有可能是之后又发生了什么事情。想着想着,洛兰忽然又想起一件事情来:"你和这个网……你和这个女的交往,是什么时候的事情?我记得你和舒华在大学时就交往了……"

华峰知道她要说什么,赶紧摇手:"你别胡猜乱想,我可没劈腿……我和舒华是在大学时就认识了,不过那个时候还没看对眼。我是在被这个女的骗了之后,才和她开始交往的。"

"哦。看来,虽然男人大都觉得处处留情是件风流浪漫的事情,但到了现实生活里,还是会有很多麻烦的……"

"什么到处留情啊?"华峰的脸涨红了,"你这说的……"

"难道不是吗?"洛兰盯着他的眼睛,"就我知道,你已经有好多前女友了,其他就算不是前女友,也都跟你有很多牵扯!"

华峰重重地叹了口气,表情忽然变得认真严肃起来:"看来我有必要跟你好好说一说了。男生和女生的世界,其实是不一样的。"

"你想说什么?"洛兰有些恼火,"想说男人风流是应该的吗?"

"当然不是。"华峰微微撇了撇嘴,一副挺无奈的样子,"我是说,有些男生都认为,对于主动的女生,拒绝她们是不太合适的事情,不管是怕女生丢脸受伤还是觉得主动上门的感情放过可惜。在我装傻之前，按我的条件，主动的女生很多，对于其中一些人，她们本身条件不错，我对她们也有好感，便和她们交往了。不过我不是那种觉得她们主动我就可以玩弄她们的人，我对她们都是认真的，处不下去是因为各有问题。其实恋爱也是个相互了解的过程，当发现彼此不适合的时候，分手是正确的选择……现在想来，那些恋情都开始得太轻易了。舒华，我和她之间也有问题……相比对其他人，我对她喜欢的是多一点儿……"说到这里，他的语气和神情凝重起来，虽然没有流泪，但隐约能让人感受到伤心的气息。

洛兰有些愧疚，是她撩起了他伤心的情绪，可是，一股嫉妒的酸意不合时宜地出现了，这让她的心里十分混乱。

两人就这样静静地相对待着。

过了一会儿，华峰忽然开口："老实说，你问我这些问题，是不是想问，我对你是什么感觉呢？"

洛兰有些猝不及防。

"我是很喜欢你的。"华峰盯着她的眼睛说。语句很简单，但是能感觉到其中的真挚。

洛兰脸红得几乎发烫，手也忍不住颤抖。她不知道华峰这句话是真是假，但内心依旧十分激动，晕晕的就像喝了一缸烈酒，呆头呆脑地问道："真的吗？你喜欢我什么呢？"

华峰微笑了一下，微笑里带着深重的感动和感激："因为你是个好人，真真正正的好人。"只有一句话，其中的情感却是千言万语都说不完的。

"也有很个性，一直顽强地想要自立。"华峰接着表白。

"当然了，"华峰的脸上忽然加了几分调皮的神情，但一点儿都不显得轻佻和戏谑，而是有着一股一往情深的感觉，"长得也是相当漂亮的。"

洛兰感觉自己的心弦又被狠狠地撩动了。然而就在这时，她手腕上的燎泡抽痛了一下,这一痛让她猛然想起了他对自己的种种欺骗,让她满腔的热情陡然化为冰冷。

"但是我不喜欢你,我也不想管你感情上的事情。"洛兰一挥手,结果带动手腕上的伤口,又是一阵疼痛,"只是这个对你相思成狂的韩娜,如果任由她这样下去,恐怕会一发不可收拾。"

华峰盯着她看了看,忽然"咻咻"地笑了起来。

"你笑什么?"

"我只是觉得,你嘴里说不管不管,也不在意我,今天却像执行秘密任务一样去见了韩娜,挺有趣的。"华峰笑得坏坏的。

洛兰一怔,无话可答,既心虚又难堪,干脆一扁嘴,不再提这个话题,一摆手说:"你赶紧回自己房间去吧,要是被人看到你半夜在这里,又要乱说了。"

"我现在是个人事不知的孩子,他们有啥可以乱说的啊?"华峰笑得十分狡猾。奇怪,居然还有种可爱的感觉。不过虽然他嘴上这么说,但并没继续逗留,转身就走了。

洛兰看着他的背影,一股莫名其妙的热流忽然涌上心头。

第二天早起,洛兰觉得嘴里寡淡,不由又想起了之前在吴大树家吃过的那碗酱汁,今天似乎有点儿心想事成,顾妈过来送早饭的时候,托盘上居然有一小瓶酱汁,打开一闻,果然是熟悉的味道。

"今天怎么会有这个酱汁啊?"洛兰不解地问顾妈。

"是吴大树给您的临别礼物啊!"顾妈回答道。

一听说临别礼物,洛兰有些怔住。

"他啊,不干了,"顾妈头都不抬,自顾自地解释,"本来昨天下午就走了,后来又折了回来,说您喜欢这个酱汁,特意给你送过来的。"

洛兰有些感动,又有些不舍,吴大树对她是真心实意的好,这个家里,还有第二个人如此待她吗?

早饭后来到公司,洛兰盼咐贺鸣把可行性报告拿给她看,这些日子，她被华峰的感情纠葛纠缠着，贺鸣他们也没清闲，全都忙得蓬头垢面。

　　老实说，他们做的东西挺不错的，但洛兰觉得还差了点什么。虽然看着贺鸣他们忙得神志恍惚，觉得全面否定他们的东西有些不妥，但还是坚定地说："我觉得，还可以再完善一点儿。你们罗列了对男士的好处，这很好，但我们的思路是唤起女人为自家男人购买化妆品的兴趣，因此我们针对的消费者群体其实是女人。我们不妨换个思路，想一想，让男人提升形象后，对女人有什么好处，再以此为切入点，来调动女人们的购买欲望。"

　　她本以为自己提出这样的要求会让贺鸣他们感到为难，没想到贺鸣他们听了后都十分振奋，说洛兰这话太对了，简直是一语点醒梦中人。对此，洛兰颇有些惊喜和意外，也感叹他们的专业精神。

第三十七章 在地狱和天堂之间跳跃

第二天上班的时候，贺鸣很开心地来报告工作进度。洛兰发现他们的工作进度神速，高兴地表扬了他们。电脑刚上线QQ，田牧生的头像就开始不停地闪动，奇怪，他找我干什么呢？洛兰狐疑地点开对话框，一行字让她大吃一惊："如果你现在不差钱的话，是否可以帮一下张浦？"

"张浦怎么了？"洛兰心猛地一跳。

"是这样的，之前张浦的妈妈给张浦的那个女友幻想了一些来历，都是不着调的……那女人就是个普通的外地打工妹，但是，她把张浦迷住了，骗张浦挪用了单位的公款，然后跑了……"

"哎呀！"洛兰差点从椅子上蹦起来，"那抓到没有？"

"这种无根无绊的人最难抓了……而且这件事主要的问题是张浦挪用了公款，如果张浦不及时把公款还上，铁定被抓而且是先被抓……"

"那现在是什么情况？！"

"现在张浦家把积蓄都拿了出来，还卖了房子，但是还差一大部分。幸亏当初介绍张浦去公司工作的人在那个公司能说上话，公司答应如果张浦能还上，就只是把他辞退了事，还不上的话，只能报警了……"

"是多少？"

田牧生报了一个数字。洛兰一凛，说实在的，她小饰品的副业生意虽然是挣了一笔钱，但她还指望这笔钱替自己赎身，要拿出来帮他吗？可是不帮他的话，他就要进监狱了……洛兰心乱如麻而且心急如焚，仔细想了想，决定还是先见见张浦再说。

张浦的妈妈看起来足足老了二十岁，软绵绵地对洛兰说，张浦出了事后就藏在房间里，谁也不愿见。洛兰试着过去敲张浦的房门，报上姓名。

房门里没人应声，但洛兰没有离开，就在门口等着。

过了一会儿，张浦打开了门。他的神情十分复杂，脸色苍白，脸上的肌肉还在微微抽动："你……有什么事情？"

"这个……"见他这样，洛兰一时间竟不知道该如何回答，只好勉强地笑笑，"我只是来看看你……现在是什么情况……有没有需要我帮忙的……"

"什么情况，什么情况……"张浦神经质地重复着，脸上满是嘲弄和悲凉的神情，忽然间号啕大哭起来，"就是这个情况！我是个窝囊废，又把一切都搞砸了！我真不想让你看到我这个样子……但是又害怕再不见你没机会了……"

洛兰没想到张浦会忽然大哭，一时呆如木鸡。

正如堤坝一垮，洪水就势不可挡一样，张浦心中所有的话也倾泻而出："我从小就喜欢你，但是不敢说……你就是人群中的翘楚，而我就是个土鳖……我知道我配不上你，所以，你不喜欢我，我也觉得没有关系。我只是尽力帮你，希望你能觉得我是个有用的人，然而我却总是帮不上什么真正的忙……而那个女人，她骗我，让我觉得她是真心欣赏我，真心喜欢我，真心觉得我是个很有用的人，骗取了我的信任……然后对我说，她家有个公司，需要资金进行短期周转，三天就还，我竟然相信了……我真是个傻瓜，杀千刀的傻瓜……窝囊废，窝囊废啊！"

洛兰始终平心静气地听他哭诉，心中乱得难以言喻。老实说，张浦喜欢她，她之前也隐隐约约地感觉到过，但是由于张浦从来没有认真地表示，因此她也没有在意，单纯地认为他对她只是普通的哥们情谊。听着张浦的哭诉，她想起面前这个傻瓜为自己默默做了很多，想起这个傻瓜是自己多年的好兄弟，暗暗在心中下了决定。

她咬了咬牙，决定帮张浦还钱，而且是立即把钱转给他。张浦当然不愿意收，他是坚决不愿意收的，洛兰只好悄悄地把张浦妈叫出来，把钱转到了她的卡上。做完这一切，她感到一阵轻松了。虽然自己又回到了原点，但为了好兄弟，一切都是值得的。

从张浦家出来，她没有选择回公司，也没有回华家，而是回了自己的娘家，她需要找个地方透透气。洛青看到她脸色不好，知道她一定是遇到了什么事情，问她怎么了。她不想说，而且知道说了也没用，便说自己只是累了,想歇歇。

她半躺在沙发上闭目养神,脑子却根本停不下来,拼命地想有什么方法能尽快赚钱,然而越想脑子越乱,根本想不出个所以然。她叹了口气,睁开眼想倒杯水喝,目光不经意地落到了洛青带回来的那块石头上来。

洛兰心头一动,自己最近一直在做小饰品的生意,所以对一些周边的东西也有了一定的认识,前几天,她还看到一篇文章说,在赌石的各种迷局中,再丑再癞的石头里也可能有宝,小小的石头里也可能藏着个头小但是非常值钱的宝玉,就算是同一块石头,剖了一半,没见到玉丝,也不可以轻易放弃,一定要剖到底,说不定哪一小块里就有宝。

"爸,"洛兰对洛青说,"咱们再找个人,把这块石头也剖了吧。"

"干吗啊?"洛青不解,他已经对赌石贩玉这种事心灰意冷,这块石头也只是拿来提醒他别做蠢事的,"这里面不会有什么,它这么小,就只是我买其他玉料的时候带的。"

"反正是买来了,就剖一下吧。"洛兰心中也没太多把握,但她现在就像个溺水之人,即便眼前只有一根稻草也想要抓一抓,"剖块石头又不需要多少钱。里面没东西的话拉倒,有东西的话更好。"

洛青依旧觉得这没什么用,但洛兰坚持要剖,而且要立即动手。洛青没有办法,只有找到一个剖玉的朋友,到他的店面立即剖。

剖玉师傅剖玉的时候,洛兰闭上了眼睛,怕自己接受不了再一次打击。然而没过多久,洛青就惊叫连连。她赶紧睁开眼睛,眼前一亮,之间那块剖开的小石头里竟是碧丝满眼,有好玉!

发现小石头里有宝后,剖玉师傅也是十分激动,立即找来个行家替他们查看。行家告诉他们,这块石头里面含的是上等的翡翠,很值钱。粗略一算,卖它的钱不仅能抵上洛兰因为帮助张浦而产生的亏空,还能余下不少!

洛兰没想到这块小石头里真有转机,欣喜万分,同时也信心大增,看来的确是人生处处有生机，不禁开心得叫姐姐在大排档炒了几个菜打包回家，酒足饭饱后才准备回华家。

等回到华家的时候，天已经挺晚了。洛兰心想，华峰会不会像上次她晚归一样，在门口悄悄地等着她。

因为存了个心眼，洛兰果然发现有个身影藏在她住处外的竹影里。洛兰从鼻子里哼了一声，说："我已经看见你了，你就赶紧出来吧！"

那个人从竹影当中转出来，果然是华峰。他笑嘻嘻地问洛兰："你干什么去了？""这跟你有关吗？"洛兰白了他一眼，"我连这点儿人身自由都没有吗？"

"你当然有，"华峰笑嘻嘻地说，"我只是担心你啊，怕你被人骗，被骗钱倒霉，被骗色那就糟糕了……我这是关心我的未婚妻啊。"

"得了吧你！"洛兰觉得"未婚妻"这三个字非常扎耳，"我是不会嫁给你的，你放心好了！"

"为什么？"华峰露出惊诧的神情，故意朝自己全身上下看了看，"我有那么不堪吗？"

"到处留情当然不好。"洛兰冷笑着说。

"天哪……"华峰喊起冤来，"我不已经解释清楚了吗？你怎么还说我到处留情呢？"

洛兰看着他，没有说话，糟了。心又乱了。虽然她的确认为华峰不算是风流渣男，但是她对他愿意接受追上门的女生们的事依旧十分不满。她内心甚至希望他像柳下惠一样，坚决拒绝所有的女生。这种想法显然太极端，她说不出口。

"我没说错啊，到处留情，"洛兰冷笑着说，"你不是很怕女生丢脸受伤，有条件好的女生追上门来，你就愿意接受吗？说不定哪天又有个超级大美女追上门来，你就……"她本来只是想以这些话逼退华峰，叫他不要纠缠太紧，没想到竟在不知不觉之间说出了自己内心的隐秘，赶紧住口，却已经来不及了，羞得连耳朵都红了。

听到洛兰的话时，华峰先是有些惊愕，之后却露出了开心的神情：

"我明白了，你是没有安全感。放心吧，现在的我已经和以前不一样了。以后不管谁向我示好，我都不会理睬。你是我唯一喜欢的人。"

老实说，他这话真假难辨，但洛兰还是禁不住有了迷醉的感觉："是吗？"

"是的。"华峰认真地说，"老实说，以前我不懂得如何恋爱。恋爱开始得太轻易……我应该看准一个人，深入了解一个人之后再去爱，而不是彼此有好感就可以了……我现在懂得了。"

洛兰脑中一晕，然而这时被烫伤未愈的伤口又抽痛了一下。它两次痛得都及时，又把她拉回了理性之中。她深吸了一口气，把刚才那迷醉的状态全都收起来，淡淡地说："我知道了。没事了吧？我要休息了。"

看得出来，华峰颇有些失望，但还是尊重了洛兰的意思，转身离开了。华峰走后，洛兰一直在想白天剖玉的事情，突然多了一大笔钱，终于可以好好地发展一下自己的副业了，小饰品的生意当然还会继续，不过应该需要不了这么多钱，可以考虑再多发展一项事业，可从哪开始呢？洛兰想到半夜，脑中还是一团混沌，肚子却又饿了。洛兰苦笑着起来想找些饼干吃，忽然脑中一亮：对啊！可以做和吃有关的生意啊！不管社会如何发展，产业如何进步，人总是要吃东西的。而且，食品的市场虽然竞争激烈，但只要有真正美味的东西，还是可以脱颖而出的。

而真正美味的东西，眼前就有一个，那就是张婶的酱汁啊！那可以说是她一生当中尝过的最美味的酱汁，要是可以把它大批量生产的话，绝对可以开创一个很棒的企业。

说干就干。第二天下班之后，洛兰立即叫范大伟送她去吴大树的村子。可能对范大伟还心存顾忌，洛兰到了吴大树的村子之后，借口急需一个文件，叫范大伟立刻去找吴娜要。洛兰的目的就是让他在公司忙活，没法看她在做什么。

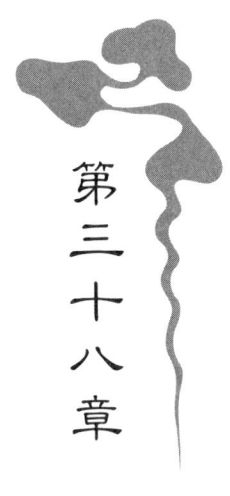

第三十八章 天灾

吴大树现在正在家里编花篮卖,他是一刻都不能闲着的人,一听说洛兰要找张婶,立即带她前去。只是不巧,张婶正卧病在床,张婶的秘方没有纸质的,每次做酱汁配料的时候全凭手感,也没有特意称过重量,所以得等她病好了,自己再手做一遍,才能确定配料的具体重量和比例。

　　不过,张婶的儿子对卖配方的事情十分积极,说可以先草拟合同付定金,洛兰依言照做了。

　　一切搞定之后,洛兰一身轻松,便安心等范大伟回来。范大伟来的时候一脸疲惫,完全是一副找文件找得焦头烂额的样子。见他如此,洛兰略有些歉意。

　　车开到半路的时候,范大伟忽然冒了一句:"洛总您这个文件,本来就没有对吧?"

　　"啊?"洛兰猝不及防,表情差点崩了,还好及时克制住了,若无其事地笑笑,"当然是有了,否则我叫你去拿干吗?"

　　"因为你想把我支开,好办事。"说这话的时候范大伟表情平静,洛兰却像被人戳了一刀,赶紧稳住自己的表情,强笑着说:"我有啥自己的事情要办啊?"

　　范大伟不慌不忙,笑了一声:"其实,我平时没事的时候也在公司里晃晃,无意中听到吴娜跟人说,您想发展私人事业。您这些天的这些活动也像是要搞自己的事业。今天把我支开,应该是在和这村里的哪个人有重要的事情要谈吧?"

　　洛兰没想到范大伟表面木讷,其实已经把一切都看在眼里,一时间无话可答,抿着嘴,脑中一片空白。范大伟接下来的话更让她差点儿滑到座位底下去。

　　"洛总,你这样就太不对了,我们其实是自己人啊。"

　　"啊?"洛兰脑中一片空白,"自己人?哪边的自己人?"

　　"哎哟……当然是你这边的……我是受你爸爸托付,来帮忙照看你的……怕你心里有气,所以没告诉你。我本来不想说的,但是看你这一天到晚只顾着防我,这样不是白惹麻烦吗?"

洛兰听得双眼发直,说真的,她觉得她老爸这一辈子做事颠三倒四,根本办不出什么像样的事情。能办出这种派人暗中保护她的事情,简直是匪夷所思。不过,她很快便意识到,他爸安排范大伟过来应该不仅仅是为了保护她,恐怕还是害怕她无法完成暂时当华峰未婚妻的任务,怕她偷跑,所以才没让她知道范大伟的存在,也让范大伟假装不认识她。洛兰冷笑几声,问范大伟:"你怎么会听我爸的话啊?"

"当然要听啊。"范大伟说,"洛伯父对我挺好的,在我困难的时候帮助过我。"

洛兰没想到自己一直担心的肘腋之患竟然是她爸爸派来的,不由得又好气又好笑,但更多的是放松。再想到自己将要到手的秘方,感觉光明的人生道路已经近在眼前了。

洛兰回到华家后,又做好了等华峰来啰唆的准备。然而华峰却没有来,不禁让她有些怅然若失。忍不住猜度,他干吗去了?

第二天,贺鸣他们已经把报告完成了,洛兰亲自拿着报告,去给华为山看。去的路上,洛兰心里颇为惴惴不安,虽然贺鸣他们内容做得不错,但是她的指导思想却是实验性的。从实验性的指导思想里延伸出来的东西,不知道华为山会不会认可。今天的天气潮湿阴沉,似乎要滴出水来,十分配合洛兰此时的心情。

华为山细细地看着报告,洛兰静静地在办公桌前站着,连大气都不敢出。过了许久,华为山看完了,朝洛兰抬起头来,脸上露出了笑容,然后朝洛兰竖起大拇指。

洛兰又惊又喜。

"我对你这个报告非常满意。"华为山笑着说,"你果然是个人才!"

"不,我只是提出一个想法。具体的事情都是贺鸣他们做的,都是他们的功劳。"洛兰照例谦逊,从一定程度上说,说的也是实话。华为山见她如此,更是开心,哈哈大笑着把她狠狠地夸了一番。

洛兰着急酱汁的配方，于是忍不住又去了吴大树的村子，只是这次，她没有告诉范大伟。出发的时候天很阴，到达张婶家的时候已经大雨倾盆。

张婶的家人热情地接待了她。张婶刚吃了药睡着了，洛兰想等她醒来，跟她说说话。张婶的屋子旧了，很多处地方漏着水，张家人拿盆来接，滴滴答答的声音到处都是。

"这房子得好好修一修了。"洛兰苦笑。

"其实还好。"张婶的老伴儿说，"主要是这次雨太大了。雨大倒不怕什么，怕就怕后面这山……"说到这里，他忽然面如土色。洛兰还不知道是怎么回事，忽然听到一阵轰隆隆的声音，就像被闷在土里的雷声。啊！洛兰忽然明白了。张婶的老伴儿是说怕发生山体滑坡，而这声音……分明是要发生山体滑坡的声音！

"快跑啊！"洛兰本能地靠向墙角，她隐约记得，地震的时候靠到墙角可以提高存活率，不知道山体坍塌来时是否如此。她刚刚靠到墙角，就听到"轰隆"一声巨响，接着便是眼前一黑。不知过了多久，洛兰才醒过来。万幸，倒下的建筑材料搭在了墙角上，给她留下了一小块生存空间，万幸的是全身无伤……

她努力地睁了睁眼睛，什么都看不见，周遭一片安静。张婶的家人呢？估计都遇难了吧……一想到这里，洛兰感到呼吸也紧迫起来。洛兰一时间万念俱灰，有一种难以言喻的心灰和疲惫，没想到自己的一生就这么交代了。说起来，她这一生还真有不少未了事宜呢，最大的未了事宜是……洛兰眼前竟然出现了华峰的身影，想起他干吗？

正在这时，洛兰忽然听到头顶有响动。洛兰吓得魂飞魄散：上面是要倒下来了吗？然而一阵响动过后，头上出现了光亮。是救援队吗？洛兰惊喜得向外看去，没想到竟是华峰？！

洛兰怔住了，她不知道这是真实发生的事情还是她的临终幻想。华峰全身裹在雨衣里，一把把她拉出来，洛兰感到有冰冷的雨滴落在脸上——原来雨还没有停，只是小了些。她这才意识到这是现实，想都没想就一头扎进他的怀里，华峰把她抱了起来，迅速走了几步。洛兰忽然回过神来，赶紧叫华峰放她下来。华峰苦笑了一下，走到一处安全的地方便放她下来。洛兰这才看清，张婶的房子已经变成了一个土石堆，一同被埋的还有其他几户人家。洛兰心头一紧："赶紧叫救援队继续挖啊！"

"没有救援队。"华峰叹了口气说，"还没来得及来呢。万幸你就在我一开始开挖的地方……"洛兰朝他看去，他的裤腿上裹满了泥巴。

"啊！"洛兰忍不住朝张家的房子奔了几步。

华峰赶紧从背后抱住她："你疯了吗？雨还没停呢……"

他话音没刚落，张婶家后面房子的山体又塌了一大块，全部倒在张婶家房子和其他几家的房子上。洛兰脑中一空，几乎要瘫倒在地。

"洛兰小姐！洛兰小姐啊！"远处忽然传来了吴大树的声音。今天也巧，他和他家人在邻村走亲戚，雨小后才回来，听说洛兰和张婶家人一起被埋了，赶紧过来看看情况。

华峰本能地把脸偏向一边，这里只有吴大树认识他。洛兰看他如此，赶紧对他说："你快走吧。"

"你呢？"

"我在这里等救援队来，我要等他们把张婶他们救出来！"

"你可别自己去挖。"华峰不放心，"现在依然还很危险，再说现在那上面压得土多了，你要是执意去挖，说不定会发生二次倒塌，那样就帮了倒忙了！"

洛兰答应了他，见她保证，华峰才放心离开。

第三十九章 绝望后,结合

救援队来了,就时间来说,他们来得不算晚,但是从时机来说已经晚了。除了张婶的邻家里有个八岁小孩儿获救外,其他人都遇难了。洛兰不仅为张婶全家感到难过,也感到好容易设想好的前途也随着坍塌而化为乌有了。

洛兰颓然地回到华家,刚到房间门口,华峰就冒了出来:"你怎么现在才回来?"

洛兰被吓了一跳,白了他一眼:"这不关你的事情吧?"走了一步忽然想起一件事,又停下,"你怎么知道我在吴大树那个村的?"

华峰耸了耸肩:"其实,要知道你爱去哪里,真不是件难事。不过……"说到这里他的嗓音忽然沉了下来,"不知为何,今天我的心里很慌,就怕你会遇到什么危险。巧的是,我今天又找不着你,于是就根据你的手机定位,发现你去了吴大树家的村子,那里靠着山,暴雨天格外危险。我不放心,就忍不住过去找你,幸好我去了。"

洛兰心头一动,一股柔情陡然升起。她怕自己抑制不住,只好一言不发地朝屋里走去。

"怎么这么冷淡?"华峰委屈地说,"我可是救了你的命啊。"

洛兰心头又是一阵激荡。是的,他救了她的命,而且是冒着很大的危险救了她的命。一瞬间,她感到心里乱,头也晕,赶紧咕哝一句:"这人情我会还你的。"然后加快走进门里,一进门就把门紧紧地关上了。

之后的几天,洛兰都在想张婶家的悲剧和自己一下就灰飞烟灭的前途,晚上总感到疲劳却又完全睡不着。这天晚上,她躺在床上心里痛,嘴发干,嗓子发咸,浑身火烫,她知道自己终于被最后一根稻草压垮了。

"你怎么了?看起来不舒服?"迷迷糊糊中,华峰的声音忽然在耳边响起。

洛兰一睁眼,发现华峰正在床边坐着,"你怎么进来的?"之后却发现自己这根本是白问,他既然可以在她房间里放摄像头,偷配钥匙什么的肯定没问题，便冷笑着说："你肯定是配过钥匙了，我真是废话。"

"你都病成这样了，嘴还这么不饶人。"华峰不以为忤，"你是不是不舒服？刚才我在外面敲了半天窗户，你都没听见……"

洛兰本来还想嘴硬说"没什么"，一张嘴却冷不丁哭了出来。这一哭宛如洪水决堤，她把自己为了经商还债而受到的这些挫折都说了出来。最后气恨恨地说："我脚踏实地地努力挣钱，可是上天为什么要这样对我？简直有种存心让我走投无路的感觉……"

"你别这样想，"华峰把她抱在怀里，"不会让你走投无路的。人生不如意的事情十之八九，做生意受到挫折的可能也是十之八九……你千万不要绝望，先把心情整理好，之后从头再来就是了。"

洛兰没有说话，只是啜泣。不知为什么，躺在华峰的怀里，让她的心里不再那么难过了，有种被填满的温暖的感觉。

"你的心情我都懂……"华峰继续说。

"你怎么会懂？"洛兰虽是反驳，但掩藏不了撒娇嗔怪的意味。

"所有希望成功的心情是一样，付出的心血也是一样的啊。"

洛兰不再反驳了，只是紧紧地靠在他的怀里。她的心已经被一股温暖的热流包围了，感觉如梦似幻。

早晨，洛兰动了动身体，忽然感觉不对劲，仔细想了想，忽然全身的血液都涌上了头顶，羞得恨不得找个地缝藏起来，原来昨天晚上她竟然糊里糊涂地和华峰睡在同一张床上！

她第一个反应就是赶紧穿衣服逃走，因为动作太大，把华峰惊醒了，懒懒得撑起上半身，问："干吗？"他的肌肉线条很好，皮肤白皙，在清晨的阳光下散发出玉石般的光泽。

洛兰根本不敢看他，羞愤地说："你还问我干吗……你昨天这是乘人之危，趁我神志不清……你这也算是强……"最后那个字她实在说不出口，憋得她满脸通红。

"我强迫你？"华峰笑了出来，"明明是你紧紧地抱着我，我挣都挣不开。"

洛兰无言可答，只是匆忙地穿衣服，结果越急就越套不上。华峰一把把她拉回床上，紧紧地抱住，痴痴地笑了起来："你这么害羞干吗？以后结了婚不要天天亲热的吗？"

结婚？洛兰呆了，一股难以言喻的热流冲上心头，却也伴随着浓浓的他是否是说真心话的疑惑。就是这份疑惑激怒了她，她愤愤地说："我才不嫁你呢！"

"啊？"华峰故意露出夸张的惊诧的神色，"你要对我始乱终弃啊？"

"什么？！你是男人，还说我始乱终弃？"

"男女平等啊！"

"不跟你扯了！"洛兰恼羞到了极点，拼命地想要挣脱他逃走。无奈华峰抱得很紧，她根本挣脱不开。

"你听我说。"华峰忽然换上了一副无比认真的表情，"我是真心喜欢你，真心愿意娶你做妻子，你是我一生中遇见的最好的女人。"

洛兰呆如木鸡，虽然她依然怀疑他是否说了真话，但就是止不住心神迷醉，感觉现在就算他是在说谎，她也甘愿受骗。忽然，她看到华峰惊骇地看向窗户，接着石化般呆了，眼珠子都要凸出来。洛兰又惊又疑，也朝窗户看去，结果也变得跟华峰一个样子。

窗帘间有一条缝没有拉上，有个人正透过这条缝往里看，也是一副目瞪口呆的样子。而这个人，就是华为山！

原来，华为山昨天看了洛兰的报告，越想越觉得这个报告写得很好，所以今天一大早就想再跟洛兰谈谈相关的事情。让他在意的是，洛兰是他的儿媳，他也许应该避点嫌，因此他犹犹豫豫地走到了洛兰住处的外面。走到窗外的时候，隐隐听到里面有类似男女调笑的声音，他这一惊非同小可，莫非洛兰在偷偷会情人？赶紧朝窗帘缝里一看，结果竟发现是自己的宝贝儿子！

华为山呆呆地看着他们，他们也呆呆地看着他，双方就这么僵持着。

"你们两个！"华为山终于说话了，"赶紧穿好衣服，然后给我出来！"

华峰和洛兰赶紧穿好衣服，站到华为山面前。华峰还想侥幸过关，又装出那副孩童般的样子："爸爸，我是不是做了什么坏事了……我也不知道我是怎么了……"

"臭小子！"华为山没等他说完就义愤填膺地在他肩上捶了一拳，"你还想耍我！我现在明白了，你小子分明是在装傻！一直在装傻！跟我玩叛逆啊！"

华为山在那边继续控诉："你竟然给我玩这一手，你知道老子我，老子我有多担心……"说到这里竟然忍不住泪流满面。

洛兰见他们如此，不由得在心里暗暗叫苦：这样看来，事情恐怕要失控。然而就在这时，华为山忽然转向了她："洛兰，你一直知道这件事吗？"

"啊，这个……"洛兰一惊，脑子也开始高速运转，拼命想点子帮华峰掩饰和开脱，忽然想起华峰之前说的和华为山经营理念有悖的事情来，赶紧说，"其实华峰并不是一直在装傻……我刚来的时候，他还有点儿糊里糊涂的，后来才慢慢恢复的，大概是因为人脑本身就有很强的自我恢复功能……他之所以暂时没跟您说，是因为之前他和您经营理念相悖，自己的事业又经营失败了，他怕您逼着他接班，因此觉得苦恼和压力大，所以暂时想保持这个状态……"

"什么？"华为山瞪着眼睛看着她，又看看华峰，"因为怕接班不惜装傻？我的事业就这么糟糕？"

"不是因为觉得您的事业糟糕……"洛兰的大脑都要转疯了，"他是因为自己之前的事业失败，对自己的能力产生了怀疑，怕接不了您的班，怕让您失望，所以才一直犹豫着……"

华为山看着华峰，虽然还是嗔怪的神情和语气，但已经带有几分痛惜的意思："做不好生意，学就是了。怕什么？"

华峰低着头，嘴唇嚅动了几下，似乎想要说什么，最终却什么都没说。

"你……好好收拾一下。"华为山转过身，"我去告诉你妈你姐，她们也都因为你……担心死了！"

第四十章 绝不放手

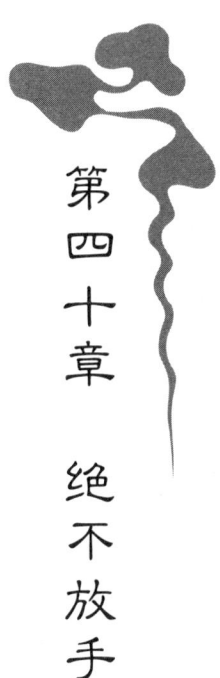

大概是怕自己的老婆、女儿生气和迷惑，生出不必要的麻烦，华为山只对华夫人和华菱说华峰恢复了，而没有说他恢复的具体时间。华夫人激动万分，抱着华峰又哭又笑，哭一阵说一阵。华峰一脸尴尬和惭愧，接着华菱也过来了——她也是喜极而泣的样子，热泪盈眶地和华峰拥抱。华峰笑着对她，笑容却僵僵的。

华家的其他人全都来向华峰表示祝贺，华峰被他们紧紧地围在了中间。

华峰抽了个空，溜到洛兰身边，低声说："你还真会说，搞得我多在乎老头子一样。老头子肯定超得意。"

"总比说你怀疑他害死你女友，你装傻调查强吧？"洛兰白了他一眼，"再说向自己的父亲表示下敬畏和在乎又怎么了？"

华峰被她刺得无话可答，叹了口气："你是不是觉得我和我爸的关系特奇怪？"

"很正常。"洛兰撇了撇嘴，"常言道，无仇不父子，冤家结夫妻，儿子和父亲有摩擦太正常了。不仅是儿子和父亲容易有摩擦，强势的女儿和父亲也容易有摩擦。"说到这里，她不由想起自己和洛青的关系。是的，从小她就很有想法，洛青则说她小孩子不要太超前，父女二人时常发生争执。当然了，最后都是洛青赔笑着哄她要求和好。老实说，她对洛青的能力一直都不算认同，也一直觉得他管得太宽，没必要。现在却觉得自己可能对洛青有些苛刻和不够尊重，应该对他多些信心。

华峰听了她的话后什么没说，只是轻轻地叹了口气。就在这时，华夫人叫华峰过去说话。洛兰笑叹了一下，忽然感到手机震动，是郁茹严的电话！

洛兰躲出去接了电话。郁茹严的语气很小心，第一句就问她现在说话方便吗。洛兰说方便。他让洛兰赶紧抽个空出来见他，他可能找到了一个能解决她困局的方法。说真的，洛兰不大相信他真有解决问题的办法，但还是忍不住想去听听他这是什么方法。

郁茹严的办法果然有些荒诞，他说："我想了许久，目前不需要多少成本就能聚集资金的方式就是网上募捐！我们发起一个网络募捐吧！"

"哈？"洛兰哭笑不得。

郁茹严解释说："我知道你一开始肯定会觉得我的想法荒诞不经，你先听我慢慢解释……我不是吃过网络的亏吗，在那之后就仔细研究了网络。我发现，和现实生活中相比，大家反而更容易相信网上的信息。前阵子在一个知名的网络平台上，发生了一个男人假扮苦命女人的募捐诈骗事件。当然了，我们不是要诈骗，而是说真实的情况……你因为家里欠人钱被迫嫁给一个智商有问题的男人，绝对是一件催泪又令人义愤填膺的事情，我把这个故事好好写一下，放到网上，一定可以引起关注的！"

"啊？"洛兰皱着眉头说，"我可不能把这件事放到网上去……"

对此，郁茹严一点儿都不意外："我明白。这件事放到网上，实在有些……我们可以把细节隐去，以你的真实经历为基础，再创造出一个人物……"

"我明白了，"洛兰一点儿便透，"你是说虚构人名和事件，对吧！可是这样也等于骗人吧？"

"可是这事情本身是真的啊。善行的本质不就是救苦救难吗？想行善的人就是想救人，只要让他们最终能救到人，实际上就是一样的。"

学霸就是学霸，这话乍一下让洛兰无法反驳。

"可那最终能募集多少钱？估计募集很久都不够……"洛兰苦笑。她觉得自己必须说正经话了，"其实我已经挣了些钱，如果用那些钱干事业，就可能赚到足够的钱还债……然而我倒霉就倒霉在，本来已经找到了一个赚钱的机会，可是转眼就没了……"

"啊？"郁茹严大感意外，也大感好奇和关切，"说来给我听听。"

洛兰便把那个酱汁秘方的悲剧告诉了郁茹严。她的本意只是想跟郁茹严倾诉一下，没想到郁茹严听了之后眼睛闪闪发光："照你说，制作酱汁的过程只是普通的熬煮，可能只是简单的物理变化……"

"然后呢？"洛兰觉得自己开始听不懂郁茹严的话了。

"是这样的。"郁茹严眼睛更亮，"我有个朋友，在研究所工作。你还有那些酱汁的样本吗？我们拿一些，去找他用质谱仪分析一下，应该可以得出各种分子式……就是说可以分析出酱汁具体的成分和比例。"

"真的？！"洛兰听了之后十分惊喜，但又有点儿不敢相信这是真的，"可是如果这样就能得到酱汁的具体配方，那市面上那些食物的配方不都无法保密吗？不是说可口可乐的秘方到现在都没流出来吗？要是用个质谱仪就能知道一切，那它的秘方不早就人尽皆知了吗？"

"那是因为那些食物的制作过程中可能有复杂的化学反应，"郁茹严说，"所以不是那么好检测，我们可以尽管试一试，万一能成功呢！"

洛兰非常振奋，虽然她依然不相信真能成功，但是有机会就已经足够令人兴奋了。再回到华家的时候，天已经晚了。她刚进华家的门，华峰就冒出来了，担心地问她："你到哪里去了？"

洛兰有些厌烦他质问的口气，但也感到暖心，这俩相悖的感觉竟然能被糅合到一起，还真是挺奇妙的，撇了撇嘴说："我出去透透气散散心啊。今天出了这事，我也挺紧张的好不好，当然得想办法减减压啊。"

华峰仔细朝她看了看，说："好吧……可是你也太不够意思了。今天一大圈子人把我围在中间，问东问西的，我一个人很难应付，你也不留下来帮我。"

"你自己的谎当然得你自己圆。"洛兰扁了扁嘴说，"我能帮到你什么。"

"那好吧。"华峰撇了撇嘴，朝她看了一眼，"今天，韩娜过来了。"

洛兰一惊："她来了？有没有闹出什么事情来？"现在只要有人一提起韩娜，洛兰就想起她用开水泼人的样子。

"没闹事。"华峰苦笑了一下，"只是见到我后又哭又笑了一阵。因为我爸妈都在旁边，我也没空跟她说什么。我妈还是不愿意让她长留，把她给打发回去了。"

"哦。"洛兰低低地应了一声，又问他，"你打算怎么处理和她相关的事情。"

"她的事情不着急。"华峰长长地吁了一口气，"她顶多是相思成狂，造谣诽谤我的私生活。我现在的第一要务，是赶紧找出那个凶手。"

洛兰想了想，也的确如此。她的心感到沉甸甸的，吃了晚饭后就直接回房间去了。一进房间，她就看到一双黑溜溜的小眼睛。她一怔，然后笑了，猴子阿花正坐在角落里顽皮而又乖巧地看着她。她把阿花从角落里抱出来，轻轻地抚摸着它身上的毛皮。人类说猴子只有几岁幼儿的智商，但她觉得那绝对是误判。她感觉阿花只是不会说话，其余什么都懂。这些天她又忙又烦心，忽略了它，它仿佛都知道，并没有来烦她。她慢慢地抚摸着它，忽然想起昨天晚上的事情，阿花应该也是见证人，不由得羞红了脸。

老实说，她应该是喜欢华峰的，可以说是非常喜欢，否则不会因他以前的情史而大吃飞醋，而他又等于向她认真表白了……洛兰忽然感到心头有一块地方哽住了，深深地叹了一口气。虽然如此，她心里还是有种难以言喻的别扭感，让她觉得自己无法和他在一起。想在一起，却又不愿在一起，这两种心境竟然溶在了一起，还紧紧连着她的心，这种感觉可是前所未有。她在它们面前束手无策。

然而，不管感情问题如何发展，华家的钱，她是一定要还的，这一点儿她十分确定。想到生意的事情，她的思路就渐渐清晰稳定起来，汇成了明确的一条线。也许郁茹严真的能给她找出酱汁的成分，但是她不能只寄希望于他，还得想个其他生意备用。可是能做其他什么生意呢？

虽然华峰好了，但华为山没有放松警惕，还是让他暂时不要出门，先在家里养着。他请了很多个医生来给华峰检查，而有专业陪护资质的郭一晨也在家里留着。他是华峰的同伙，同样能言善辩，让华为山相信，自己之前因为华峰演技太好，不知道华峰已经转好了。

这天下午，洛兰终于等到了郁茹严的回复。

"喂？"洛兰十分激动，第一句话就想问酱汁成分的事情，但喉头哽住问不出口。

郁茹严了解她的心情："我那个朋友给我反馈了，他已经分析出了酱汁的大部分成分，只有一种成分暂时还没确定，它发挥的作用应该很大，只是暂时还不好确定是什么。"

洛兰的心顿时沉了下去，苦笑着说："看来果真没那么容易……"

"不，你别慌，这才过去了一天，"郁茹严赶紧安慰她，"他已经得到那种成分的分子式了，再分析一段时间也许就能得出结果。"

"是吗？"洛兰沉下去的心又猛地浮了起来。

"是的。"郁茹严说，"不过你也不用只把希望放在这个酱汁身上……你是想要做食品生意的对吧？我发现有个地方的饼子特别好吃，你出来尝尝？也许你也可以投资它呢？"

洛兰刚浮起来的心又开始晃晃悠悠起来，郁茹严这样说，是不是因为找出酱汁成分的希望其实不大呢？罢了。不乱想了。说不定这个饼子也能赚钱，她且去吃吃看好了。

郁茹严选的地方名叫江记杂菜馆，店面挺旧，不过干净。店里只能摆下五张桌子。店里的主打是烩杂菜——用肉和很多种蔬菜烩成的砂锅菜，菜饼只是配菜。郁茹严点了一锅烩杂菜和几个饼子。洛兰先舀了一勺杂菜吃了，感觉味道一般，又咬了一口饼子。饼子的皮儿挺劲道，馅儿又辣又鲜，尝起来确实美味。

"怎么样？"郁茹严希望满满地看着洛兰。

洛兰舔了舔嘴唇上沾着的馅儿，苦笑着说："这饼子是挺鲜美，不过也只是一般的鲜美，达不到大规模生产销售的标准。我需要的是那种鹤立鸡群、让人惊诧的鲜美。"

"哦。"郁茹严微微有些失望，但不以为忤，笑着说："那我继续给你推荐，我这张嘴可是吃过很多好东西的……"他说着说着，忽然看到洛兰现出了张口结舌的神情。他十分惊诧和迷惑，顺着洛兰的目光，赶紧回头一看，发现一个高大英俊的男人站在他的背后。

第一眼看到华峰的时候，郁茹严只觉得有些眼熟，因为他只看过华峰的照片，过了会儿才意识到他就是华峰，不由脱口而出："啊，你就是那傻……"

"现在不傻了。"华峰揶揄一笑，毫不客气地坐在了洛兰身边，用调侃的语气对郁茹严说，"我妻子没告诉你吗？"

"你胡说什么？！"洛兰的脸一下涨红了，"我还没嫁你呢。"

郁茹严目瞪口呆地看着他们。

"快嫁了。"华峰伸手搂住洛兰的肩膀，挑衅地对郁茹严说，"你偷偷约我妻子出来，有什么事情吗？"

"什么偷偷？！"洛兰用力地摆动着肩膀想挣脱他，却一时挣脱不了，"我们这是正大光明地见面！"

"哦，我明白了。"华峰坏笑起来，"你是来光明正大地考察饮食行业……"

这个店铺处在闹市中央，周围的食客们和服务员，甚至门外经过的人都注意到这两男一女有点儿问题，开始饶有兴味地围观。洛兰又羞又恼，赶紧站起来对华锋说："别闹了，我现在就走！"然后对郁茹严说："不好意思，我先走了。"然后在桌上丢下一张百元钞票，就匆匆地离开了。

华峰坏坏地一笑，跟着她就出去了。郁茹严呆呆地看着他们，直到他们走出门后才回过神来，迷惑地苦笑了起来："这是什么情况啊？"

第四十一章 她早就陷进去了

洛兰出门就去找自己的车，因为这地方停车不方便，因此范大伟把车停在不远处的一个小巷子里。她走过去一看，发现范大伟正一脸苦笑地站在车边，示意洛兰看向另一条巷子。洛兰很奇怪，走了过去，发现巷口的乱树后停了两辆车，阿木就站在其中一辆车的旁边。

洛兰一怔，接着便明白了。她肯定是被阿木跟踪了，阿木开车跟到这里，发现她和一个男人吃饭，便打电话给华峰，然后华峰便自己开车追了过来。

"你凭什么跟踪我？"洛兰冷笑着问华峰，虽然语气并不凌厉，但她苍白的脸色已经表明她很生气。

"我不是害怕我美丽的妻子飞了吗？"华峰虽然是在调笑，但也赔上了几分小心，"你犹豫着不愿嫁我，是不是因为他？"

洛兰冷哼一声。

华峰继续说："其实呢，我也知道，之前我装成个傻子，你肯定觉得和我不会有什么前途，所以对别人有想法也正常……即便有想法，我也不会怪你，你可以坦白告诉我，是不是？"

"哼。"洛兰心头一阵酸楚，接着有一种说不清道不明的滋味萦绕心头。其实，真正打动她的正是华峰装傻时的那种纯良的样子，而现在她却发现那只是一场骗局。她心中一阵抽搐，强忍着要哭的冲动，冷笑着对华锋说："放心，我这阵子都在各种风口浪尖上，忙得焦头烂额，根本没空开后宫。"说着用手指着华峰，声音像锥子一样朝他戳过去，"我告诉你，我不是你妻子，也没有决定嫁你。你家的钱我会还。你没有权力监控我的行动！"

"我不监控，我绝不监控，"见她如此，华峰赶紧摆出一副投降的样子，"我只是怕你对有关我的信息管理不善，哈哈，我的那些事还是越少人知道越好。我相信你也能理解。"

"你放心，有关你的核心秘密，他可是什么都不知道。他只是偶尔知道了我要嫁'残疾人'的事情，想要帮忙而已。"

华峰笑了笑，其实，从郁茹严刚才的反应，他已经判断出郁茹严什么都不知道。现在听洛兰亲口说出来,他才算真正安心。

"哼。"洛兰看到他这副心安的神情后心理陡然失衡,忍不住说道,"果然你在意的只是舒华的事情啊。"话出口后忽然感到一阵惊慌,因为这个名字直通秘密的核心,慌乱之后却觉得自己很傻。这个巷子里只有阿木,算是华峰的生死朋友,在他面前说什么估计都没有关系。自己竟然还在为华峰的秘密是否会泄露而担惊受怕,真是笨死了。

华峰听到洛兰的话后表情陡然变得十分认真和凝重,朝洛兰凑近了些。洛兰一阵慌乱,赶紧往后靠,一直靠上了墙壁,无处可退。华峰盯着她的眼睛,一字一顿地说:"舒华已经死了,你还在吃她的醋吗?"

洛兰又羞又讪又狼狈,甚至还有种浓浓的负罪感。因为不管怎么看,吃死人的醋都是件很糟糕的事情。然而她又觉得,就算很难看,她还是应该把自己的真实心意说出来,便直视着华峰的眼睛,想开口但是大脑似乎暂时失去了对嘴巴的指挥权,她的嘴唇就像被粘住一样,怎么都挪不开。

华峰见她如此,轻轻叹了口气,说:"你会吃醋也正常。其实……我和舒华,在那之前,已经暴露了很多问题,估计到最后也是无法在一起的。我之所以一定要弄清她的死因,是因为她可能是因我而死的。我必须给她一个公道,这是我最基本的责任。现在在我心中,唯一喜欢的人、最重要的人,就是你。"

华峰在表白,而且是很认真地表白。一瞬间,洛兰羞得脸上像漫起了火烧云,灵魂肉体都火一般发烫。

之后,洛兰几乎是昏头涨脑地回到了家,深深地感觉自己的心被华峰套牢。不过,这个套住她的心的绳套还有个小小的缺口,那就是在她的心中还有个小小的理性的声音,提醒他这可能只是在骗她。毕竟她被他骗过,而且是旷日持久地、狠狠地骗。

她就这样满心情丝,却又心如乱麻。她想想些别的什么换换脑子,结果就想起了郁茹严。一想起郁茹严,她立即感到一个烂摊子兜头压来,该怎么和他解释啊?可是不解释是不行的。她只有拨通郁茹严的手机。电话通了之后，郁茹严只是说了句"你好"，然后又跟了句"你好"，第一句有些犹疑，第二句则满含急切，显然他也在等着洛兰向他解释，之前是非常想问，又不敢问。

"其实吧……"洛兰觉得十分尴尬，以至于说话的时候十分费力，"说起来有些狗血……他本来是傻乎乎的，可是这一阵子，也许是人脑的自我恢复作用，他开始变明白了，似乎已经完全正常了……"

"哦。"郁茹严低低地应了一声，又笑了笑，笑声有些干涩，"恭喜你。"

"也没什么可恭喜的。"一提起这个洛兰就心乱如麻，"我还不确定要不要嫁他……另外华家的钱我无论如何都是要还的……"

"哦！"听到这话后，郁茹严竟似振奋了起来，"那好，我就继续帮你找可以投资的食物，然后接着关注我朋友那边的消息。"

"好……"洛兰苦笑。说真的，她觉得自己欠郁茹严的情真是太多了，他和她顶多算是师徒的关系，他却帮她帮得太多。

之后就是双休日。华峰一早就过来了，笑嘻嘻地和她腻在一起。顾妈看到后一脸笑意，眼睛都快眯成缝了。洛兰尴尬之余又莫名地开心不已。

今天，华府还来了位特别访客，就是张明珠。当初洛兰曾经目睹她在自己老爸的宴会上偷别人的小玩意。之后她们互加了微信，胡乱聊了一些就没下文了。当时洛兰觉得她很可疑，但是因为她的可疑没啥下文，她就渐渐地淡忘了。

今天她又冒了出来，洛兰心里说不出是什么感觉。

"华峰哥哥，你回来了？"张明珠一看到华峰就十分热情地给了他一个拥抱。而华峰只是敷衍地笑了笑，用手臂轻轻触了触她的肩膀和手臂，身体和她离得远远的。

张明珠热情不减，笑嘻嘻地盯着华峰的脸看："看来你身体很健康，真是太好了！"

华峰只是敷衍地笑了笑。

张明珠坐着，无比亲热地和华峰谈话，说的都是以前一起游玩的事情。洛兰没想到华峰和这个豪门女偷也很熟，感觉特别怪异，还隐隐有种不祥的预感。等张明珠走后，洛兰忍不住问他："看来你和她很熟？"

"哪算熟悉啊。"华峰紧紧地皱着眉头，"我和她就是跟着朋友圈子内游玩过几次，次数也不多，就是她说的那几次。我和她根本不算熟，也不想和她有过多瓜葛，她有个坏毛病……"

"喜欢偷东西是吗？"洛兰问道。

"是啊，没想到你竟然知道。"华峰微微有些诧异，"她爱小偷小摸，圈子里有不少人知道，但是怕惹出麻烦，都选择不吭声，反正被偷走的只是些饰品之类，没什么大不了的。张明旭是著名的小气鬼和护短精，谁要是揭穿他家女儿偷窃，他表面上不会说啥，但肯定会怀恨在心，暗地里狠狠地报复。鉴于他家生意不算小，犯不着招他。再加上他人品性格不好，朋友不多，因此也没人私下里去提醒他。"

"好吧。"洛兰无奈地笑道，"可是这个张明珠，她家这么有钱，肯定不缺这些东西，她干吗要干这种事啊？"

"听说这是一种心理疾病，"华峰耸了耸肩说，"因为小时候不受家长重视，引发出的一种毛病。她们渴望家长的关注，什么样的关注都可以，所以故意惹祸。她父母在她小时候忙于生意，对她关心得不够，富人家的孩子其实也难……好了，不探讨她的毛病了，我现在在意的是另一件事情。"

"另一件事？"光听语气，洛兰就感到这件事应该干系不小。

"是的，"华峰看向洛兰，"你有没有注意到，她是这一年来第一个来探访我的人，对吧？"

"是吧。"洛兰仔细想了想，的确如此，但是暂时没发现其中有什么问题，"应该是你'回来'的消息传开了吧。以前你'生病'的时候，你爸爸和亲朋好友对外说你是深造去了，现在你好了，她听到消息，所以就赶过来了吧。"

"应该不是因为这个,"华峰摇了摇头,"我爸是个谨慎的人,没有百分之百的确定,他是不会轻易对外放风的。他现在显然还没确定我是不是真的好了,说不定连我好转的消息他都没对亲朋好友通知全。否则,来贺喜看望的人早就踏破门槛了。"

"那……她作为一个和你并不太熟的人,怎么会来看你呢?"说到这里,洛兰心里忽然"咯噔"一下,"啊!我记得她好像说你身体好了,她很高兴……就好像知道你之前身体有什么毛病一样……"

紧接着,洛兰又想起之前互加微信的事情:"说起来……之前她和我几乎连一面之缘都没有,却要加我的微信,现在想起来,是想关注我这边的动态吗……"

"那你让她看到了什么?"华峰也觉得这件事听起来很蹊跷。

"不,我那个微信号就是个摆设,平时基本不用的……"洛兰把这些事一串,感到有股丝丝的凉意蜿蜒着爬上来,"难道说她一直在关心这方面的信息……并且已经探听到这方面的些许信息?她为什么要这样做?"华峰没有回答,只是深深地皱着眉头。

看样子,眼下能问清楚张明珠事情的人,就只有李江雪一个,尽管洛兰万般地不愿意去找这位老友。

李江雪听说洛兰要打听张明珠的事情,态度虽然很亲热,但就是打着太极,洛兰见此只好先转了话题:"你现在在夫家过得怎样?"

"哎哟,别提了!"一提这个,李江雪就满腹愤懑,"我现在算是明白了,谁有钱,都不如自己有钱。不管向谁要钱,都是受气啊,我要是早知道,我绝对不会嫁到他家,只可惜现在已经陷得太深了,已经没法回头了……"

洛兰暗自腹诽:"你其实是适应了有钱人的生活,没法离开了吧。"嘴上却在附和说:"是啊,无论是什么时候,都是自己有钱最好。你应该存了一些私房钱吧。"

"一点点,只有一点点啦!"

"是这样的,"洛兰缓缓地说,"我现在有门生意,虽然不能说可以包挣钱,也不能说是一本万利,但总是有利可图。女人嘛,有自己的生意最好。"

"哦!"李江雪应道,颇为兴奋。

洛兰却话锋一转:"生意的事可以以后详谈,先说说张明珠的事情吧。"

李江雪是个聪明机敏的贪财之徒,已经猜出洛兰想问什么,所以不用洛兰细问,自己就一条条地道来了:"其实,张明珠没少找我问你的事情,还问我知不知道华峰的事情。我什么都没跟她说,因为你那边的事情我是一点儿都不知道。不过,我有点儿好奇,心想她打听你的事情做什么,就和她其他的朋友聊,结果意外地知道了一些事情……她啊,之前没听说过和华峰有什么瓜葛,只是圈子里的普通朋友,不过她对华峰的评价挺高。后来,不知道为什么,和华峰的一个前女友有过冲突,闹得挺不愉快。不知道你知不知道她,她叫舒华,听说一年前出车祸死了。这个车祸的具体情况不大清楚,听说是在高速上出的车祸,相关人员又瞒得紧……这如果仅仅说朋友关系,她和张明珠的关系,比华峰和张明珠的关系还更近一点儿。我知道的就只有这么多啦!"

"哦。"洛兰低低地应了一声,听完这些后,她有了一种非常奇怪的感觉。张明珠对华峰评价高,又和华峰的女友有冲突,该不会又是一笔情感烂账吧?想到这里,她赶紧甩了甩头,把这种想法赶走。没办法,女人为情所困的时候,思维总是过于感性。

告别李江雪,洛兰回到华家,刚进门,就有人过来传话,说华夫人叫她去一趟。洛兰不知道华夫人的用意,但是有了种不祥的预感,惴惴不安地去了华夫人的房间。

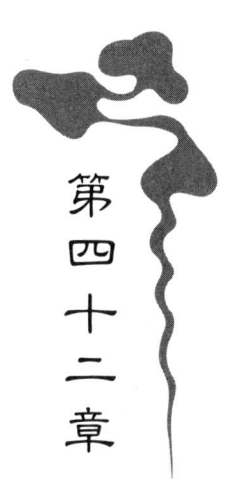

第四十二章 傲慢与偏见

华夫人正仪态款款地坐在窗边，因为背着光，她的脸上有种晦涩和诡秘的感觉。她见到洛兰后笑了笑，这笑容竟然无法让洛兰感到一丝一毫的暖意和轻松，甚至让她觉得那份笑意是不是仅仅就是华夫人脸上光影的一个变化。

"坐吧。"华夫人向洛兰颔首说道。

洛兰赶紧坐了下来。

等洛兰坐下，华夫人才走到洛兰的面前，把手里的一张照片递给她。洛兰定睛一看，顿时惊呆了——照片上她是和张浦面对面站着，像是争吵，周围则是树丛。这是张浦跑到华家附近，叫她赶紧逃离华家的那次？

糟了。洛兰在心里苦笑。的确是糟了。她知道华夫人是什么意思了。在这张照片上，在这一瞬间，她和张浦特像是在因为男女关系问题而争吵。

"啊，这个，您听我说……"洛兰赶紧解释。

华夫人却一挥手，阻止她继续说下去，"没事，过去的事情我不管。毕竟阿峰他之前有病，你开点儿小差也是正常的。"

洛兰哭笑不得，她想对华夫人说，她没有开小差，但是知道现在说了也没用，感觉像陷入一个泥潭，嘴里还被糊满了污泥。

"不过呢，"华夫人继续说，"现在既然华峰病已经好了，你就应该专心一些了。"说着盯着她的眼睛，简直像要把目光刺进她的心里。

"其实，我曾经想啊，既然你有其他想法，没关系，让你走就是了。但是我发现，华峰的确很喜欢你，不管是在生病的时候，还是在病好之后。老实说，他看你的眼神，让我都嫉妒了。"

"哦……"虽然很不合时宜，但洛兰听到华夫人的这些话后，居然不可抑止地欣喜起来，甚至还有些飘飘然。

"于是我就想，"华夫人继续说，目光开始变得不可捉摸，"只要你能让我儿子幸福，我就会把你当成女儿一样疼爱，不过，"说到这里，她的眼里忽然闪过一丝锐利的光，"如果你让我儿子不幸福或者不舒心，我势必也不会让你好过。我这不是要威胁你，只是把丑话说在前头。"

洛兰哑然，只能在那里讪笑。

"好了，你去忙去吧！"华夫人微笑着说。

洛兰赶紧走出去，走出去好久才敢往后看。刚才华夫人那样子，哪里是丑话说前头，分明是说如果你让我儿子不开心，我绝对会心狠手辣，真是吓死人。

心神安宁之后，洛兰开始思考，到底是谁偷拍了她，并且把这个照片给了华夫人。仔细想来，这个人应该不是长期监拍她，否则，照片可不止这一张。而且，这张照片可能是最近才被交到华夫人手上的，否则华夫人早就来找她了，以她对华夫人的了解，她应该不像会隐忍的人。这个人会是谁呢？洛兰一时毫无眉目，只是想到当初张浦和她会面后就被阿木打了一顿，就此看来，阿木应该有嫌疑。

洛兰去找阿木，阿木正一脸忧愁地站在大门与二门间的一丛草木前。感觉有人走近，他一侧脸发现是洛兰，立刻露出了惊慌和犹疑是否要立即逃走的神情。

"你放心，"洛兰叹了口气，"我没在意你……跟踪我那件事。"

阿木这才打消了奔逃的意图。

"你……跟踪我多久了？"洛兰忽然想到一个问题，阿木以前就知道华峰是装傻吗？以前有没有也听他的命令跟踪过她？

"没有，就那一次。"阿木忽然露出难以言喻的愁苦和沮丧的神情。就在这时，草叶间有只蜗牛爬了出来，阿木斜眼瞥见了，手微微一伸做了个"捉"的动作，最终却没有去捉。

"我不知道，"他喃喃地说，"阿峰到底喜不喜欢蜗牛……当初我还一直捉给他玩，没想到其实……唉！"说着深深地叹了口气。

洛兰眼珠转了转，她从阿木的话里品出味道了。看来，阿木不知道华峰没傻，之后得知华峰一直在装傻，因此感觉很沮丧，觉得自己不被华峰信任。他跟踪她的那一次应该是听命于华峰而为。

洛兰慢慢皱紧眉头，一抿嘴，转身去找华峰。华峰一见她来了，立即有说有笑地迎了过来。

洛兰脸却绷得紧紧的，她盯着他的眼睛，一字一顿地问："我需要问你几个问题。你一定要据实回答。"

"好的。"华峰收敛了笑容。

"在你装傻期间，有多少人一开始就知道你是在装傻？"

华峰没想到她会忽然问出这个问题来，有些尴尬："没人。"

"阿木不知道吗？"

"不知道。"

"郭一晨不是你的同伙吗？"

"这个啊，"华峰苦笑了一下，"他是在和我接触的过程中发现了我是在装傻……然后被我说服，和我合作的。他是我的朋友，又有大脑智力方面的专业知识，所以能发现那些医生发现不了的东西。"

"就是说，"洛兰叹了口气，"你没打算和任何人合作，打算独自完成这件事是吗，也就是说你谁都不信任……"

"不，我现在无条件信任你……"华峰赶紧说。

"现在不是要谈我的事情！"洛兰打断他，直盯着他的眼睛，"其实，我一直觉得，你这种装傻调查的方式有些怪异，我一直有些难以理解，现在明白了……那是因为你对你的家人都缺乏信任。"

华峰皱起了眉头，神情也变得凝重起来。

"所以，我觉得，"洛兰继续盯着他的眼睛，想要把每一个字都送到他的心里，"你也许应该和家里的人聊一聊，面对面地，也许能更快地得知事情的真相。"

华峰踌躇道："说什么呢？"

"你应该知道说什么。"洛兰继续说，"先跟你妈妈谈谈吧。儿子和妈总是最亲的，而且，你之前不是分析过吗？她至少没有害你的动机。"

让洛兰没有想到的是，华峰找完华夫人后，华夫人又一次传召了她，这一次，态度明显不善。

"你对阿峰说了什么？！"她开口就质问洛兰。

"啊？"洛兰一惊——华峰不会是把她卖了吧？可是她也没啥可出卖的啊，"我没说什么啊？！"

"你还狡辩！"华夫人的眼中都要喷出火来，"刚才阿峰来找我，说了很多……奇奇怪怪的话，肯定是你挑唆的！"

"不，您误会了，我真的没有对华峰说什么……"洛兰坚决辩解。

"你别想狡辩！你有野心，我一开始就知道！你刚进门的时候，觉得华峰有病，就想通过控制他来掌权。后来见他病好了，就想挑唆我们母子关系……我告诉你，华家的女主人永远都是我！我披荆斩棘地一路走到现在，岂是你能随随便便赶下台来的？！"因为过于激动，她很快就把怒斥变成了倾诉而不自知，"你以为我是谁啊？安乐屋里的阔太太吗？告诉你，我也是吃过无数苦头，水里火里锻炼出来的！人人都说后妻难做，不仅仅是因为前妻还留下了后代，还因为丈夫的心里始终还有个女人在……只要那个女人死了，她就永远在那儿，我永远也比不上她……还有她留下的那个女儿，即便表面上跟你亲亲热热，心里却总跟你隔了一层，无时无刻不得小心对她……这么多年来我小心翼翼，兢兢业业……"

洛兰本来只是哭笑不得地在听，后来却听得怔住了。看着华夫人气急败坏的脸，洛兰的心头忽然涌过一道道细细的激流。

"我明白了。"洛兰喃喃地说，"华峰对别人缺乏信任，是因为没有安全感。而他这样，是因为你……你把你的不安全感和对家人的不信任感传染给他了。"

华夫人猛地噤住了，呆呆地看着洛兰，很快，就像回潮一样，她的盛怒神情迅速消失，变得惶恐、怀疑和痛悔。洛兰知道自己不需要再待下去了，轻轻地叹了口气，走了出去。

洛兰没打算问华峰有关这次谈话的内容，也不需要知道了，没想到，华峰居然主动提及，情绪却是闷闷的："我跟我妈谈了。我只是拐弯抹角说了一些话,还没有怎么露出我的意图,她就激动了……不知道是因为心虚,而是因为觉得我怀疑她而生气……唉,其实我根本没怎么说清楚,因此我也无法确定她是不是因为感觉到我是在因舒华的事问她而发飙……"

洛兰叹了口气,说:"没想到和她谈话也是这么难的……那就先别谈了吧。"她无意间知道了华夫人的性格隐秘,心中五味杂陈。

第二天,华夫人的房间来了位不速之客,一进门就大吵大闹,惊动了很多人,也包括华峰和洛兰。他们冲过去一看,发现不速之客居然是韩娜。

"华夫人!你不能这样对我!"韩娜的眼直勾勾的,看到她这个神情,洛兰不由自主地向后退了退,因为她现在这个眼神像极了当初泼她开水的时候。

"我从十几岁的时候就在你家服务……现在,吸光了血啃完了肉,就想这样把我赶出门去吗?!"

"我吸你的血?!简直可笑!你爸妈都不管你,我不过是看在你姥姥当年帮过我忙的分上,才让你有个吃饭的地点,把你放在我家干活……凭良心说,这样轻巧的活哪里去找?明明是你占了我家的便宜,现在还反咬一口!"

听到这些,洛兰才明白,为什么之前韩娜弄出事来,华夫人也没有清退她,而只是调她去看空房子。也明白了为什么她对华为山说了可能是韩娜把卢管家视频放上网后,她还好好地待在华家。

"我没占你家便宜!你不能无缘无故赶我走!"韩娜依旧扯着嗓子和她争论。

"无缘无故?你、你、你在背后造华峰的谣,我都知道了!"华夫人说着还向卢管家看了一眼,"卢管家那里有人证!"

洛兰这才意识到是指她说华峰有私生子的事情,很诧异卢管家怎么也会知道。仔细一想,随即就想明白了。韩娜也许不是只向梅若春一人说起谣言,谣言传着传着,就辗转传到了卢管家的耳朵里。

想到这里,她不由自主地朝卢管家看了一眼,结果发现卢管家也在看她,目光接触的瞬间赶紧瞥向一边,显得十分心虚。啊!洛兰的脑中忽然闪过一丝亮光,她明白了,偷拍她和张浦争吵的应该就是卢管家。他也许是偶然间拍到的,然后把这个当作可用之物藏了起来。他应该没有长期跟拍她,否则能扒出更多东西。最近,大概是听说洛兰为吴大树说话,才把照片给了华夫人。所谓敌人的朋友就是敌人。想到这里,洛兰不由得怒气勃发。

听华夫人提起这件事后,韩娜呆了一呆,忽然脖子一梗:"我相信这是真的!"

"你说什么?"一听这话,华夫人差点儿气得从椅子上栽下来,"你还真是不知羞耻……反正你被开除了,立即给我滚!你要是再对别人胡说八道,当心我去告你!"

韩娜听到这句话后浑身发抖,忽然眼现异光,朝华夫人扑了过来,紧紧地掐住华夫人的脖子。旁边人的吓坏了,赶紧冲过来,七手八脚地把韩娜从华夫人身上拽下来。

"快!快!"华夫人咳嗽了几声,又气又怒又怕地吼,"快把这个小疯子送派出所去!"

"等一下!"郭一晨分开人群冲了过来,"不能送她去派出所!"

"啊?"众人都愣了一下。

"应该送她去医院……她有病,应该是躁郁症!"

韩娜果然是有躁郁症,简而言之就是既抑郁又狂躁,容易出现极端情绪,还会妄想。郭一晨虽然不是这方面的专家,但是也略懂一些,及时送她去了医院。医生和韩娜细细地交流,觉得她患上躁郁症的原因应该是从小家庭不幸。本来并不如何严重,各种情绪她还能在人前控制。直到后来华峰出事,洛兰进门,以及自己被调去守老房子……孤单一人的状态对她的病情更为不利,导致她终于无法自控。而所谓的华峰私生子的事件也真相大白了,原来她只是看到华峰和一个女同学的合照,那个女同学抱着自己刚生不久的孩子,她觉得他们的神情有异常,就开始胡思乱想起来，最后竟然坚信自己臆想的是真的。

同样，她本来对华峰只是单相思，后来也渐渐坚信华峰最爱的是自己，只是因为种种原因，比如说门第原因、太爱她了以至于说不出口、情伤不敢轻易爱人，以及她想象出来的一些荒诞原因，导致华峰不能对她表白。到后来，她又觉得华为山指定的接班儿媳洛兰是她和华峰间的最大障碍，便开始对洛兰进行种种排挤。

不过，卢管家的视频却不是她拍摄和放上网的。具体是谁干的，目前还是个谜。华家是个斗争激烈的小社会，卢管家有权力，待人又不善，谁都有可能这样做。不过这已经不重要了。

听完这一切，洛兰哭笑不得。老实说，她之前不也深深地怀疑韩娜的话的真伪吗？就在这时，她忽然想到了一件事，那就是人可能会因为自己的偏见禁锢思想。华峰一直觉得车祸事件的幕后黑手在家里，或者是他家的相关利益人，是不是也是一种偏见呢？

第四十三章 谁也想象不到的真相

洛兰把自己的想法告诉华峰，华峰踌躇道："会是这样吗？"

洛兰说："我只能说有可能。你不是在家里查了很久吗？不是什么都没有查出来吗？换种思路，说不定很快就能真相大白了呢！"

华峰点了点头，神情依然是犹疑不定。不过，如果肇事者不是亲近的人，的确是件令人安慰的事。

"那，如果是外人，谁又会有嫌疑呢？"华峰问，话没落音又冷笑着接了一句，"现在看来就只有张明珠吧。她太关心我的事情，从她可以问到我家的一些事情来看，也许也能买通什么人在车上动手脚。可是她的动机又是什么呢？"

"其实，我大概知道她的动机了。"洛兰沉吟着说。她把张明珠曾经和舒华发生争执的事情说了一遍，然后说："我觉得，争执的缘由可能是舒华被张明珠偷了什么东西，张明珠怕舒华会公开自己这个见不得人的癖好，一狠心所以对她下了毒手。"

"这个很有可能。"华峰的眼珠迅速转动，"该怎么确定呢？"想了一下，然后说："你不是说她加过你的微信吗？我们可以先试着套一下她。"

洛兰立即联系张明珠，华峰则在一旁看着。

"在吗？"洛兰对张明珠说。

"在。"张明珠竟然立即回了。

洛兰索性开门见山："我知道你一直在关注华峰的事情。"

张明珠那边半晌没有回复，过了片刻，张明珠回复了："看来你都知道了啊。"

听她这样说，洛兰一时有点儿不知从何说起，快速思考后，决定铤而走险，单刀直入："是因为舒华的事情吗？"

"是的。"

洛兰咬了咬牙，心陡然跳得剧烈："这么说，舒华的车祸是你所为了？"洛兰明知张明珠不会承认，但就是想激她一下，人在激动的情况下，也许会露出更多的马脚。

"不，"张明珠的话却大出洛兰的意料："我只是关心华峰的情况，以及想看看华菱下一步想做什么。"

洛兰没想到疑点最终还是回到了华菱身上，不由得大吃一惊，偷偷地瞄了华峰一眼，发现他的脸上也是阴云密布。

"华菱怎么了？"洛兰飞快地打字。她已经忘记自己是在套话了，而是在逼问。

张明珠并没有直接回答："我知道，你肯定是从哪里知道我和舒华吵过架，认为我和舒华有什么仇怨，想要置她于死地。其实你错了。我当初因为手痒，偷了舒华一件东西。舒华找过我，不过不是兴师问罪，而是叫我尽快去接受治疗。她说她能了解我的感受，说我只是生病了，本性并不坏。我很受感动。然而不久之后，她就出事死掉了。我受到了打击，也就没有积极去找人治疗，毛病也一直没有改掉。"说到这里，她停了停，然后说："不过，舒华却成了我的好朋友，经常会跟我谈些她的事情。她说，华菱不希望自己当她的弟媳，还找到了自己的一个把柄，逼自己走……舒华不愿意，但是又怕华菱拿这个把柄对付她，所以十分焦虑。"

"那是个怎样的把柄呢？"

洛兰打字的时候手都颤了。

"舒华没对我说……应该说是没来得及对我说。"说到这里，她又顿了顿，"既然华峰已经好了，就让他多留心一下他姐姐那边吧，至少把事情弄清楚。"

洛兰一时间不知道该说什么好。老实说，她现在除了诧异外，还有些尴尬和心虚。之前她信誓旦旦地对华峰说应该把目光放到家外，没想到疑点又回到了华菱身上。华峰一脸黑沉的凝重，不知道在想什么。

"你怎么想？"华峰忽然开口。

"啊？"洛兰一呆。

"我觉得……我姐既然有了可以对付舒华的把柄，没啥特殊情况的话，根本没必要急着弄死她。这事一定还有内情。"

"是……是！"洛兰觉得华峰说得很对，"既然如此，你去找华菱直接谈谈。现在找不到什么可用的证据，就只有直接面对面地质询了，也许可以像对张明珠这样，直接问出真相。"

华峰的目光闪动，又现出了踌躇的神态。洛兰明白他还是怕直接面对华菱，不由挽住了他的胳膊，叹了口气："我知道你又犹豫了，可是你还得面对她啊，这样才能更快地找到真相。而且，就算不管这件事，以后你总会因为其他事需要直接面对她，你是无论如何都逃避不掉的。"

华峰的目光依旧闪烁，到了最后才坚定了一些："我需要准备准备。另外，我姐不比一般的人，在找她对质之前，还是把周边事情先调查好……我们再调查调查！"

不过，在调查周边事情之前，洛兰去看了一下韩娜。韩娜现在在一个疗养院，华夫人待她不薄，打算尽力医治她。老实说，洛兰之前一直在心里骂韩娜是不是有什么毛病，但等发现她真有心理疾病的时候，却又觉得她十分可怜，所以想去看看她。

因为有医生的治疗，韩娜显得比之前平静多了，见到她也露出了微笑。

"华峰少爷也来看我了吗？"韩娜问这话的时候一脸期待。

洛兰不忍叫她伤心："他最近有些忙，暂时没空来看你。等到他不忙了，就会来看你了。"

韩娜点了点头，然后露出了笃信和骄矜的神色："洛兰姐，你是个好人，我觉得这话有点儿对不起你，但是我还是要说……我觉得，我是华峰真正喜欢的那一型，我们一定会在一起的。你知道吗？那个舒华，少爷不是很喜欢她吗？她和我是一类人。我能感觉到，从她的灵魂心里，有股气息，和我一模一样。我是少爷真正喜欢的那一型，我一定会和他在一起的。"

洛兰本来只是想和颜悦色地听她胡言乱语，听到这里心里却"咯噔"一下。一般来说，任何一类的人，都会对同类人特别敏感。韩娜觉得自己和舒华像，难不成……舒华也有什么心理疾病？这个念头刚出来，洛兰就觉得自己的想法匪夷所思，赶紧把它驱散了。

哪有这么巧啊？一个两个都有心理疾病。她会有这种想法，是不是因为什么偏见或者私心？唉，这该死的醋意啊。

虽然这可能只是个偏狭的猜测，但使洛兰忽然意识到了一件事，那就是舒华家为什么也要把车祸的事情瞒得如此结实呢？女儿因为男友的关系出车祸死了，他们应该求得个说法才对，为什么反过来要帮华家把车祸瞒得结结实实呢？莫非其中另有隐情？

发现这个疑点后，洛兰赶紧联系梅若春。令人奇怪的是，梅若春仿佛失踪了，一番折腾后，洛兰才好容易联系上她，没想到梅若春那边的回应却是："这件事我不管了……你也不要再管了！"说完便挂断了电话。

洛兰如坠雾里，而这种疑惑却让她的猜测更加清晰——难道，舒华家真有什么理亏的地方？梅若春得知了这一点儿，才放手不管了？

就在她还没想出个所以然，华峰就来找她了。

"查出什么了吗？"华峰的眼睛闪闪发光。

"没……暂时还没。"洛兰只停留在猜测阶段，不想贸然说出。

华峰长长地吁了一口气："那就这样吧。我已经决定和我姐姐当面对质了。"

按照华峰的计划，洛兰先假装有事和华菱谈，把她引到红阁子那里去，华菱曾经在红阁子那儿受到惊吓，说不定会给她别样的心理压力，能快速地知道真相。

果然，两个人有说有笑地边走边聊，不知不觉就来到了红阁子的附近。忽然，华菱好像猛然从梦中惊醒一样，立即钉住脚跟，惊疑不定地看着眼前的红阁子。

见她如此，华峰只有从里面走了出来。

"阿峰？你怎么在这里啊？"华菱惊异地问道。

华峰长长地叹了一口气，对她说："姐，你在这里被吓晕过，当时你看到了什么？"

"啊？"华菱面色苍白，"没看到什么，只是看错了……"

"你以为自己看到了舒华的鬼魂了吧，"华峰盯着她的眼睛，"所以你才会被吓晕。你之所以被吓晕，是因为你对她的死心里有愧，或者说是心里害怕，对吗？"

华菱苍白的脸陡然涨得通红："你这话是什么意思？你是说我害了舒华吗？你是想说那车祸是我……你的脑子坏掉了吗？"

华峰冷冷地盯着她，声音像一把冰冷的剑："可是你一直表现得十分心虚，让我不想怀疑你都不行！"

华菱身体一颤，猛地扭头看向洛兰，眼中几乎要喷出火来，心中认定洛兰在她背后做了小动作。

既然如此，洛兰干脆上前一步，说："其实，我从舒华的一个朋友那里得知了，你在舒华死前抓到她的一个把柄，并且用这个把柄威胁她。这个证人还是比较可靠的。"

华菱的脸色一瞬间面如死灰，就在洛兰和华峰以为她要崩溃的时候，她的脸色又恢复如常，嘲讽地对他们说："这么说来，我似乎无可辩驳了……但是你们想过没有，我既然有把柄可用，为什么要下手害她的性命呢？我干吗要冒如此大的风险呢？"

华峰丝毫不为所动："那，你为什么这么心虚呢？"

华菱猛地一抖，眼中涌出大颗大颗的眼泪："因为我怀疑……我给舒华增加了压力，才导致她……你知道吗？我发现舒华有惊恐症。惊恐症就是那种，平时人好好的，但是一有压力，会忽然发作，惊恐万分，出现幻想，并做出种种失控的行为……我本来想叫她离开你，因为我知道我爸我妈肯定不会接受一个心理有毛病的儿媳妇……而且这件事要是暴露出去，也会有损我们华家的名声……结果她还没有因此做决定，就出车祸了……我怀疑是我给了她压力，结果导致她忽然发作……"说着说着，华菱的眼泪像开了闸的洪水般涌了出来。

"人不是非得等到杀了人才会有愧，才会害怕啊！一想到有人可能因你而死，或者生前和你有龃龉，也是会害怕的啊！我不是冷血无情的人！我生怕舒华的鬼魂来找我……而且，更重要的是，你当时在车上啊！我知道你肯定会怀疑我想害你……虽然我们不是一个妈生的，而且我嫉妒你，因为你是男孩子，以后能成为家族的领袖，但你毕竟是我弟弟！一想起可能是我让你出了这事，我心里的负罪感就……"说到这里，华菱剧烈地咳嗽起来，最后咳得弯了腰。

华峰呆呆地看着她，又呆呆地回头看了看洛兰。洛兰发现他一脸迷茫，眼神中似乎还有几分求证之色。洛兰抿了抿嘴，把舒华家和梅若春的异常行为说了，然后缓缓地说："这样看来，舒华可能真有那方面的疾病。我记得你说的那天的情况……你那天，其实根本没有沾手车的驾驶，也没看到舒华具体做了什么，对吗？可能她当时因为惊恐症发作，有了失误的操作……至于你那天的不舒服，可能就只是单纯的不舒服而已。另外，你还记得舒华跟张明珠说的话吗？她说她知道张明珠的痛苦，并且说她只是病了，并且不是她的错……看起来这很像是同病相怜的人才能说出来的话。"

华峰脸上的肌肉剧烈扭动，显然不能轻易相信。

洛兰对此也有预料，轻轻地叹了口气："舒华家应该有舒华的病历，相关的医院也应该有舒华就诊的记录，想办法查一下。"

因为已经知道了内情，调查和套话就有了方向。舒华的确患有惊恐症，发病的时候的确会惊恐万状，出现幻想以及有失控的行为。没想到最后真的是这个结果，华峰的心里感到难以言喻的酸痛和烦闷。

洛兰对此心里也很不是滋味。据悉，舒华得这个病是因为压力太大，之前写剧本的时候遇到了一些挫折和瓶颈，一些嫉妒她的人以及和她有竞争关系的人借机对她各种冷嘲热讽。等到发现自己有这个病之后，没敢告诉家人……现代社会，很多人依然把心理疾病和精神病等同而视，于是只在一个学过心理学的朋友的帮助下找医生偷偷医治。等她出了事，那个朋友把舒华的情况告诉了舒家，舒家人震惊之余又很慌张，怕华家人来找麻烦，所以只能心虚地配合华家封锁车祸的相关信息。后来梅若春在调查的时候无意中知晓了此事，知道自己全都错了，这才停止搅和。

说真的，舒华的悲剧全是因为她得了病之后还要硬装得和普通人一样，她害怕别人发觉她的异样，坚持自己开车。舒华不仅怕被别人歧视，可悲的是，她也歧视自己，以至于在同样有心理疾病的张明珠面前，也无法轻松说出自己的病。

想到这里，洛兰莫名其妙地有些恐慌，提醒自己也要注意减压，千万不要患上心理疾病。不可否认，目前的社会有那么一点儿病态，很多人病了不说，或者病了而不自知。

顺便一提，那个当初用谣言攻击洛兰的人，警察还在找，不是韩娜干的，也不是舒华家的人干的。洛兰已经不想深究，现实社会中，很多事情往往就这么出人意料，因为它已经病了好久了。

第四十四章 情路迷宮

真相大白后,华峰郁闷了几天后就恢复了,看起来一脸释然,就像肩头上卸下了一座大山。洛兰内心也轻松了不少,看来的确如他所说,只是因为觉得舒华之死与他有关才要坚持调查出真相,而不是对舒华无法忘情。否则,他还会有种惆怅无法抹去,即便刻意隐藏,她也可以看出来。

"现在所有麻烦事都结束了。"华峰找到她说,"我们是不是可以考虑结婚的事情了?"

洛兰一惊:"结婚?"

"是啊。"华峰故作惊诧,眼角眉梢却都是笑意,"难道不该考虑吗?"

洛兰抿了抿嘴,说真的,听到华锋的提议后她很高兴,但也很惶然,心里似乎还堵着一块石头,挡住了飞快升腾的喜悦。

"还不到时候……"她沉着嗓子说,"你应该对你的家人坦陈事实……跟他们,尤其是你爸爸道歉。"

"啊?"华峰一怔。

"不管怎么说,你是欺骗了家人。"洛兰盯着他的眼睛,缓缓地说,"这对他们是一种伤害,对你也是一种伤害。也许你现在不觉得,时间长了,你终归会有负疚感的。所以,赶紧去坦白吧,现在正是时候。拖得太久,想要坦白都难以启齿了。"

华峰咬了咬牙,想了想后,慢慢地站起身,朝华为山的书房挪去——现在最难面对的就是他。

华峰站到华为山的面前,做着接受被咆哮和被暴揍的准备,安然地说了一切。华为山听过之后很是淡然,平静地说:"原来真是这么回事啊。"

"啊?!"华峰差点跳起来。这可真是大出意料之外,"你已经知道了?怎么知道的?"

华为山看着他叹了口气:"发现你忽然变好,我就觉得有些问题,便找相关人问……你那个朋友,郭一晨,还是挺懂事的,都说了。我心想，你怀疑的是自家人，不太好处理，正发愁呢，还好，你自己处理好了。"

"那……您打算怎样？"华峰呆呆地看着华为山。

"不打算怎样。"华为山还是一脸平静。

"你不生气吗？会原谅我吗？"

"当时生气，但现在不生气了。"华为山摆了摆手，"为人父母，最欣慰的就是子女平平安安。再说，你也是情有可原。好了，我要忙了。"

华峰没想到华为山轻易地就原谅了他，内心一时感触不已，之后跟母亲和姐姐说明情况就轻松多了。华菱因为心里有愧，自然忙不迭地原谅他。而她的心结也在不久后解开了，因为华为山特地跟她谈了一次心，说他其实儿子女儿一样疼、一样看重的。

一切都雨过天晴，这天，华峰又来找洛兰谈及结婚的事。显然，洛兰还是没有准备好，之前，她极力劝说华峰去和家人道歉，不仅仅是为了帮他，同时也存有一点儿私心，那就是尽量拖延商议结婚的事情。是的，她还没准备好！

"我……恐怕暂时不能跟你结婚。"她哑着嗓子说，声音拖得像干丝和乱麻。

华峰脸上的笑容僵住了，显然是受到了打击。

"看来，你还是在意我骗过你那件事。"华峰的声音也变得嘶哑。

洛兰心如乱麻，不知道该怎么回答。她在意的似乎是这件事，但又不完全是，具体是什么，她也说不清楚。

"给我点儿时间吧……"想了半天，她只说了这句话。

华峰的脸涨红了，可以看出他有很多冲动涌上心头，但还是克制住了。

"好吧，一切随你的意愿。"他强笑着说，笑容中弥漫着烦恼和担忧。

郁茹严打电话来，说那个酱汁的成分确定了，那是一种腌过鸡蛋的土，就是它让酱汁有了神奇的滋味。要是之前，洛兰听到这个消息后一定会高兴得欢呼，此时却不知道该不该高兴。

洛兰打算从华家搬出去，再在华家住下去，她怕自己的心更乱，她想给自己和华峰留出一段冷静思考的时间。

她去找华为山请辞，承诺自己虽然搬走，但一定会还清洛青欠华家的钱。华为山对此并不惊诧，但是十分惋惜。尽管洛兰不自知，但他却知道这就是洛兰不愿和华峰结婚的原因。

"那些钱你不用还了，"他慈爱地笑着，"我知道，你帮了华峰很多……"

"钱是一定要还的。"洛兰倔强地坚持着。

华为山知道自己不能再不让洛兰还钱了，那样会挫伤她的自尊心，便表示一切随她的意。对于有些话，他犹豫不决，但最终还是说出来了。

"我知道我说这话有些不合适，或者说我根本没资格说这种话……我只是想说，希望你能再给华峰一个机会。你是一个非常优秀的人，也是个非常好的孩子，我真的很希望我们能成为一家人。"

洛兰听了后心里更乱，不知道该说什么，便只是恭敬地笑了一下，然后告辞离去。

离开华家后，洛兰的第一步是开个小酱汁厂。工人的人选已经想好了，那就是吴大树全家以及吴大树物色来的人。经历了这些事情，洛兰已经有了识人的能力，她相信吴大树的为人。

因为郁茹严帮了大忙，洛兰诚心邀请郁茹严加入进来，郁茹严对此欢呼雀跃。

洛兰本来还打算让张浦也参与进来，但是她知道张浦的心思，为了避免尴尬以及不必要的麻烦，只好暂时作罢。后来听说他找到了一个工作，工作很努力，这才放了心，并且打定主意，如果他要还钱，自己要酌情而定。

偶尔，她会在微信上和张明珠联系一下，叫她尽快去治疗。张明珠说自己已经去了,她在知道舒华之死的真相后,终于打退心魔,勇敢地去接受治疗了,她打心眼里很感激洛兰。

洛兰的酱汁因为味道独特美味,很快就打开了销路,一切都算是走上了正轨,而且是蒸蒸日上。然而洛兰的心却开始烦乱起来,工作顺利之后,反而没什么能填补她的内心了。

一天晚上,洛兰拖着沉重的脚步回家,她现在住在父母家。刚走到单元楼不远处,她忽然有了种心理感应,觉得有人在等她,便四处搜寻,果然看见华峰站在不远的地方。

华峰微笑着走了过来。洛兰感到一阵难以言喻的慌乱,下意识竟然想要逃走。

"回来了?"华峰对她说,"我知道你之前肯定会很忙,所以没来打扰你。"

"你有什么事吗?"洛兰低着头,不敢直视他。

"好吧。"华峰看了看她,扬了扬眉毛:"其实呢,我正在考虑,是否要写一本小说。"

"写小说?行啊。"洛兰不知道他是什么意思,还莫名其妙有了醋意,该不是要追随舒华的脚步吧?

"是这样的。"华峰煞有介事地说,眼中却满含笑意,"我觉得我们的经历非常罕有、非常珍贵的,所以打算根据它写一本小说……"

"什么?"洛兰猛地抬起头来,"这是私事……怎么能写成小说给大家看呢?"忽然意识到一件事,顿时无比愤慨,"你打算加点儿什么?你这是在要挟我吗?"

华峰故意露出被冤枉的委屈神情:"我怎么可能要挟你呢?也不会乱加什么,别把人想得太阴暗了。"之后,他的神情却难以言喻地认真起来,盯着洛兰的眼睛,认真地说:"你是我一生中遇到的最美好的人。我只是想赞颂你,铭记你,如此而已。"

洛兰心头一颤,接着开始忍不住心醉神迷起来。

就在这关键时刻,手机短信铃声忽然响了。洛兰猛地清醒过来,赶紧拿出手机。

短信是郁茹严发的，内容是："这几天华峰也许会找你谈。不管华峰说我什么，你都先别理睬，等我之后解释。"

洛兰心头疑窦窜起，华峰难道找过郁茹严？

她狐疑地看了看华峰，突然很厌倦这种不清不楚的感觉，于是当着华峰的面，拨通了郁茹严的电话："我接到你的短信了。华峰威胁你了？"她一边说，一边看向华峰。

华峰的眉头微微一皱。

"啊，这个……"郁茹严显然有些手足无措，过了好一会儿才把语言组织好，"总而言之，电话里说不清楚，等我慢慢跟你说。"

"那现在过来吧，我就在我家单元楼下。"

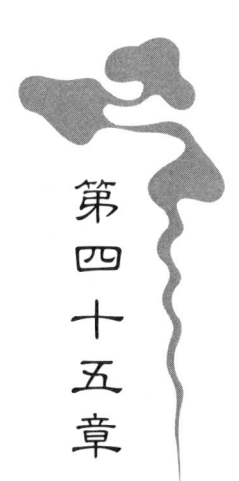

第四十五章 不管怎样，心里只有他

郁茹严很快赶来了，见到华峰也在这里，愣了一下。

"他也在这里。"洛兰瞥了一眼华峰，"他找你做什么？"

"啊，这个……"郁茹严的脸顿时红得像番茄。

"好吧，看来这位学霸同学头脑短路了。"华峰笑叹了一下，对洛兰说，"那我来说吧，你还记得你和他在一起聊天的时候，曾经被一个女生泼了一身臭豆腐汁和墨汁吗？"

"嗯？"洛兰诧异道，"你怎么知道的？"

"是从他的朋友那里知道的。"说完，他朝郁茹严一指，"我觉得郁茹严是喜欢你的，你拒绝我也许是因为……"

郁茹严脸涨得更红了。

洛兰听后也觉得莫名害羞，赶紧说："你胡扯些什么……我们只是事业上的合作……"

"拉倒吧！"华峰撇了撇嘴，"我都打听清楚了……这小……他帮你做了那么多事，还那么认真，还不是因为喜欢你？你如果不是感觉迟钝，就是假装不知道。"

洛兰感到一阵愤怒和羞辱："这些都和你有什么关系？！我和他只是事业上的合作关系！"

"合作关系？怕是没有那么简单吧。"华峰道，"我找过那个女生。我觉得她之所以会做出那种歇斯底里的事情，一定是有原因的。"

洛兰一怔，老实说，她当初也有过这种怀疑，于是忍不住看向郁茹严，发现郁茹严神情极不自然。

郁茹严见洛兰看他，赶紧解释："其实没什么……"

"是的，说不严重也不严重，说严重也严重。"华峰冷笑着看了郁茹严一眼，对洛兰说，"他只是给她发了个邮件，只不过邮件的内容有些夸张。"说着，他拿出一个IPAD，打开邮件给洛兰看，那封邮件的内文是这样的：

"你发了两次信息问我为什么要分手，我一开始认为我不需要回复，但是现在我认为我必须回复了。其实，我当初说我们不适合，你就不需要再追问了，你追问，就证明你实在太愚钝。这正是我要和你分手的原因。你面对很多事情时都太愚钝，连简单事物背后的意义和联系都看不到，而且你从来都没意识到自己的愚钝，还自以为是地把它当成个性，实在令人无法容忍。另外，我发现你对人生没有追求。我是个爱学习和钻研的人，我不要求我的伴侣一定要在学术领域做出成绩，但起码得有自己的人生追求。你在你爸爸的帮助下找到工作之后，就只是浑浑噩噩地在岗位上原地踏步，觉得只要能守住饭碗就好，在我看来，那简直是在浪费生命。最后，你觉得我们条件相当，我就应该和你走下去，这是一种封建社会包办婚姻般的思维，是一种绑架。我认为你的思想远远落后于时代，所以对你完全无法容忍。请不要再纠缠我了，并好好思考我对你说过的话。相信这个可以对你有所帮助。"

洛兰看完之后，忽然明白林文静当初为什么那么歇斯底里了。这封邮件，连她这个没有公主病的人看了都觉得扎眼，何况林文静那种浑身公主病的人。

郁茹严涨红了脸，低声说道："我……我只是说了我真实的想法……"

"是的，学霸的真实想法，"华峰斜着眼看着他，"以我等凡人的眼光看，学霸不管是如何平易近人，其实都是眼高于顶的。或许是因为书读多了，在处理人际关系的时候，总会有些偏差。我宁愿相信这位老兄是后一种。不过即便是后一种，也是挺严重的。我只是找到他，告诉他性格有问题，让他好好考虑自己可不可以追你。你是我喜欢的女孩，如果他在言行上有什么偏差，让你生气或者难过的话，我绝对会严惩他，就是这样。"

华峰的话触到了洛兰的心头，一种微妙的感觉在她的心头荡漾开来。然而，就在这荡漾无法控制地扩散的时候，却忽然撞到了一个东西，让她陡然清醒过来，接着心里感到无比沉重。

"你们……都回去吧。"她低下头，快速走进楼道。

华峰呆了呆，苦笑了一下，转身离开了。郁茹严低着头站了一会儿，也离开了。洛兰站在自己的房间里窗户后面，看着他们一个个离开后，稍稍松了口气。

第二天，洛兰把华峰约了出来。华峰准时来了，一脸微笑，让人猜不透他心里在想什么。

"你想说什么？"洛兰叹了口气问他。

华峰苦笑了一下："老实说，我之前准备了很多花言巧语，但是想到你今天约我出来，应该是想我听你说吧。所以，我就准备在这里，乖乖地听你说。"

洛兰僵硬地笑了笑，此时对她来说，两片嘴唇似乎有千斤重，开口千难万难。

"其实……你觉得我不愿和你在一起是因为你骗了我，其实有……更深层次的问题。昨天我偶尔想起了郭一辰问我的一句话，他曾经问过我喜欢什么样的你，这才是问题所在。说起来，我真的不知道我喜欢什么样的你。之前的你一直在装傻骗我，之后的你依然让人看不透……我感觉很虚空，甚至有些荒谬。"

华峰的脸色变得非常凝重，他凝视着洛兰，半响才开口："是的，以前我是装傻骗你，但我那是迫不得已的。在我不再装傻之后，我待你都是真心真意的，对你说的话也都是真的。如果以前的我让你觉得虚空，那就请你给我一个机会，我们重新开始，把过去那不开心的一段全都抹了，可以吗？"

洛兰凝视着他，想看清他，过了许久才缓缓地说道："对不起……看到现在的你，我依然觉得很错乱……以后根本无法……"说到这里她哽住了，叹了口气转身离去。

同一天，郁茹严也过来找她了，带了一只闪闪的钻戒。

洛兰目瞪口呆。

郁茹严害羞地笑了笑，目光只敢盯着那枚戒指："其实……我准备这个戒指已经好久了，只是一直没有勇气拿出来，也没有勇气说什么话。华峰说得对，我这种人在处理私人事情上情商是不够的。相信昨天你看到那个邮件，也会觉得我……是的，我可能真的眼高于顶，在处理人际关系上简单粗暴愚笨，但是我……"说到这里，他突然激动起来，抬起头盯着洛兰的眼睛："我是真的欣赏你，你有追求，有志气，也很聪慧，我对别人的的确确是有些俯视的心态，让我真正欣赏很难得……这听起来有些自负，也有些怪，但这就是我的真实想法……我是真的喜欢你，希望你能……包容我的缺点，接受我……"说完这一切后他嘴唇也在微微颤抖，眼神殷殷地看着洛兰。

洛兰慢慢地垂下眼帘，又抬起眼帘，直视着郁茹严："其实我没在意你的那些缺点。"

"那么……"郁茹严激动起来。

"不过，"洛兰觉得自己这话长满了刺，自己说着都觉得扎喉咙，但不得不说，"我……不能和你在一起。"

郁茹严的脸"唰"一下变得惨白。

洛兰心头一痛，忙问："你……没事吧？"

"没事。"郁茹严叹了口气，勉强笑着说，"我是学霸嘛，我很快就好了……我……"他有些语无伦次，又说，"别担心，一些照旧，我还好好地当厂子的顾问。"这才迈着沉重的脚步走了。

洛兰看着他的背影，心很痛，但是再痛都得忍着，不能因为一时怜悯而让坚持崩溃。多亏了郁茹严，让她明白了，不管她对华峰是什么心情，对他感情有多混乱，但她现在心里只有他一个人，怎么折腾，都只能和他折腾。

也许，爱情有时就是混乱的，你没法把它辨清楚。不过，这不会是爱情的正果，只是爱情的开始。她用手扶着额头，心头又激动又苦恼，她该如何和华峰重新开始呢？

然而这个不需要她担心。华峰此时正在逼着郭一晨给他找爱情心理专家，郭一晨说国内几乎没有靠谱的，他就逼他去国外找。

"你得了吧你！"郭一晨大声抗议，"国外的感情专家哪有这么容易的……"

"我不管!就是因为你当初那句话,才让洛兰陷入思想迷局了,你要负起责任!"华峰恨恨地说。

"我的天哪……"郭一晨哭笑不得,"我当初说的根本不是这么回事,是她自己联想的……再说就算我不说,她也会想到这个问题的好吧?另外我告诉你,自己的问题只有你自己能解决!"

华峰长长地吁了一口气,仔细地想了想,嘿嘿地笑了几声:"我能怎么办?当然是死缠烂打。想把我甩了,没那么容易!"

"我看甩你容易得很!"郭一晨气呼呼地看着他,"报警抓你就行了。"

"啊?"华峰呆住了,"我有那么过激吗?"

"当然了。"郭一晨撇了撇嘴,"何止是过激,简直是要疯了!还要死缠烂打……当心真的越过犯罪的界限了啊!"

"唉……"华峰苦笑起来,连带着整个神情都往下垮,"我是因为实在没招儿了。"

"不是吧,你对女孩子不是很有招儿吗?"

"现在情况不一样……再说那些招儿估计对她也没用!"

郭一晨看了他一眼。男人,严格来说是所有人,遇到真正喜欢、真正在意的人都会有那么一点儿手足无措,更何况华峰和洛兰的情况还超级超级复杂。

"其实我倒是建议你,"他在心里叹了口气,缓缓地对华锋说,"不要想着用什么招儿了,该怎么办就怎么办。"

华峰苦着脸,没有回答,过了一会儿却似有所悟。

早上,洛兰梳洗完毕后,正准备出门,看到门口放着一个玩具小熊,怀里抱着一个糖盒子。糖盒子上还别着一朵玫瑰花。

这只毛熊看起来特别可爱,盒子也显得特别别致,她忍不住把毛熊抱了起来。

糖盒是可以打开的,里面有一个心形的淡粉色的硬糖饼,上面有一行鲜红色的字:"姐姐,我做错了,原谅我吧。"

洛兰异常错愕又哭笑不得,正在这时,华峰从门旁的阴影里闪了出来。

"你这是想干吗?"洛兰斜着眼看着他,"恶作剧?"老实说,现在华峰给她这个东西,只能提醒自己他之前把自己骗得多惨。他到底想干什么?戏谑和调侃她吗?

华峰抿了抿嘴。

"其实,你在我装傻的时候,就已经开始喜欢我了吧?"

洛兰猝不及防,脸一下红成了红苹果。

"从你看我的眼神里,我可以清清楚楚地感觉到。"华峰自己都觉得肉麻,但为了洛兰,他一定要说出来,"我想,那个时候打动你的,是我那孩子般的纯良,以及对你的关怀,对吗?"

洛兰心头一阵涌动,耳朵上的那枚紫水晶耳坠也"突突"地跳了起来——这正是华峰从井里替她捞上来的水晶耳坠。

"当然了,我不否认。"华峰神情乍一看很平静,细看却有暗流涌动的感觉,因为他现在也是心情激荡,"一开始我想要博取你的信任,故意讨好你,但是在我了解你之后,我觉得你值得我为你做这一切,是发自内心、心甘情愿的。当然了,那个时候我是以孩子的方式对你好,不过我觉得方式并不重要,重要的是我的心意。我的心意是真的。"

"我知道你最在意的是什么。"华峰不给洛兰开口的机会,接着说,"不只是因为我骗了你,而是觉得在你知道我装傻之前,你遇到的我是一个表演出来的虚假形象,我让你喜欢上了一个不存在的人。因为感情的开端是虚假的,让你觉得之后的一切都是虚假的。然而正如我刚才所说的,我对你的心意是真的,你喜欢的依然是我,而且是真正的我。"

洛兰没有说话。华峰的话听来挺抽象,也挺绕,但她竟然都听懂了。

"另外,"华峰看了洛兰怀中的那个小熊和糖盒子,"我用这种孩子气的方式向你道歉,并不只是因为我装成一个孩子骗了你,还因为我遇见你的时候其实还是个孩子，自大、冲动、自以为是、遇到一点儿意外就觉得他人皆地狱。但是，现在我长大了。"

他一鼓作气说完这些后，静静地等着洛兰回应。

洛兰怔怔地看了他一会儿，然后低头看向地面，半晌不作声。

"你……"华峰等到心里发毛，忍不住苦笑着问，"你至少说句话吧？"

"说什么呢？"洛兰长吁了一口气，"是想问我愿不愿意原谅你吧？"

华峰缓缓地点了点头，又摇了摇头，他想问的远不止这个。

"然后，你还想问我我愿不愿意和你交往，对吗？"洛兰朝他看了一眼，眼中似笑非笑。就这一眼，让华峰竟有了自己只能任由洛兰摆布的感觉。

"我只能说，我愿意和你处一处看。就像你之前说的，充分了解之后还能爱。我觉得我还没有把你了解彻底……另外你也请我重新从头和你交往，不是吗？"洛兰看着他，掩饰不住的古灵精怪。

华峰笑了，他本来想说，其实"我整个心都呈给你了"，但没有开口。一切全被她掌握的感觉更浓了，而且他完全不知道这个掌控者想干什么。不过，他乐意，而且心里还美滋滋的。

"你是要去工厂吗，我送你？"华锋说，接下来就需要好好献殷勤了。

"不，我自己去。"洛兰把目光偏向一边。

"好吧……"华峰悄悄吐了吐舌头，没有强求。

洛兰和华峰正式开始了甜蜜的恋爱，这一天，两个人正幸福地坐在公园的一条长凳上，静静地享受着轻松又幸福的二人世界。就在这时，一对在绿地上玩耍的母子忽然停止了玩耍，警惕而又忌惮地看着他们。

洛兰和华峰一开始觉得莫名其妙，忽然想起来了，顿时双双面红过耳。这不就是那个和他们发生过冲突，然后被洛兰痛斥过的金耳环女人和她的孩子吗？

金耳环女人已经带着孩子匆匆逃走了。

华峰和洛兰更加尴尬。

"想起来……那次我真的装得过了火。"华峰先开了口。

"为什么？"洛兰脸红红的，盯了他一眼。

"我……"华峰有些为难，但还是坦白了，"我当时是想试探你来着，看你能对我容忍到什么程度。"

"哼。"洛兰皱着眉头，从鼻子里笑了一声，"然后我就行为失控丢大人了。"

"不，一点儿都不丢人。其实，就是因为看到你那么冲动地维护我，我才开始喜欢你的……当然了，那个时候我还不确定你是真情还是假意，但是那个时候我真挺感动的。"

"哈……这么说，我吸引你完全是因为护短啊。"

是的，他们感情的缘起是有点儿让人啼笑皆非，之后的走向也是怪异加诡异，简直像从怪味豆里开出的怪异之花。不过。他偷偷瞥了洛兰一眼，然后慢慢地把手放在她搭在椅子边上的手上。德国有句谚语："只要结果是好的，一切就都是好的。"也许他们的感情开始得并不完美，甚至有些糟糕，但是相信结局会是美好的。

洛兰的手臂微微颤了一下，没有把手抽走。

是的，一切会好。